LOS SEIS SIGNOS DE LA LUZ

Susan Cooper

Traducción de Silvia Alemany

DESTINO

Planeta Publishing
2057 NW 87 Ave
Miami, Floride 33172
USA

DESTINO INFANTIL & JUVENIL
destinojoven@edestino.es
www.destinojoven.com Editado
por Editorial Planeta, S. A

Título original: *The Dark is Rising*

© Susan Cooper, 1973
Publicado por acuerdo con Atheneum Books For Young
Readers, una división de Simon & Schuster Children's Publishing
Division
© de la traducción: Silvia Alemany
© Editorial Planeta, S. A., 2007
Avda. Diagonal, 662-664. 08034 Barcelona
Fotocomposición: Zero preimpresión, S. L.
Primera edición: octubre de 2007
Primera reimpresión(USA): octubre 2007

ISBN: 978-84-08-07518-9
Depósito legal: M. 36.413-2007
Impreso en Canada- Printed in Canada

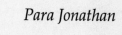

Para Jonathan

ÍNDICE

Tercera parte: La prueba

Primera parte

El hallazgo

LA VÍSPERA DEL SOLSTICIO DE INVIERNO

—¡Demasiados niños! —exclamó James, dando un portazo.

—¿Qué? —se sorprendió Will.

—Hay demasiados niños en esta familia, eso es lo que pasa. Te lo digo yo: ¡demasiados! —James estaba de pie en el pasillo, echando chispas como una pequeña locomotora enfadada; luego, dando grandes zancadas, se dirigió al asiento que había bajo la ventana y se quedó contemplando el jardín.

Will dejó su libro y retiró las piernas para hacerle espacio.

—Ya he oído los gritos —dijo con la barbilla entre las rodillas.

—No pasa nada, en realidad; sólo que la estúpida de Barbara va de mandona. Que si recoge esto, que si no toques aquello... ¡Y Mary, metiendo cizaña y dando órdenes! Aunque esta casa parece enorme, siempre te encuentras a gente por en medio.

Se quedaron mirando por la ventana. La nieve caía fina, como si deseara disculparse. La ancha llanura gris que se extendía delante de la casa era el césped, desde donde brotaban desordenados los árboles del huerto, distantes, todavía sumidos en la oscuridad. Las superficies blancas y cuadradas que asomaban desperdigadas eran los tejados del garaje, el antiguo establo, las conejeras y los corrales de gallinas. A lo lejos sólo se divisaban los llanos campos de la granja de los Dawson, unas tenues rayas blancas. El cielo entero era gris, cargado de una nieve que se negaba a caer. En ningún lado podía verse color alguno.

—Faltan cuatro días para Navidad —dijo Will—. ¡Ojalá nevara de verdad!

—Y mañana es tu cumpleaños.

—Hum.

El muchacho iba a hacer ese mismo comentario, pero no quiso que pareciera que intentaba recordárselo a los demás. Por otro lado, lo que más deseaba en el mundo era un regalo que nadie podía hacerle: nieve. Bella, abundante, una nieve que lo cubriera todo y que, sin embargo, nunca llegaba a tiempo. Al menos ese año no podían decir que no hubieran caído unos copos grisáceos... ¡Mejor eso que nada!

—Todavía no he dado de comer a los conejos. ¿Quieres venir? —dijo recordando su obligación.

Enfundados en las botas y las bufandas los dos hermanos atravesaron con torpeza la desordenada cocina. Una orquesta sinfónica al completo atronaba desde la radio; Gwen, la hermana mayor, pelaba cebollas cantando, y su madre se afanaba en el horno, agachada y con la cara encendida.

—¡Los conejos! —dijo nada más verlos— ¡Y traed más heno de la granja!

—¡Ya vamos! —le respondió a voces Will.

La radio emitió un repentino y horrible crujido de electricidad estática cuando el muchacho pasó junto a la mesa. Will pegó un salto mientras la señora Stanton decía con un chillido:

—¡Apagad esa cosa inmediatamente!

En el exterior los envolvió un silencio repentino. Will hundió un cubo en el contenedor de pienso que había en el establo, cuyo olor recordaba al de una granja. En realidad había sido un establo en el pasado, y ahora tan sólo era un edificio alargado y bajo con una techumbre de tejas. Los chicos avanzaron con dificultad entre la fina nieve, dejando oscuras huellas en el suelo helado y duro, hasta que llegaron a unas sólidas madrigueras de madera dispuestas en fila.

Al abrir las portezuelas para rellenar los comederos, Will se detuvo y frunció el entrecejo. Por lo general, los conejos solían apiñarse soñolientos en las esquinas, y sólo los glotones se acercaban, moviendo el hocico para comer. Ese día los animales parecían inquietos y agitados, y correteaban de arriba abajo, chocando contra las paredes de madera de la jaula; hubo alguno que incluso se apartó atemorizado de un salto cuando el chico abrió las puertas. Al ver a su conejo favorito, que se llamaba *Chelsea*, Will introdujo el brazo para acariciarlo con cariño detrás de las orejas, pero el animal correteó hasta escapar de él y se encogió en un rincón, con los ojos perfilados en rosa mirando fijamente hacia arriba, petrificados de terror.

—¡Vaya! —exclamó Will consternado—. ¡Eh, James! Fíjate. ¿Qué le pasa? ¿Y qué les pasa a los demás?

—A mí me parece todo normal.

—Bueno, pues a mí no. Todos saltan. Incluso *Chelsea*. ¡Eh, ven aquí, listo! —ordenó Will en vano.

—¡Qué raro! —dijo James sin el más mínimo interés por lo que sucedía—. Yo diría que te huelen mal las manos. Debes de haber tocado algo que no les gusta. Es lo mismo que les sucede a los perros con los anises, pero al revés.

—Yo no he tocado nada raro. A decir verdad, acababa de lavarme las manos cuando apareciste tú.

—Pues ya lo tienes —afirmó James con rotundidad—. Ése es el problema. Jamás te habían visto con las manos tan limpias. Seguro que se morirán todos de un ataque.

—Ja, ja. Muy gracioso. —Will se abalanzó sobre él y ambos lucharon entre risas, mientras el cubo vacío se volcaba y resonaba en el sólido firme. Sin embargo, al echar un vistazo hacia atrás cuando ya se alejaban, el chico vio que los animales seguían moviéndose sin orden ni concierto, y no habían probado la comida, sino que los contemplaban absortos, con esos grandes ojos extraños y asustados.

—Imagino que debe de volver a rondar algún zorro —conjeturó James—. Recuerda que se lo diga a mamá.

Los zorros no podían alcanzar a los conejos, parapetados en sus sólidas y resistentes hileras de jaulas, pero los pollos eran más vulnerables; una familia de zorros se coló en uno de los gallineros el invierno anterior y se llevó seis aves bien cebadas al comienzo de la temporada de ventas. La señora Stanton, que confiaba en el dinero que ganaba con los pollos cada año para poder comprar once regalos de Navidad, se puso tan furiosa que se quedó de guardia en el establo dos noches enteras, pero los malhechores no volvieron. Will pensó que si él fuera un zorro, también habría puesto pies en polvorosa; su madre podía haberse casado con un joyero, pero las generaciones de granjeros de Buckinghamshire que pesaban sobre sus espaldas hacían que nadie se la tomara a broma cuando se le despertaban los instintos primitivos.

Tirando de la carretilla, un artilugio casero con una barra que unía los ejes, los dos hermanos tomaron la curva del camino de la entrada principal, un sendero poblado de vegetación, y salieron a la carretera que llevaba a la granja de los Dawson. Apretaron el paso junto al cementerio, con sus enormes y os-

14

curos tejos asomando sobre el muro desmoronado; redujeron la velocidad al llegar al bosque de los Grajos, en la esquina de la avenida de la Iglesia. El alto bosquecillo de castaños de Indias, con el estridente ruido de los graznidos de los grajos y coronado de la porquería que desprendía el revoltijo de nidos que los pájaros habían ido construyendo al azar, era uno de sus lugares preferidos.

—¡Escucha los grajos! Hay algo que los molesta.

El áspero e irregular coro era ensordecedor, y cuando Will alzó la mirada hacia las copas de los árboles, vio que las aves revoloteaban, oscureciendo el cielo. Batían sus alas sin cesar, aunque sin movimientos bruscos, tan sólo se oía esa estrepitosa e inextricable multitud de grajos desplazándose en bandadas.

—¿Hay un búho?

—No van persiguiendo nada. Vamos, Will; pronto oscurecerá.

—Por eso es tan raro que los grajos armen este jaleo. A estas horas todos tendrían que estar recogiéndose para pasar la noche.

Will volvió a apartar la mirada a su pesar, pero entonces, con un gesto rápido, agarró el brazo de su hermano. Vislumbró un movimiento en la cada vez más oscura avenida que se abría ante ellos. La avenida de la Iglesia discurría entre el bosque de los Grajos y el cementerio hasta desembocar en la diminuta iglesia local, para seguir luego hasta el río Támesis.

—¡Eh!

—¿Qué sucede?

—Hay alguien allí... O al menos había alguien. Alguien que nos miraba.

—¿Y qué? —exclamó James con un suspiro—. Debe de ser alguien que ha salido a dar un paseo.

—No. —Will entrecerró los ojos nervioso, escudriñando el estrecho margen de la carretera—. Era un hombre de aspecto rarísimo y todo encorvado. Cuando ha visto que lo miraba, ha corrido a ocultarse tras un árbol. Se ha escabullido, como un escarabajo.

James empujó la carretilla y remontó la carretera, obligando a Will a correr para mantenerse a su altura.

—En ese caso, sólo será un vagabundo. Ni idea, Will. Hoy todo el mundo parece estar chalado: Barb y los conejos, los grajos también... y ahora tú. ¡Todos dándole al pico! Venga, vamos a buscar ese heno. Quiero merendar.

La carretilla iba dando tumbos sobre los surcos helados en dirección al patio de los Dawson, una gran extensión cuadrada de tierra rodeada de edificios por tres lados; y entonces notaron el olor familiar de la granja. Debían de haber limpiado el establo de las vacas aquel día; el viejo George, el ganadero desdentado, estaba apilando estiércol en el patio. Levantó una mano para saludarlos. Nada se le escapaba al viejo George; era capaz de ver un halcón lanzándose sobre su presa a más de un kilómetro de distancia. El señor Dawson salió de un establo.

—¡Ah! ¿Heno para la granja de los Stanton? —Era la broma que siempre le hacía a su madre, a propósito de los conejos y los pollos.

—Sí, por favor —respondió James.

—¡Marchando! —exclamó el señor Dawson. El viejo George había desaparecido en el establo—. ¿Va todo bien? Decidle a vuestra madre que mañana me guarde diez pollos; y cuatro conejos también. No me mires así, joven Will. Aunque no vayan a pasar las mejores Navidades de su vida, gracias a ellos los muchachos sí que las disfrutarán.

Se quedó observando el cielo, y Will pensó que una mirada

extraña presidía su moreno y arrugado rostro. En lo alto y recortándose sobre unas nubes grises y bajas dos grajos negros batían sus alas sin prisa, sobrevolando la granja en un amplio círculo.

—Hoy los grajos meten una bulla espantosa —comentó James—. Will vio a un vagabundo en el bosque.

—¿Cómo era? —preguntó el señor Dawson, mirando bruscamente a Will.

—¡Bah! Un hombre bajito y mayor. Se apartó cuando pasamos.

—Vaya, parece que ya ha salido el Caminante —murmuró entre dientes el granjero—. Bueno... ¡Así son las cosas!

—Hace mal tiempo para pasear —dijo James en tono alegre. Señaló con la cabeza el cielo hacia el norte, por encima del tejado de la granja; las nubes en esa dirección parecían más oscuras y se agrupaban en unos cúmulos grises con matices amarillentos que no presagiaban nada bueno. El viento, por si fuera poco, se levantaba; les revolvía el pelo mientras se dejaba oír a lo lejos, oscilando entre las copas de los árboles.

—Viene más nieve —dijo el señor Dawson.

—Es un día horroroso —comentó Will de repente, sorprendiéndose de su propia vehemencia; a fin de cuentas, lo que él deseaba era que nevara—. Quiero decir que, en cierto modo, es fantasmagórico —concluyó diciendo con una creciente sensación de inquietud.

—Tendremos una noche muy mala —coincidió el señor Dawson.

—Ahí viene el viejo George con el heno —les interrumpió James—. Vamos, Will.

—Ve tú —recalcó el granjero—. Quiero que Will le lleve a vuestra madre algo que hemos hecho en casa.

17

El señor Dawson permaneció inmóvil mientras James empujaba la carretilla y se alejaba del establo; tenía las manos enfundadas en los bolsillos de su vieja chaqueta de *tweed* y contemplaba cómo se oscurecía el cielo.

—El Caminante ya ha salido —repitió—. Será una noche terrible; y mañana... ¡No lo quiero ni pensar!

Se quedó mirando a Will, y el muchacho observó con creciente alarma el curtido rostro y los brillantes ojos negros, apenas unos surcos arrugados de tanto mirar a pleno sol, combatiendo la lluvia y el viento. Nunca se había dado cuenta de lo negros que eran los ojos del granjero Dawson: muy raros, entre tantos ojos claros como había en el condado.

—Se acerca tu cumpleaños —dijo el señor Dawson.

—Hum —murmuró Will.

—Tengo algo para ti.

Echó un vistazo rápido al patio y sacó una mano del bolsillo. Will vio que sostenía lo que parecía ser una especie de adorno de metal negro, un círculo aplanado y cuarteado por dos líneas cruzadas. Lo cogió y lo examinó con curiosidad. Era del tamaño de la palma de su mano, y pesaba bastante; supuso que era de hierro forjado, de una factura burda, aunque sin aristas ni ángulos. El hierro estaba frío al contacto de la mano.

—¿Qué es? —preguntó Will.

—De momento digamos que es para guardártelo —observó el señor Dawson—. Para guardártelo siempre, y llevarlo siempre contigo. Ponlo en el bolsillo. Venga. Luego pásatelo por el cinturón y lúcelo como una hebilla más.

Will se metió el círculo de hierro en el bolsillo.

—Muchas gracias —dijo tembloroso. El señor Dawson, quien por lo general era un hombre amable, tenía un día de perros.

18

El granjero siguió mirándolo de manera intensa y desconcertante, hasta que el muchacho sintió que la carne se le ponía de gallina; luego le sonrió con una mueca nada alegre, como expresando una especie de angustia.

—Guárdalo bien, Will, y cuanto menos hables de esto, mejor. Lo necesitarás cuando llegue la nieve. Venga, vamos —dijo de repente—. La señora Dawson tiene un tarro de picadillo para los pasteles de tu madre.

Se encaminaron hacia la granja. La esposa del granjero no estaba, pero en la puerta les esperaba Maggie Barnes, la lechera de la granja, con su cara redonda y las mejillas coloradas. Es igual que una manzana, pensaba Will. La muchacha les dedicó una amplia sonrisa mientras sostenía un gran tarro de loza blanca con una lazada roja.

—Gracias, Maggie —dijo el señor Dawson.

—La señora dijo que igual usted querría dárselo al joven Will —explicó Maggie—. Ha bajado al pueblo a ver al vicario por algún asunto. ¿Qué tal está tu hermano mayor, Will?

Siempre decía lo mismo cuando lo veía; se refería a Max, el hermano que había nacido unos años antes que él. La familia Stanton se lo tomaba a broma y decía que Maggie bebía los vientos por Max.

—Muy bien, gracias —respondió con educación Will—. Se ha dejado crecer el pelo y parece una chica.

—¡Venga ya! —dijo Maggie con un gritito de alegría.

Soltó una risita nerviosa y le dijo adiós con la mano. En el último minuto Will se dio cuenta de que su mirada se posaba en algo que tenía detrás. Al darse la vuelta, por el rabillo del ojo le pareció ver una señal de movimiento cerca de la verja del patio, como si alguien se agachara para quedar fuera del campo visual. Sin embargo, cuando miró, no vio a nadie.

Con el gran tarro de picadillo encajado entre dos balas de heno, Will y James empujaban la carretilla por el patio. El granjero seguía detrás, en el umbral; Will podía sentir sus ojos observándolos. Miró intranquilo hacia las imponentes nubes, que iban aumentando de tamaño, y casi sin querer deslizó una mano en el bolsillo para tocar el extraño círculo de hierro. «Cuando llegue la nieve.» Parecía que el cielo iba a desplomarse sobre sus cabezas, y Will se preguntó con extrañeza qué estaba pasando.

Uno de los perros de la granja se acercó, dando saltos y moviendo la cola; pero se detuvo en seco unos metros antes y se quedó mirándolos.

—¡Eh! ¡Corredor! —lo llamó Will.

El perro bajó el rabo y gruñó, enseñándoles los dientes.

—¡James! —exclamó Will.

—No te hará nada. ¿Qué te pasa?

Siguieron avanzando y giraron hacia la carretera.

—A mí no me pasa nada —dijo Will, empezando a sentirse asustado de verdad—. Es sólo que hay algo raro... Algo terrible. *Corredor, Chelsea*... Todos los animales me tienen miedo.

El ruido procedente de la bandada de grajos era más intenso, aun cuando la luz diurna empezaba a menguar. Podían ver los negros pájaros atronando con su canto desde las copas de los árboles, *más* agitados si cabe, batiendo las alas y dando vueltas sobre sí mismos. Will tenía razón: había un extraño en la avenida, de pie, junto al cementerio.

Era un personaje desgarbado, andrajoso; parecía más un montón de harapos que un hombre. Al verlo de frente, los muchachos disminuyeron la marcha y de manera instintiva se acercaron el uno al otro, protegiéndose tras la carretilla. El vagabundo volvió su greñuda cabeza para mirarlos.

De repente, en una terrible visión borrosa e irreal, un caballo, con un relincho convulso, se precipitó siniestro desde el cielo, y dos enormes grajos se lanzaron contra el hombre. El vagabundo se tambaleó hacia atrás, gritando y protegiéndose el rostro con las manos; los pájaros batieron sus enormes alas en un negro y maligno torbellino y se marcharon, arremetiendo contra los chicos y desapareciendo luego en el firmamento.

Will y James se quedaron petrificados mientras contemplaban la escena, parapetados contra las balas de heno.

El desconocido se agachó tras la verja.

Kaaaaaaak... Kaaaaak... Un barullo ensordecedor surgía de la frenética bandada del bosque, y entonces otras tres formas negras se abalanzaron en círculo tras las dos anteriores, bajando como locas hacia el hombre para remontar luego el vuelo. En esa ocasión el vagabundo gritó aterrorizado y salió a la carretera dando tumbos, protegiéndose la cabeza todavía con los brazos y ocultando el rostro sin dejar de correr. Los muchachos oyeron sus jadeos de terror cuando el hombre pasó junto a ellos y siguió avanzando por la carretera hasta llegar a las cercas de la granja de los Dawson, en dirección al pueblo. Vieron su pelo grasiento y gris asomando bajo una vieja gorra sucia. Llevaba un abrigo marrón hecho jirones que recogía con una cuerda y otra prenda suelta por encima, y calzaba unas viejas botas, con una de las suelas tan desenganchada que lo hacía cojear hacia un lado de manera aparatosa y lo obligaba a correr dando saltos. Sin embargo, no pudieron verle el rostro.

El torbellino que se sucedía en lo alto de sus cabezas iba disminuyendo y el vuelo de las aves se hacía más lento y oblicuo. Los grajos empezaron a posarse en los árboles uno a uno. Seguían gritándose entre sí con gran algarabía, en una prolongada confusión de graznidos, pero desprovistos ahora de la locura y la violencia anteriores. Aturdido y moviendo la cabeza por vez primera, Will notó que algo le rozaba la mejilla, y, poniéndose una mano en el hombro, descubrió una larga pluma negra. La embutió como pudo en el bolsillo de su chaqueta, con movimientos lentos, como alguien que no está del todo despierto.

Los dos hermanos siguieron caminando, empujando a la vez la carretilla cargada en dirección a la casa, y los graznidos cesaron a sus espaldas para convertirse en un murmullo que infundía respeto, como el Támesis cuando está crecido en primavera.

James fue el primero en hablar:

—Los grajos no actúan así. No atacan a la gente, ni descienden tanto cuando no hay espacio suficiente. No hacen nada de todo esto.

—No. Es cierto.

Will seguía moviéndose como en sueños, indiferente, sin ser plenamente consciente de nada, salvo de una curiosa y vaga sospecha que iba anidando en su mente. En medio de todo ese estruendo y frenesí, lo había asaltado una repentina y extraña sensación, de una intensidad desconocida; fue consciente de que alguien intentaba decirle algo, algo que no había comprendido porque las palabras le resultaban ininteligibles... y además tampoco se trataba de palabras exactamente. Había notado como una especie de grito silencioso, pero no había sido capaz de interpretar el mensaje, porque no sabía cómo.

—Ha sido como no tener la radio bien sintonizada —dijo en voz alta.

—¿Qué? —se sorprendió James, pero en realidad no estaba escuchando—. ¡Qué cosa más rara! Supongo que el vagabundo debía de estar intentando cazar un grajo, y los animales se han puesto hechos una furia. Te apuesto lo que quieras a que ahora irá a fisgonear para hacerse con alguna gallina o algún conejo. Es extraño que no tuviera un arma. Mejor dile a mamá que deje los perros en el establo esta noche.

Siguió charlando con cordialidad hasta que llegaron a casa y descargaron el heno. Will fue notando con sorpresa que a James la conmoción que les había causado el salvaje y brutal ataque se le escurría de la mente, como el agua que fluye, y que en cuestión de minutos, su hermano ni siquiera recordaba lo que había sucedido.

Algo había borrado de la memoria de James el incidente de aquel día. De golpe. Algo que deseaba que ese secreto se guardara. Algo o alguien que estaba seguro de que eso mismo también le impediría a Will contarlo.

—Toma. Coge el picadillo de mamá —dijo James—. Entremos o nos congelaremos. El viento sopla con mucha fuerza; no sería mala idea que nos diéramos prisa.

—Sí.

Will sentía frío, pero no era a causa del viento que se levantaba. Sus dedos se aferraron al círculo de hierro que llevaba en el bolsillo y lo sostuvo con firmeza. El hierro estaba caliente.

El grisáceo panorama se hallaba sumido en sombras cuando regresaron a la cocina. Tras la ventana la pequeña y desvencijada camioneta de su padre quedaba enmarcada por un amarillento haz de luz. En la cocina hacía más ruido y calor que antes. Gwen estaba poniendo la mesa, abriéndose paso con paciencia entre un trío de figuras arrodilladas: el señor Stanton y los gemelos, Robin y Paul, observando con atención una diminuta y desconocida pieza de maquinaria. La radio, al alcance de la voluminosa figura de Mary, emitía música pop a toda pastilla. Al acercarse Will, el aparato lanzó de nuevo un quejido agudísimo, y todos se exclamaron e hicieron muecas de disgusto.

—¡Apaga ya eso! —gritó con desesperación la señora Stanton desde el fregadero. No obstante, aunque Mary con un mohín apagó la música chirriante y enlatada, los decibelios apenas variaron. De hecho, cuando estaban casi todos en casa, siempre era igual. Sentados a la mesa, una mesa de madera muy limpia, las voces y las risas de los Stanton resonaban en la amplia cocina con el suelo de gres; los dos pastores escoceses, *Raq* y *Ci*, dormitaban recostados junto al fuego en el otro extremo de la habitación. Will se mantuvo alejado de ellos; no habría podido soportar que sus propios perros le gruñeran. Merendó en silencio y mantuvo el plato y la boca llenos de salchichas para evitar tener que hablar (una merienda que tomaba ese nombre si la señora Stanton lograba prepararla antes de las cinco, o bien la llamaban cena si era más tarde, aunque siempre se trataba de la misma comida, rica y alimenticia). Nadie notaría que se mantenía al margen de la alegre charla de los Stanton, sobre todo tratándose del miembro más joven de la familia.

—¿Qué querrás para el té de mañana, Will? —preguntó su madre, haciéndole un gesto con la mano desde el otro lado de la mesa.

—Hígado y beicon, por favor —dijo vagamente.

James no ocultó su enfado.

—¡Cállate! —le recriminó Barbara, con los aires de superioridad que da el hecho de tener dieciséis años—. Es su cumpleaños y puede elegir.

—¡Pero hígado precisamente...! —protestó James.

—Pues te aguantas —medió Robin—. El día de tu cumpleaños, si no recuerdo mal, todos tuvimos que comer esa asquerosa coliflor gratinada con queso.

24

—La hice yo —dijo Gwen—, y no era asquerosa.

—No te lo tomes a mal —se explicó Robin en son de paz—. Es que no soporto la coliflor. En fin, ya sabes lo que quiero decir.

—Sí, claro. Lo que no sé es si James lo sabe también.

Robin, un muchacho alto y con voz grave, era el más musculoso de los gemelos y valía más no andarse con bromas con él.

—Vale, vale —se apresuró a decir James.

—Mañana dos unos, Will —dijo el señor Stanton desde la cabecera de la mesa—. Deberíamos celebrar alguna ceremonia especial. Un rito tribal —especificó, sonriendo a su hijo menor; y esbozó una mueca de afecto que transformó su rostro redondo y mofletudo.

—Cuando yo cumplí once años, me pegasteis y me mandasteis a la cama —dijo Mary, desdeñosa.

—¡Cielo santo! —exclamó su madre—. Es curioso que te acuerdes de eso, ¡y vaya manera de describirlo! A decir verdad, te llevaste una buena tunda, y muy merecida, por lo que yo recuerdo.

—Era mi cumpleaños —protestó Mary, sacudiendo su cola de caballo—, y eso no lo olvidaré jamás.

—Espera y verás —replicó Robin con sentido del humor—. Tres años no es mucho que digamos.

—Además, tú eras una niña de once años muy pequeña —postuló la señora Stanton, masticando mientras reflexionaba.

—¡Ah! ¡Mira qué bien! —exclamó Mary—. Seguro que Will no lo es, claro.

Durante unos instantes todos miraron a Will. El chico parpadeó alarmado ante el círculo de rostros que lo contemplaban y, enterrando los ojos en el plato, frunció el ceño hasta que tan sólo quedó visible una espesa cortina de pelo castaño. Le resultaba insoportable que lo mirara tanta gente o, en cualquier caso, más gente de la que uno podía controlar. Era casi como si lo atacaran, y de repente tuvo la certeza de que podía ser peligroso que tantas personas pensaran en él, todas a la vez, como si algún enemigo pudiera oírlos...

—Will es un chico de once años bastante mayor —dijo Gwen finalmente.

—Es casi intemporal —dijo Robin. Ambos adoptaron un tono de voz solemne e indiferente, como si estuvieran hablando de algún extraño que se encontrara en otro lugar.

—Dejémoslo ya —dijo Paul de improviso. Era el gemelo más callado, y el genio de la familia también, e incluso quizá un auténtico genio: tocaba la flauta y apenas le importaba gran cosa más—. ¿Vendrá alguien mañana a merendar, Will?

—No. Angus Macdonald se ha ido a Escocia a pasar las Navidades, y Mike se ha quedado con su abuela en Southall. Me da igual.

Se oyó un estrépito repentino, y por la puerta trasera entró una bocanada de aire helado. El ruido de unas botas golpeteando el suelo precedió los aspavientos frioleros de un muchacho en el pasillo. Max asomó la cabeza. Su largo pelo estaba mojado y tachonado de estrellitas blancas.

—Lo siento, mamá. Llego tarde. He tenido que venir caminando desde los campos de las afueras. ¡Uau! Tendrías que ver la que está cayendo: es como una tormenta de nieve.

Se fijó en las miradas atónitas de los presentes y esbozó una sonrisa irónica.

—¿No sabéis que está nevando?

Olvidándose de todo por unos instantes, Will lanzó un grito de alegría y junto a James se abrió paso hacia la puerta.

—¿Nieve de verdad? ¿Gruesa?

—Yo diría que sí —dijo Max, salpicándoles de gotas al zafarse de la bufanda. Era el hermano mayor, sin contar a Stephen, quien llevaba años en la Marina y raras veces venía a casa—. Mirad.

La puerta chirrió al abrirla, y las ráfagas del viento volvieron a penetrar en la casa. Al mirar fuera, Will vio una neblina blanca y brillante entre la que se distinguían gruesos copos de nieve. Los árboles y los arbustos se habían vuelto invisibles bajo la nevada que se arremolinaba en el paisaje. Desde la cocina se oyó un coro de protestas.

—¡Cerrad la puerta!

—Ahí tienes tu ceremonia, Will —comentó su padre—. Justo a tiempo.

Bastante más tarde, al irse a la cama, Will abrió la cortina del dormitorio y apretó la nariz contra el frío cristal de la ventana. La nieve, más densa que antes, caía con ingravidez. En el alféizar de la ventana ya había más de cinco centímetros, y casi podía ver subir el nivel, porque el viento la iba empujando hacia la casa. Soplaba racheado, gimiendo en el techo, sobre sus cabezas, y aullando en todas las chimeneas. Will dormía en una buhardilla de tejado inclinado que había en lo alto de la antigua casa. Se había trasladado allí hacía sólo unos meses, cuando Stephen, que siempre había ocupado el dormitorio, regresó a su buque tras un permiso. Hasta entonces Will compartía la habitación con James: de hecho, todos los miembros de la familia compartían sus dormitorios. «Es que en mi buhardilla ha de haber alguien que sepa disfrutarla», había dicho su hermano, a sabiendas de que a Will le encantaba el lugar.

En una estantería situada en una de las esquinas del dormitorio había un retrato del teniente de la Marina Real Stephen Stanton, un tanto incómodo vestido de uniforme, y junto a él, una caja tallada en madera con un dragón en la tapa que contenía las cartas que el joven enviaba de vez en cuando a Will desde los lugares más impensables y remotos del mundo. Ambos objetos constituían su relicario particular.

La nieve embestía la ventana a rachas, y sonaba como unos dedos rozando el cristal. Will volvió a oír el lamento del viento en el tejado, pero ahora mucho más fuerte; se estaba formando una auténtica tormenta. Pensó en el vagabundo, y se preguntó dónde se habría refugiado. «El Caminante ya ha salido... Tendremos una noche muy mala...» Cogió su chaqueta y sacó de ella el extraño adorno de hierro, resiguiendo el círculo con los dedos y deteniéndose en la cruz interior que lo partía. La superficie era irregular, y aunque no parecía estar pulida, era absolutamente suave; de una suavidad que le hizo pensar en un rincón muy concreto del poroso suelo de gres de la cocina, gastado en la esquina de entrada por el trasiego de muchísimas generaciones. Era una clase de hierro rarísima: un metal intenso, absolutamente negro, sin brillo alguno, aunque desprovisto de manchas, decoloraciones o señales de óxido. Ahora volvía a estar frío al tacto; tan frío que Will se sorprendió de lo heladas que se le quedaron las puntas de los dedos. Soltó el signo en el acto. Sacó el cinturón de sus pantalones, que como siempre colgaban sin orden ni concierto sobre el respaldo de una silla, asió el círculo y lo pasó por él como si fuera una hebilla más, tal y como el señor Dawson le había dicho. El viento dejaba oír su canción en el cristal de la ventana. Will volvió a meter el cinturón en los pantalones y los tiró sobre la silla.

Sin previo aviso, le invadió el terror cuando se dirigía a la cama. Tuvo que detenerse en seco, y se quedó paralizado en medio de la habitación, con el aullido del viento exterior metido en los oídos. La nieve azotaba la ventana. De repente, Will se quedó absolutamente clavado en el suelo, y un hormigueo le recorría el cuerpo. Estaba tan asustado que no podía mover ni un solo dedo. Como un destello de la memoria, vio de nuevo el cielo encapotado sobre el bosquecillo oscurecido por los grajos, unas aves negras y enormes revoloteando en círculo sobre sus cabezas. Luego desapareció la visión, y sólo percibió el rostro aterrorizado del vagabundo y sus gritos mientras corría. Durante unos instantes una terrible oscuridad se apoderó de su mente, y tuvo la sensación de estar abocado a un profundo pozo negro. El agudo quejido del viento cesó, y el muchacho se liberó de la opresión.

Will seguía temblando mientras contemplaba despavorido el dormitorio. No había nada anormal. Todo estaba como siempre. Pensó que el problema era mental. Podría controlar la situación si tan sólo dejaba de pensar y se iba a dormir. Se quitó la bata, subió a la cama y se quedó echado, mirando la claraboya que se abría en el techo abuhardillado. Era gris, de tanta nieve como la cubría.

Apagó la lamparilla de la mesita y la noche envolvió la estancia. No entraba ni un solo resquicio de luz, incluso cuando los ojos ya se le habían acostumbrado a la oscuridad. Es hora de dormir. Venga, a dormir, se dijo a sí mismo. Sin embargo, a pesar de volverse de lado, subirse las mantas hasta la barbilla y acostarse en posición relajada, saboreando el hecho de que cuando se despertara sería su cumpleaños, el sueño no llegaba. Algo no funcionaba. Sucedía alguna cosa extraña.

Will se removía inquieto entre las sábanas. Jamás se había sentido así; y esa sensación desconocida empeoraba por momentos. Era como si un peso insoportable le oprimiera el cerebro,

29

amenazante, e intentara apoderarse de él, convertirlo en algo que él no deseaba. Eso es, pensó, convertirme en algo distinto... ¡Qué estupidez! ¿Quién iba a querer algo así?, ¿y para convertirme en qué? Oyó crujir algo a través de la puerta entreabierta y dio un salto. Luego volvió a oírlo y comprendió lo que era: un tablón de madera del suelo que por las noches solía conversar en soledad, con un murmullo tan familiar que, por lo general, Will ni siquiera lo notaba. Aun sin quererlo, sin embargo, el chico seguía escuchando. A lo lejos se oyó otro crujido distinto, en la otra buhardilla, y el muchacho se estremeció de nuevo, moviéndose con tanta brusquedad que la manta le raspó la barbilla. Sólo estás nervioso, se decía a sí mismo. Recuerdas lo que ha ocurrido esta tarde, aunque en realidad no hay mucho que recordar. Intentó pensar en el vagabundo como si careciera de importancia, como si sólo fuera un hombre normal y corriente vestido con un abrigo sucio y unas botas gastadas; en cambio, lo único que revivía era la maligna embestida de los grajos. «El Caminante ya ha salido...» Oyó otro restallido extraño, en esa ocasión encima de su cabeza, en el techo, y el viento se arremolinó de repente, profiriendo agudos lamentos. Will se irguió de súbito en la cama y tanteó en busca de la lamparilla, presa del pánico.

La habitación se convirtió de repente en una acogedora guarida iluminada por una luz amarillenta, y Will volvió a echarse avergonzado, sintiéndose un estúpido. ¡Mira que asustarse de la oscuridad!, pensó. ¡Qué horror! ¡Igual que un niño pequeño! Stephen jamás habría tenido miedo de la oscuridad aquí arriba. Veamos, la librería y la mesa siguen ahí, igual que las dos sillas y el asiento que hay al pie de la ventana; ¡mira!, ahí está el móvil, con sus cuatro pequeños buques con aparejo de cruz colgando del techo y sus sombras surcando la pared. Todo es normal. Duérmete.

Volvió a apagar la luz. Justo entonces las cosas empeoraron. El terror le asaltó por tercera vez, como un gran animal agazapado que esperara el momento propicio del ataque. Will seguía echado, muerto de miedo, temblando. Notaba su temblor y, sin embargo, era incapaz de moverse. Creyó que debía de estar volviéndose loco. Fuera el viento aullaba, se detenía y volvía a arremeter con un lamento repentino; y un sonido sordo, como unos golpes sofocados que arañaran la claraboya del techo de su dormitorio, empezó a ser audible. Con un terrible espasmo de violencia el horror se apoderó de él y la realidad tomó forma de pesadilla; entonces se oyó un estrépito, como si algo se desgoznara, y el quejido del viento se hizo entonces mucho más intenso y cercano, mientras el frío entraba como una violenta explosión. La sensación de horror se cernió sobre él con una intensidad sobrecogedora.

Will gritó, pero sólo se dio cuenta más tarde: estaba demasiado sumido en el horror como para oír el sonido de su propia voz. Durante un momento atroz, tétrico como el mismo infierno, casi perdió la conciencia, perdido en otro mundo, un mundo exterior engullido por un espacio negro. Luego se oyeron unos pasos apresurados que subían las escaleras, al otro lado de la puerta, una voz preocupada que lo llamaba y la bendita luz caldeando la habitación y devolviéndolo a la vida otra vez.

—¿Will? ¿Qué ocurre? ¿Estás bien? —preguntaba Paul.

Will abrió los ojos lentamente. Descubrió que estaba agarrotado y encogido sobre sí mismo, como una pelota, con las rodillas apretadas contra la barbilla. Vio a Paul de pie junto a él, parpadeando con ansiedad tras las gafas de montura oscura. Will asintió sin poder hablar. Paul volvió la cabeza y Will siguió su mirada: vio que la claraboya del techo colgaba abierta de par en par, balanceándose todavía por la fuerza de la caída. La noche vacía

31

asomaba por el boquete negro del techo, y el viento se colaba, trayendo consigo el frío glacial de pleno invierno. En la moqueta, justo debajo de la claraboya, había un montículo de nieve.

Paul escudriñaba el borde del marco de la claraboya.

—El cierre se ha roto; me imagino que por el peso de la nieve. Debía de estar ya muy viejo, de todos modos. El metal está todo oxidado. Iré a por un alambre y lo arreglaré por esta noche. ¿Te ha despertado? ¡Dios! ¡Qué impresión tan espantosa! Si llego a ser yo quien se despierta así, me habrías encontrado metido debajo de la cama.

Will le miró con una gratitud silenciosa, y trató de esbozar una sonrisa húmeda. Las palabras que Paul pronunciaba con su voz suave y profunda lo iban devolviendo a la realidad. Se sentó en la cama y retiró las frazadas.

—Papá debe de tener alambre entre los trastos de la otra buhardilla —dijo Paul—. Saquemos primero la nieve antes de que se derrita. Mira, sigue cayendo. Apuesto lo que sea a que no hay muchas casas donde se vea nevar sobre la moqueta.

Tenía razón: los copos de nieve se arremolinaban al pasar por el agujero negro del techo y se esparcían por todas partes. La recogieron como pudieron, formando una bola deforme que depositaron sobre una revista vieja, y Will se escabulló por la escalera para ir a tirarla al baño. Paul se sirvió del alambre para atar la claraboya al cierre.

—Ya está —dijo al punto Paul, y aunque no estaba mirando a Will, los dos muchachos se comprendieron enseguida—. Te diré lo que vamos a hacer, Will: aquí arriba hace un frío que pela, ¿por qué no bajas a nuestro cuarto y duermes en mi cama? Ya te despertaré cuando vuelva; o también podría dormir aquí arriba, si tú eres capaz de sobrevivir a los ronquidos de Robin. ¿De acuerdo?

—De acuerdo —contestó Will con voz ronca—. Gracias.

Recogió la ropa que tenía esparcida (con el cinturón y su nuevo adorno) y se la metió bajo el brazo. Al llegar a la puerta se detuvo y giró sobre sus talones. No quedaba rastro alguno de lo sucedido, salvo una marca oscura y húmeda en la moqueta, allí donde se había apilado la nieve. Sin embargo, sintió un frío mayor que el del aire que había entrado, y una angustiosa y vacua sensación de miedo seguía oprimiéndole el pecho. Si tan sólo se hubiera tratado de miedo a la oscuridad, por nada del mundo habría bajado a refugiarse en el dormitorio de Paul. No obstante, tal como estaban las cosas, sabía que no podía quedarse solo en esa habitación que le pertenecía; porque cuando estaban recogiendo el montón de nieve, había visto algo que Paul no advirtió. Era imposible que bajo una tormenta de nieve huracanada un ser vivo hubiera hecho ese inconfundible y leve ruido sordo contra el cristal que había oído justo antes de que se derrumbara la claraboya. Sin embargo, enterrada entre la nieve, había descubierto una pluma de grajo, negra y reciente.

Volvió a oír la voz del granjero: «Será una noche terrible; y mañana... ¡No lo quiero ni pensar!»

EL DÍA DEL SOLSTICIO DE INVIERNO

Lo despertó la música. Con una señal, cadenciosa e insistente. Era una música delicada, y la tocaban unos instrumentos que no supo identificar, con una frase que se desarrollaba en una sucesión de dulces campanas, entrelazándose como deliciosos hilos de oro en la composición. Esa música reflejaba tan bien el genuino encanto de todos sus sueños y deseos que se despertó sonriendo de pura felicidad. En el mismo instante del despertar la tonada empezó a desaparecer, llamándole mientras se desvanecía, y luego, al abrir el muchacho los ojos, ya había cesado. Sólo le quedó el recuerdo de esa frase sucesiva, que siguió resonando en su cabeza hasta desaparecer tan rápido que el chico se irguió bruscamente en la cama y extendió el brazo al aire, como si con ello pudiera hacerla regresar.

En la habitación reinaba el más profundo silencio, y no se oía música alguna; sin embargo, Will sabía que no se trataba de un sueño. Seguía en el dormitorio de los gemelos, y podía oír la respiración de Robin, lenta y profunda, procedente de la otra cama. Una luz glacial asomaba entre las cortinas, pero nadie se movía en la casa; era muy temprano. Will cogió sus arrugadas ropas del día anterior y se deslizó fuera de la habitación. Atravesó el pasillo en dirección al ventanal y miró hacia abajo.

Con el primer resplandor vio ese extraño mundo que tan familiar le era teñido de un luminoso blanco; los tejados de los edificios adyacentes se habían convertido en unas torres de nieve cuadradas, y a lo lejos todos los campos y setos aparecían enterrados, fundidos en una enorme y llana extensión, de una blancura uniforme que se confundía con el horizonte. Will suspiró profundamente, embargado por la felicidad y disfrutando el momento en silencio. Entonces, apenas insinuándose, volvió a oír la música, la misma frase. Dio varias vueltas en vano, buscándola en el aire, intentando verla como vemos una luz titilante.

—¿Dónde estás?

Había vuelto a desaparecer. Cuando miró de nuevo por la ventana, vio que su mundo se había desvanecido con ella. En ese segundo todo había cambiado. La nieve seguía allí como antes, pero no se amontonaba sobre los tejados ni extendía su manto sobre el césped y los campos. No había tejado alguno, y tampoco campos. Solo había árboles. Will contemplaba un enorme bosque blanco: un bosque de árboles impresionantes, sólidos como torres y antiguos como las rocas. Las hojas les habían caído, y sólo los cubría la densa nieve que yacía virgen en cada una de las ramas, en cada uno de los brotes más diminutos. Había árboles por todos lados. Estaban tan cerca de la casa que el muchacho tenía que mirar el paisaje a través de las ramas superiores del árbol más cercano, y habría podido sacar el brazo y sacudirlas si se hubiera atrevido a abrir la ventana. A su alrededor los árboles se extendían hasta confundirse con la línea del horizonte que marcaba el fin del valle. La única interrupción que había en ese blanco mundo de ramas era el Támesis, que discurría a lo lejos, hacia el sur. Podía ver el meandro que creaba el río, marcado como una única ola tranquila en este blanco océano de árboles. Por la forma trazada el curso de las aguas parecía más ancho de lo normal.

Will observaba el panorama sin cansarse, y cuando al fin se movió, advirtió que estaba agarrando el suave círculo de hierro que se había metido en el cinturón. El hierro estaba templado al tacto. Regresó al dormitorio.

—¡Robin! —dijo en voz alta—. ¡Despierta!

Robin, sin embargo, seguía respirando con el mismo ritmo lento de antes y no se movió. Se precipitó en el dormitorio de al lado, ese pequeño cuarto tan familiar que antes había compartido con James, y cogiéndolo por el hombro, sacudió a su hermano sin contemplaciones. A pesar de las sacudidas, James yacía inmóvil, profundamente dormido. Will salió al pasillo otra vez y llenándose de aire los pulmones, gritó con todas sus fuerzas:

—¡Despertad! ¡Despertad todos!

No confiaba en recibir una respuesta, y efectivamente nadie le respondió. El silencio era total, tan profundo e intemporal como la nieve que todo lo cubría con su manto; la casa y sus habitantes se hallaban sumidos en un sueño inquebrantable.

Will descendió por las escaleras para calzarse las botas y ponerse la vieja pelliza de piel de oveja que había pertenecido a dos o tres de sus hermanos antes de ser suya. Salió por la puerta trasera, la cerró con cuidado y observó el panorama a través del rápido y blanquecino vapor de su respiración.

Ante sus ojos se desplegaba un extraño mundo níveo, paralizado por el silencio. No cantaba pájaro alguno. El jardín ya no se encontraba allí, en ese terreno boscoso. Tampoco se veían los edificios adyacentes, ni los viejos muros desmoronados. Sólo había un estrecho calvero alrededor de la casa, separado del punto donde empezaban los árboles por montículos de nieve acumulada durante la ventisca, y un estrecho sendero que se alejaba de ella. Will empezó a caminar bajo el blanco túnel del sendero, despacio, levantando mucho los pies para que la nieve no le entrara en las botas. Tan pronto como se alejó de la casa, se sintió extremadamente solo, y se obligó a continuar sin mirar atrás, porque sabía que al hacerlo, descubriría que la casa había desaparecido.

Aceptaba las cosas tal como iban viniendo, sin cuestionárselas ni pensar en nada, como si se moviera en un sueño. No obstante, en lo más profundo de su interior sabía que no estaba soñando. Era obvio que estaba despierto, y que era un día señalado, un solsticio de invierno que lo había estado esperando desde el momento en que nació, e incluso, si tenía que hacer caso de su voz interior, desde hacía muchos siglos. «Mañana... ¡No lo quiero ni pensar!» Will salió del sendero abovedado en blanco a la carretera, pavimentada por una suave nieve y flanqueada a ambos lados por inmensos árboles. Levantó la vista al cielo y a través de los árboles vio un único grajo negro revoloteando lento a lo lejos, en el cielo matutino.

Torció hacia la derecha y se encaminó por el estrecho sendero que en sus tiempos se llamaba Camino de Huntercombe. Era el camino que había tomado con James cuando se dirigían a la granja de los Dawson, la carretera que atravesaba casi todos los días de su vida, pero su aspecto era muy diferente. Ahora era tan sólo un caminito que recorría el bosque, y unos enormes árboles casi aplastados por la nieve se erguían a ambos lados como si de un parapeto se tratase. Will se movía con energía y cautela en el silencio, hasta que de pronto oyó un débil ruido delante de él.

Se quedó quieto. Volvió a oír un sonido, ahogado por los árboles: unos golpecitos desafinados y rítmicos, como un martillo
golpeando el metal. Eran breves e irregulares, como si alguien
estuviera clavando clavos. A medida que escuchaba, el mundo
que lo envolvía pareció iluminarse un poco; los bosques no apa-
rentaban ser tan densos, la nieve brillaba, y cuando miró hacia
arriba, el trozo de cielo que cubría el Camino de Huntercombe
era de un color azul claro. Se dio cuenta de que el sol había salido finalmente del sombrío banco de nubes grises.

Avanzó con dificultad siguiendo el martilleo y no tardó en
llegar a un claro. No existía el pueblo de Huntercombe, sólo lo
que tenía ante sus ojos. Recuperó todos los sentidos de golpe al
percibir una lluvia de sonidos, visiones y olores inesperados. Vio
dos o tres edificios de piedra bajos, con el tejado cubierto por
una densa capa de nieve; el humo procedente de una hoguera se
elevaba azul, y también pudo sentir el olor de la madera que-
mada, así como el aroma voluptuoso de pan recién hecho, y se
le hizo la boca agua. Advirtió que la edificación más cercana era
una construcción de tres paredes, abierta al sendero, y un fuego
amarillento alimentaba sus llamas en el interior, como un sol
cautivo. Una abundante lluvia de chispas escapaba de un yunque donde un hombre daba golpes de martillo. Junto a él había
un estilizado caballo negro, un animal precioso y deslumbrante;
Will jamás había visto un caballo de ese espléndido color, un color negro como la noche, sin ninguna clase de marcas blancas en
el cuerpo.

El caballo levantó la testuz y lo miró de frente, pateó el suelo y dio un leve relincho. La voz del herrero resonó como una
protesta, y otro personaje salió de las sombras, justo detrás del
caballo. A Will se le aceleró la respiración cuando lo vio, y sintió un vacío en el estómago sin saber por qué.

38

El hombre era alto y llevaba una capa oscura que le caía recta en forma de túnica; el pelo, que le cubría la nuca, brillaba con un curioso matiz rojizo. Dio unas palmadas en el pescuezo del animal y le murmuró algo al oído; entonces pareció notar la causa de su inquietud, se volvió y vio a Will. Dejó caer los brazos, dio un paso adelante y permaneció quieto, esperando.

La nieve y el cielo perdieron su brillo, y la mañana fue oscureciéndose a medida que una nueva capa del lejano banco de nubes engullía el sol.

Will cruzó por el sendero, apartando la nieve y con las manos enfundadas en los bolsillos. No miraba a la alta figura vestida con capa que tenía delante, sino que clavó sus ojos con decisión en el otro hombre, de nuevo agachado sobre el yunque. Se dio cuenta de que lo conocía; era uno de los hombres de la granja de los Dawson: John Smith, el hijo del viejo George.

—Buenos días, John —dijo.

Un hombre de espaldas anchas y ataviado con un delantal de cuero levantó la vista y frunció un poco el ceño; luego lo saludó con un gesto de la cabeza.

—¡Eh, Will! Hoy has salido de casa muy temprano.

—Es mi cumpleaños —dijo Will.

—Un cumpleaños en pleno solsticio de invierno —apostilló el desconocido de la capa—. Muy prometedor, sin duda; y ahora cumplirás los once.

Era una afirmación, no una pregunta. A Will no le quedó más remedio que mirarle a los ojos: unos intensos ojos azules enmarcados por un cabello de un castaño rojizo. El hombre hablaba con un curioso acento que no era del sudeste.

—Es cierto —dijo Will.

Una mujer salió de una de las casitas de al lado, llevando consigo un cesto de barritas de pan y ese olor a bollo recién hecho que tanto había seducido a Will. El chico olió el aroma, y el estómago se encargó de recordarle que no había desayunado. El pelirrojo sacó una barra, la partió en dos y le tendió una de las mitades.

—Toma. Tienes hambre. Rompe tu ayuno de cumpleaños conmigo, joven Will.

El caballero mordió la otra mitad de la barra y Will percibió el tierno crujido de la costra como una invitación. Sin embargo, en el momento en que este último tendía el brazo el herrero sacó del fuego una herradura caliente y la clavó un poco en el casco que tenía apretado entre las rodillas. Se desprendió un repentino humo y un cierto olor a quemado, y eso anuló el aroma del pan recién hecho; luego el herrero volvió a meter la herradura en el fuego mientras miraba detenidamente el casco del caballo. El negro animal aguantaba paciente e inmóvil, pero Will dio un paso atrás y bajó el brazo.

—No, gracias —dijo.

El hombre se encogió de hombros, cogiendo con avidez un trozo de pan, y la mujer, cuyo rostro quedaba invisible tras el chal que le cubría la cabeza, se alejó con el cesto. John Smith sacó la herradura del fuego echando chispas y la ahogó en un cubo de agua, provocando una nube de vapor.

—Venga, date prisa —se quejaba el jinete, irritado, mirando hacia lo alto—. El día se levanta. ¿Cuánto vas a tardar?

—Con esta herradura no hay que darse prisa —respondió el herrero, pero ya estaba claveteándola en su lugar con unos golpes seguros y rápidos—. ¡Ya está! —dijo finalmente, recortando el casco con un cuchillo.

El pelirrojo hizo dar una vuelta al caballo, tensó las riendas y montó en la silla con la rapidez de un gato al saltar. Erguido en la grupa y con los pliegues de su oscura túnica ondeando en los flancos del negro animal, parecía una estatua esculpida en la noche. Sin embargo, los ojos azules miraban fijamente a Will, obligándole a sostenerle la mirada.

—Venga, chico. Te llevaré a donde quieras. Con una nieve tan espesa sólo se puede ir a caballo.

—No, gracias —declinó Will—. He salido para encontrar al Caminante.

Escuchó sus propias palabras sorprendido. ¡Así que se trataba de eso!, pensó.

—Ahora ya es el Jinete quien ha salido —sentenció el hombre, y con un rápido movimiento, apartó la cabeza de su caballo, se agachó desde la silla e intentó agarrar el brazo de Will. El chico saltó hacia un lado, pero no habría podido escapar si el herrero, de pie junto a la pared abierta de la forja, no hubiera dado un salto hacia delante y lo hubiera arrastrado fuera del alcance del Jinete. Para ser un hombre tan corpulento, se movía con una rapidez increíble.

El semental de medianoche retrocedió, y el jinete de la capa casi sale despedido. Gritó lleno de rabia, luego se controló y se quedó sentado, mirando hacia abajo, con una mirada tan fría que era más terrible que la rabia.

—Has dado un movimiento en falso, querido herrero —dijo con un susurro—. No lo olvidaremos.

Dio una vuelta a lomos del semental y cabalgó en la misma dirección por donde había venido Will. Los cascos de su magnífico caballo solo levantaron un suspiro ahogado en la nieve.

John Smith escupió con sorna y empezó a colgar sus herramientas.

—Gracias —dijo Will—. Espero que...

—No pueden hacerme daño —le tranquilizó el herrero—. Para eso tendría que ser de otra raza. En esta época dependo del camino, puesto que mi oficio es servir a todos los que por él transita. Su poder es inocuo en el sendero que atraviesa la Cañada del Cazador. Recuérdalo, por tu propio bien.

El estado de ensoñación de Will pareció esfumarse, y el chico notó que empezaban a rondarle diversos pensamientos.

—John: presiento que debo encontrar al Caminante, pero no sé por qué. ¿Me lo dirás tú?

El herrero se volvió hacia él y lo miró directamente a los ojos por vez primera, con un deje de compasión en su gastada voz.

—¡De ninguna manera, joven Will! ¿Tan poco tiempo llevas despierto? Eso debes aprenderlo por ti mismo. Es más, debes hacerlo durante tu primer día.

—¿Mi primer día?

—Come. Ahora que ya no compartirás el pan con el Jinete, no hay peligro. Ya viste lo rápido que intuiste el peligro. Del mismo modo que también supiste que correrías un riesgo aún mayor si cabalgabas con él. Sigue tu instinto, chico: limítate a seguir tu instinto. ¡Martha! —gritó hacia la casa.

La mujer volvió a salir con el cesto. Retiró el chal de su cabeza y sonrió a Will; y el chico vio unos ojos azules como los del Jinete, pero iluminados por una luz más suave. Agradecido, mordió el pan crujiente y calentito, abierto ahora por la mitad y untado de miel. Entonces, más allá del claro advirtió otro ruido sordo, como de pisadas, y el chico giró sobre sí mismo, presa del pánico.

Una yegua blanca sin jinete ni arnés trotaba por el claro hacia ellos: la imagen opuesta al semental del Jinete, negro como la noche, esbelto y magnífico, sin marcas de ninguna clase. Dibujándose contra el resplandor de la nieve y brillando con el sol que resurgía de las nubes, un ligero halo dorado traslucía de su blancura y de la larga crin que le caía sobre el arqueado pescuezo. El caballo fue a detenerse junto a Will, inclinó el morro ligeramente y le tocó el hombro a modo de saludo; luego sacudió su magnífica testuz blanquecina y resolló, lanzando una nube hacia el frío aire. Will alargó el brazo y posó una mano respetuosa sobre su pescuezo.

—Vienes en buen momento —dijo John Smith—. El fuego todavía está ardiendo.

Volvió a la forja y aplicó una o dos veces el fuelle a las llamas para avivarlas; luego desenganchó una herradura de la pared en sombras que había detrás y la tiró al fuego.

—Fíjate bien —advirtió, estudiando el rostro de Will—. Jamás en tu vida has visto un caballo como éste; y no será la última vez que lo veas.

—¡Qué bonita es! —exclamó Will, y la yegua lo acarició de nuevo en el cuello, con suavidad.

—Monta.

Will se rió. Era imposible; la cabeza apenas le llegaba a la espalda del caballo, y aunque hubiera contado con un estribo, quedaría fuera del alcance de su pie.

—No bromeo —continuó diciendo el herrero, el cual, por cierto, no parecía ser esa clase de hombre que prodiga sonrisas, y aún menos cuenta chistes—. Tú tienes el honor de poder hacerlo. Agarra su crin lo más alto posible, y luego ya verás lo que sucede.

Siguiéndole la corriente, Will se acercó al caballo y entrelazó los dedos de ambas manos en la larga y áspera crin del blanco animal, por la parte inferior del pescuezo. En ese preciso momento se sintió mareado; la cabeza le zumbaba como una peonza, y enmascarada en ese sonido, oyó con claridad, aunque muy lejana, la arrebatadora frase musical parecida al sonido de unas campanas que había oído antes, al despertar esa misma mañana. Gritó. Los brazos le dieron una sacudida extraña; el mundo daba vueltas sin parar y la música cesó. Seguía luchando desesperadamente por volver en sí cuando se dio cuenta de que tenía más cerca que antes las ramas de los árboles, cubiertas de nieve espesa, y que se hallaba sentado en lo alto del inmenso lomo de la yegua blanca. Miró al herrero desde arriba y rió en voz alta, encantado.

—Cuando la haya herrado, te llevará si se lo pides.

Will sollozó de repente y se puso a pensar. Algo le llamó la atención y levantó la mirada hacia los árboles abovedados y el cielo. Entonces vio dos grajos negros, batiendo sus alas con pereza en el firmamento.

—No —respondió Will—. Creo que debo ir solo. Dio un golpe al pescuezo de la yegua, balanceó las piernas hacia un lado y se dejó caer, cubriéndose para evitar la sacudida. Sin embargo, descubrió que había aterrizado limpiamente, y que se hallaba en pie sobre la nieve.

—Gracias, John. Muchísimas gracias. Adiós.

El herrero inclinó la cabeza brevemente y luego se ocupó del caballo. Will se alejó caminando con dificultad, un poco decepcionado; esperaba oír al menos alguna palabra a modo de saludo. Al llegar a los árboles, miró hacia atrás. John Smith agarraba uno de los cascos traseros de la yegua entre sus rodillas y alargaba la mano enguantada para recoger las tenacillas. Lo que vio Will le hizo olvidar las palabras o las despedidas. El herrero no había quitado ninguna herradura vieja al animal, ni le había recortado el casco por tenerlo gastado; este caballo jamás había sido herrado. La herradura que en ese momento le colocaba en el pie, como las otras tres que pudo ver, brillando y alineadas en la distante pared de la forja, no era una herradura en absoluto, sino que tenía una forma diferente, una silueta que él conocía muy bien. Las cuatro herraduras de la yegua blanca eran sendas réplicas del círculo cuarteado por una cruz que el chico llevaba en el cinturón.

Will caminó un rato por la carretera, alejándose del angosto trecho en el que el cielo era azul. Colocó la mano dentro de la chaqueta para tocar el círculo que llevaba en el cinturón, y el hierro tenía la temperatura del hielo. Empezaba a adivinar lo que eso significaba. No obstante, no había señal alguna del Jinete; ni siquiera podía ver las huellas de los cascos de su caballo. Por otro lado, tampoco pensaba que se cruzaría con seres malignos. Sólo sentía que algo le atraía, de manera irresistible, hacia el lugar donde en su propia época se erigía la granja de los Dawson.

Encontró el estrecho caminito lateral y lo tomó. La senda discurría replegándose en suaves curvas sobre sí misma. Parecía haber mucha maleza a este lado del bosque; las ramas superiores de los arbolitos y los arbustos sobresalían de los ventisqueros, agobiadas por el peso de la nieve, como unas cabezas redondas y níveas cuyas blancas cornamentas despuntaran hacia lo alto. Al rebasar la última curva, Will vio ante sus ojos una cabaña cuadrada de poca altura, con unas paredes de adobe embadurnadas groseramente y un tejado con un enorme sombrero de nieve, como un pastel helado y espeso. En el umbral, y con una mano posada indecisa sobre la puerta desvencijada, estaba el viejo vagabundo desgarbado del día anterior. Tenía el mismo pelo gris y largo, y llevaba también las mismas ropas; su rostro era arrugado y astuto.

Will se acercó al anciano y dijo, tal y como había dicho el día anterior el granjero Dawson:

45

—Parece que ya ha salido el Caminante.

—El único —dijo el anciano—. Tan sólo yo... pero ¿y a ti qué te importa? —le espetó, sorbiéndose los mocos y mirando a Will con los ojos entrecerrados mientras se frotaba la nariz con una manga grasienta.

—Quiero que me cuentes algunas cosas —dijo Will con un atrevimiento mayor del que sentía—. Quiero saber por qué merodeabas por aquí ayer, por qué estabas observándolo todo, por qué te perseguían los grajos. Quiero saber qué significa el que tú seas el Caminante —terminó con un arrebato de repentina franqueza.

Ante la mención de los grajos el anciano, estremeciéndose, se había acercado más a la cabaña, mientras parpadeaba nervioso observando las copas de los árboles; sin embargo, la mirada que dirigió a Will era ahora mucho más desconfiada.

—No es posible que seas el elegido.

—¿Que no sea el qué?

—No puede ser... Tendrías que saberlo. Sobre todo lo de esos infernales pájaros. Intentas confundirme, ¿verdad? ¡Engañar a un pobre anciano! Estás del lado del Jinete, ¿a que sí? Eres su chico, ¿eh?

—¡Claro que no! —se defendió Will—. No sé lo que estás diciendo.

Miró la horrible cabaña; el sendero terminaba allí, pero ni siquiera existía el claro que cabría esperar. Los árboles se apretujaban a su alrededor, tapando casi toda la luz del sol. Con súbita desolación preguntó:

—¿Dónde está la granja?

—No hay ninguna granja —respondió el viejo vagabundo con impaciencia—. Todavía no. Ya tendrías que saberlo...

Se sorbió de nuevo la nariz con un gesto vigoroso, murmurando entre dientes; luego se acercó a Will, clavándole la mirada sin apartar los ojos de él y desprendiendo un fuerte y repulsivo hedor a sudor rancio y piel sucia.

—Claro que también podrías ser el elegido... Sí. A condición, claro está, de que lleves encima el primer signo que el Ancestral te dio. ¿Lo tienes ahí? Muéstranoslo. Muestra al viejo Caminante el signo.

Intentando no retroceder por el asco que sentía, Will manipuló los botones de su chaqueta. Sabía que el signo debía estar allí. Sin embargo, al apartar la pelliza para mostrar el círculo que llevaba enlazado en el cinturón, su mano rozó el suave hierro y notó que quemaba, con la frialdad que sólo posee el hielo. En ese preciso instante vio que el viejo daba un salto atrás, encogiéndose ante la visión de algo que sucedía a sus espaldas. Will se dio la vuelta y vio al Jinete de la capa montado en el caballo de medianoche.

—Bien hecho. Lo has encontrado —dijo en voz baja el Jinete.

El anciano chilló como un conejo asustado, se dio la vuelta y corrió, tropezando con los ventisqueros hasta adentrarse en el bosque. Will se quedó donde estaba, mirando al Jinete, con el corazón latiéndole con tanta fuerza que le costaba respirar.

—No ha sido nada inteligente por tu parte dejar el camino, Will Stanton —dijo el hombre de la capa, y sus ojos brillaron como dos ascuas azules. El caballo negro iba avanzando cada vez más; Will retrocedió hasta la endeble cabaña, mirándole a los ojos, y entonces, con un gran esfuerzo, se obligó a mover lentamente el brazo para apartar la chaqueta y mostrar con claridad el círculo de hierro enlazado en el cinturón. Sujetó la prenda junto al adorno; y la frialdad del signo era tan intensa que podía sentir la fuerza que emanaba, como una radiación de un calor fiero y abrasador. El Jinete se detuvo, con los ojos lanzando destellos.

—Así que ya tienes uno —afirmó, encorvando los hombros en un gesto extraño, y el caballo sacudió la testuz; ambos parecían haber redoblado sus fuerzas, y también su altura—. Uno solo no te servirá de nada. Todavía no.

El Jinete crecía cada vez más, recortando su silueta imponente contra el blanco mundo, mientras que su semental relinchaba triunfante, echándose hacia atrás y azotando el viento con las patas delanteras. Will, indefenso, sólo acertaba a apretarse contra el muro. Caballo y jinete se alzaban ante él como una nube oscura, empañando la nieve y el sol.

En ese momento oyó otros sonidos apagados, y las negras formas erguidas parecieron hacerse a un lado, aniquiladas por una ardiente luz dorada que dibujaba unos brillantes círculos, soles y estrellas de un color candente: Will guiñó los ojos y vio en el acto que se trataba de la yegua blanca procedente de la forja, la cual a su vez también se alzaba frente a él. Will agarró con desesperación la ondeante crin, y al igual que antes, se encontró de un salto montado en los anchos lomos del animal, agachado a la altura de su pescuezo y agarrándose a él para ponerse a salvo. El enorme caballo blanco dejó escapar un alarido y saltó en dirección al sendero que se dibujaba entre los árboles, pasando junto a la informe nube negra que flotaba inerte en el claro como el humo; lanzándose al fin, veloz y a galope tendido, hasta llegar al Camino de Huntercombe, la senda que llevaba a la Cañada del Cazador.

El movimiento del magnífico caballo fue convirtiéndose en un trote cada vez más lento y firme, y Will notaba el latido de su corazón en los oídos mientras el mundo pasaba como un rayo, sumido en una neblina blanca. De repente quedaron envueltos en una atmósfera grisácea y el sol se oscureció. El viento parecía querer arrancarle el cuello de la chaqueta, las mangas y la parte superior de sus botas, y le enmarañaba el pelo. Unas soberbias nubes se precipitaron sobre ellos procedentes del norte, acercándose, sobrecogedoras en su negrura grisácea y cobijando truenos que hacían restallar y gruñir el cielo. Quedaba un espacio de neblina blanca donde todavía se adivinaba un matiz azulado, aunque la oscuridad se iba cerniendo sobre él. El caballo blanco saltó hacia allí con brío. Por encima de su hombro Will vio, cayendo en picado hacia ellos, una forma más oscura incluso que las nubes gigantescas: era el Jinete, irguiéndose inmenso, con los ojos como dos terroríficos puntos de fuego blancoazulado. Los rayos iluminaron el firmamento y el cielo se abrió bajo los truenos. La yegua se abalanzó hacia las nubes, que ya retumbaban cuando el último espacio libre se cerró bajo sus pies.

Se hallaban a salvo, inmersos en un cielo azul, con el sol resplandeciendo y calentándoles la piel. Will vio que habían dejado atrás el valle del Támesis que le resultaba tan familiar, y que ahora se encontraban entre las lomas sinuosas de las colinas Chiltern, coronadas por enormes árboles, hayas, robles y fresnos. Discurriendo como hilos entre la nieve y bordeando los perfiles de las colinas había unos setos que delimitaban los campos antiguos. La antigüedad de esos terrenos era notable, por lo que sabía Will. No había nada más antiguo que ellos en su mundo, salvo las colinas, quizá, y los árboles también. Entonces, sobre una colina blanca vio una marca distinta, cuya forma se hendía entre la nieve y la turba hasta alcanzar la pizarra del suelo. A Will le habría costado mucho distinguirla si no la conociera ya; y ése era precisamente el caso. La marca era un círculo cuarteado por una cruz.

De repente, sus manos se soltaron de la espesa crin a la que se agarraba con fuerza y la yegua blanca profirió un relincho estridente y largo, que retumbó en sus oídos hasta desaparecer misteriosamente en la distancia. Will caía y caía; pero no llegó a sentir ningún impacto, sino que tan sólo supo que yacía echado boca abajo, con la cara aplastada contra la fría nieve. Se puso en pie con movimientos torpes, sacudiéndose la nieve de encima. El caballo blanco se había marchado. El cielo estaba despejado y el sol brillaba, calentándole la nuca. Se quedó en pie, sobre una colina que sobresalía entre la nieve, con un bosquecillo de altísimos árboles coronándola a lo lejos y dos negras aves diminutas deslizándose entre los árboles. Frente a él, irguiéndose aislados sobre la blanca pendiente, había dos enormes portones de madera tallada que no conducían a ninguna parte.

EL BUSCADOR DE LOS SIGNOS

Will enfundó sus frías manos en los bolsillos y se quedó de pie, mirando fijamente las trabajadas hojas de los dos portones que se erguían ante él, cerrados. No sabía qué pensar. No entendía el significado de los símbolos zigzagueantes que se repetían invariablemente, en una sucesión infinita, sobre cada uno de los paneles. Esa madera no era demasiado común. Presentaba algunas marcas y resquebrajaduras, aunque el paso del tiempo la había pulido hasta dotarla de un aspecto que nada tenía que ver con ese material, salvo por alguna que otra redondez que, en determinados lugares, delataba la existencia de un agujero nudoso. Si no hubiera sido por esta clase de detalles, Will habría creído que las puertas eran de piedra.

A fuerza de observarlas, sus ojos percibieron algo más sobre el perfil de la superficie: el muchacho advirtió cierto temblor, una oscilación como la del aire cuando se estremece sobre una hoguera o una carretera pavimentada y calcinada por el sol del verano. Sin embargo, no había ningún cambio en la temperatura que pudiera explicar ese fenómeno.

Las puertas carecían de picaportes. Will alargó los brazos y apretó las palmas contra la madera, y entonces empujó. Cuando las puertas se abrieron, basculando al contacto de sus manos, creyó volver a captar esa breve frase musical que recordaba a las campanas, pero luego desapareció, sumergiéndose en el velado espacio que transita entre el recuerdo y la imaginación. Atravesó el umbral y, sin el más leve sonido, las dos colosales puertas se cerraron a su espalda. La luz, el día y el mundo habían cambiado tanto que el chico olvidó por completo su apariencia anterior.

Ahora se hallaba en una inmensa sala, adonde no llegaba la luz del sol. De hecho, no había ventanas propiamente dichas en los majestuosos muros de piedra, tan sólo una serie de delgadas hendiduras, rodeadas por una variedad de tapices tan raros y preciosos que parecían refulgir en la penumbra. Will quedó deslumbrado por los brillantes animales, las flores y los pájaros bordados o recamados en ricos colores, como unas vidrieras iluminadas por el sol.

Las imágenes lo asaltaban: un unicornio de plata, un campo de rosas rojas, un centelleante y dorado sol... Por encima de su cabeza las altas vigas abovedadas del techo se arqueaban hasta quedar en sombras, mientras que una penumbra distinta velaba el extremo opuesto de la estancia. Avanzó unos pasos como en una ensoñación. Sus pies no hacían sonido alguno al pisar las alfombras de pelo de oveja que cubrían el pétreo suelo, y el muchacho se detuvo para observar de nuevo el entorno. De repente, saltaron unas chispas y el fuego llameó en la oscuridad, iluminando una chimenea enorme que había en la pared más alejada. Vio unas puertas, unas sillas de respaldo alto y una sólida mesa tallada. A ambos lados del fuego había dos personajes que lo esperaban de pie: una anciana apoyada en un bastón y un hombre alto.

—Bienvenido, Will —dijo la mujer con una voz suave y amable, pero que resonó en la sala abovedada como un timbre de soprano.

La anciana le tendió una delgada mano, y la luz de las llamas se reflejó en un enorme anillo redondo parecido a una canica que llevaba en el dedo. Era muy bajita, frágil como un pajarito, y aunque se mantenía erguida y atenta, al mirarla, Will tuvo la sensación de que su edad era incalculable. No podía verle el rostro. El muchacho permaneció de pie donde estaba, y de manera inconsciente su mano trepó hasta el cinturón. Entonces el personaje alto del otro lado de la chimenea se movió, se agachó y encendió una larga candela en el fuego. Acercándose a la mesa, empezó a aplicarla a una serie de velas altas dispuestas en forma de anillo. La luz que creaban las llamas amarillas y humeantes dibujaba figuras en su rostro. Will vio que tenía un cráneo firme y huesudo, unos ojos hundidos y una nariz aguileña, feroz como el pico de un halcón; el pelo blanco le caía largo y liso desde la despejada frente; tenía las cejas hirsutas y un mentón prominente. Sin saber el porqué, cuanto más observaba con atención las líneas secretas y feroces de ese rostro, el mundo en el que había habitado durante toda su vida pareció sumirse en un torbellino y destruirse, para renacer con una forma distinta a la anterior.

Enderezándose, el hombre alto lo miró a través del círculo de velas iluminadas que reposaba en la mesa, en un soporte parecido al borde de una rueda recostada sobre el suelo. Sonrió ligeramente, curvando su adusta boca por ambos extremos, y un repentino abanico de arrugas se desplegó junto a sus hundidos ojos. El hombre sopló con fuerza la vela encendida.

—Ven, Will Stanton —dijo, y su voz profunda pareció adentrarse en los recuerdos del muchacho—. Ven a aprender; y trae esa vela contigo.

Aturdido, Will observó lo que le rodeaba. Junto a su mano derecha descubrió una peana negra de tres lados. Era de hierro forjado y tendría su misma altura. En dos de los lados había una estrella de hierro de cinco puntas, justo en cada uno de los extremos, y el tercero servía para sostener un candelabro con un velón blanco. Cogió ese velón, cuyo peso le obligó a sostenerlo con ambas manos, y atravesó la sala en dirección a los dos personajes que lo aguardaban. Will avanzaba, protegiéndose de los destellos de la luz, y entonces advirtió que el círculo de velas que había sobre la mesa en realidad no era un círculo completo; uno de los soportes del anillo estaba vacío. Se inclinó sobre la estructura, aferrado a la compacta y suave superficie del velón, lo encendió con otra de las velas y lo colocó con cuidado en el soporte vacío. Era idéntico al resto. Las velas eran muy extrañas, de una anchura desigual, pero frías y duras como el mármol blanco; ardían con una brillante y alargada llama, sin desprender humo, y olían vagamente a resina, como los pinos.

Al enderezarse, Will se percató de que en el interior del candelero en forma de anillo había dos brazos de hierro que se cruzaban entre sí. El signo también aparecía representado en este lugar: la cruz dentro del círculo, la esfera cuarteada. Entonces vio otros orificios sin velas: dos agujeros en cada uno de los brazos de la cruz y, finalmente, otro en el punto central de unión. Todos ellos vacíos.

La anciana se relajó y fue a sentarse en la silla de respaldo alto que había junto a la lumbre.

—Muy bien —dijo con familiaridad y en el mismo tono musical de antes—. Gracias, Will.

Sonrió, y su rostro se contrajo en una telaraña de arrugas. Will le sonrió abiertamente, sin ambages. No tenía ni idea de por qué estaba tan contento de repente; de hecho, parecía lo más natural del mundo. Se sentó en un banco, que sin duda le reservaban, delante del fuego, entre las dos sillas.

—Las puertas —articuló Will—. Las puertas por donde entré... ¿Cómo se sostienen solas?

—¿Las puertas? —preguntó la mujer.

El tono de su voz le hizo mirar por encima del hombro hacia la pared opuesta, por donde había entrado; esa pared por donde se habían abierto los dos portones y junto a la cual había hallado el receptáculo del velón. Se quedó mirando en esa dirección detenidamente, y vio que algo no encajaba. Las enormes hojas de madera habían desaparecido. La pared grisácea se extendía desnuda, mostrando unas sólidas y firmes piedras cuadradas sin ningún trazo relevante. Sólo destacaba un único escudo, dorado y redondo, que desde lo alto emitía pálidos reflejos a la luz del fuego.

—Nada es lo que parece, jovencito —dijo el hombre alto, dejando escapar una breve carcajada—. Si no esperas nada, nada habrás de temer, ni aquí, ni en ningún otro lugar. Ésa es tu primera lección; y ahora, hagamos un primer ejercicio. Tenemos ante nosotros a Will Stanton. Veamos: cuéntanos qué le ha ocurrido a Will desde hace uno o dos días.

Will posó su mirada en las llamas apremiantes, cuyo calor se agradecía en el rostro, dada la temperatura glacial de la estancia. Le llevó un gran esfuerzo situarse mentalmente en el instante en que James y él salían de casa para ir a la granja de los Dawson a recoger heno la tarde anterior. ¡Heno, qué tontería!, pensó desconcertado el muchacho, recordando al punto todo lo que le había sucedido desde ese momento.

—¡El signo! El círculo con la cruz —dijo al cabo de un rato—. Ayer el señor Dawson me dio el signo. Luego el Caminante me perseguía, o al menos lo intentaba... y después ellos (quienesquiera que sean) intentaron recogerme. —Contuvo el aliento, reviviendo su terror nocturno—. Fue para apoderarse del signo. ¡Quieren el signo! ¡Ahora lo entiendo!; y hoy se trata también de eso, aunque es mucho más complicado, porque... digamos que ahora es otro momento distinto, no sé cuál. Todo es como un sueño..., pero es real. Ellos siguen buscándolo. No sé quiénes son, y sólo conozco al Jinete y al Caminante. Tampoco los conozco a ustedes, únicamente sé que van contra ellos. Usted, el señor Dawson y John Wayland Smith —dijo, deteniéndose en seco.

—Sigue —le increpó la grave voz.

—¿Wayland? —exclamó Will perplejo—. ¡Qué nombre más raro! No es el nombre de John. ¿Por qué lo habré dicho?

—La mente es mucho más poderosa de lo que sospechamos —dijo el hombre alto—. Sobre todo la tuya. ¿Qué más tienes que decir?

—No lo sé —dijo Will cabizbajo y recorriendo con un dedo el borde del banco, tallado en unas suaves ondulaciones regulares, como un mar tranquilo—. Bueno, sí que lo sé. Sé dos cosas. Una es que hay algo raro en el Caminante. En realidad, no creo que sea uno de ellos, porque se quedó paralizado de miedo cuando vio al Jinete y escapó corriendo.

—¿Y la otra cosa?

Entre las sombras de la magnífica estancia sonó la campanada de un reloj, con una nota grave, como ahogada: una única nota que marcaba la media.

—El Jinete —respondió Will—. Cuando el Jinete vio el signo, dijo: «Así que ya tienes uno». Él no sabía que yo lo tenía, pero me había seguido. Me perseguía. ¿Por qué?

—Sí —intervino la mujer, mirándolo con una profunda tristeza—. Estaba persiguiéndote. Me temo que el convidado que

56

se aloja en tu mente tiene razón, Will. No es el signo lo que desean por encima de todo. Es a ti.

El hombre se levantó con toda su corpulencia y se colocó a la espalda de Will, con una mano en el respaldo de la silla de la anciana y la otra en el bolsillo de la larga chaqueta de amplio cuello que llevaba.

—Mírame, Will.

La luz que emitía el candelabro circular, el cual seguía encendido sobre la mesa, se reflejó en su pelo cano cuando el anciano se movió, y sus extraños y profundos ojos se hundieron incluso más en las sombras, como dos pozos de oscuridad destacando en el anguloso rostro.

—Me llamo Merriman Lyon. Encantado de conocerte, Will Stanton. Llevamos esperándote muchísimo tiempo.

—Yo a usted lo conozco —lo interpeló Will—. Quiero decir... parece... es como si... ¿Verdad que nos conocemos?

—En cierto modo —dijo Merriman—. Tú y yo somos..., digamos, similares. Nacimos con el mismo don, y estamos predestinados a perseguir el mismo ideal. Ahora te encuentras junto a nosotros, Will, para empezar a comprender cuál es nuestro objetivo. No obstante, primero debes aprender en qué consiste tu don.

—No lo entiendo —protestó Will, mirando el rostro fuerte y penetrante con inquietud. Todo parecía ir demasiado deprisa—. Yo no tengo ningún don, se lo prometo. Quiero decir que no soy nada especial.

Miraba a los dos personajes alternativamente, y sus figuras se iluminaban y oscurecían con el resplandor de las llamas bailarinas de los velones y la lumbre. Empezó a sentir un miedo en aumento, y tuvo la sensación de hallarse atrapado.

—Lo que pasa es que todo esto es muy raro; nada más.

—Piensa. Debes intentar recordar todas estas cosas —le dijo la anciana—. Hoy es tu cumpleaños. El día del solsticio de invierno; es tu undécimo solsticio de invierno. Piensa en lo de ayer, la décima vigilia del solsticio, antes de que vieras el signo por primera vez. ¿No ocurrió nada especial?, ¿nada raro?

—Los animales se asustaban de mí —dijo Will, reflexionando a regañadientes—; y quizá también los pájaros. No creí en ese momento que eso tuviera un significado especial.

—Seguro que si en casa había una radio o un televisor encendidos, pasaban cosas extrañas cuando tú te acercabas —dijo Merriman.

—La radio sí que hacía ruidos continuamente —comentó Will, mirándolo con detenimiento—. ¿Cómo lo sabe? Creía que serían manchas solares o alguna cosa parecida.

—De algún modo, podríamos decir que sí —dijo Merriman, sonriendo. Luego volvió a mostrarse sombrío—. Escúchame bien. El don del que te hablo es un poder que yo te mostraré. Es el poder de los Ancestrales, ancestrales como esta tierra, e incluso más todavía. Tú naciste, Will, para heredarlo cuando concluyera tu décimo año de vida. La noche anterior a tu cumpleaños empezó a despertar, y ahora, llegado el día señalado, está libre, fluye, rebosante de fuerza. Sin embargo, todavía se encuentra confuso y sin canalizar, porque aún no puedes controlarlo adecuadamente. Debes entrenarte para manejarlo, antes de que adopte su forma genuina y concluya la búsqueda que te ha traído aquí. No te pongas quisquilloso, muchacho. Levántate. Te enseñaré lo que es capaz de hacer.

Will se puso en pie, y la mujer sonrió dándole ánimos. De repente, Will le preguntó:

—Y usted, ¿quién es?

—La dama de... —empezó a decir Merriman.

—Esta dama es muy anciana —le atajó ella con su voz joven y clara—, y en su época tuvo muchos, muchísimos nombres. Quizá sería mejor por ahora, Will, si piensas en mí como... como la anciana.

—Sí, señora —asintió Will, y con el sonido de su voz volvió a renacer en él la felicidad, la sensación de peligro menguó y se mantuvo erguido, en actitud orgullosa y vislumbrando a Merriman entre las sombras que había tras su silla, el cual había retrocedido unos pasos. Podía ver un destello de pelo cano sobre la alta figura, pero nada más.

—Quédate quieto —dijo Merriman con su profunda voz saliendo de las sombras—. Mira todo lo que quieras, pero sin demasiado interés; no te concentres en nada. Deja errar tu mente, finge que estás en clase y te aburres.

Will se rió y permaneció de pie, relajado, con la cabeza inclinada hacia atrás. Entrecerró los ojos, intentando distinguir a modo de distracción las oscuras vigas entrecruzadas del alto techo y las líneas negras de sombra que proyectaban.

—Voy a introducir una imagen en tu pensamiento —dijo Merriman con toda tranquilidad—. Dime qué ves.

La imagen se formó en la mente de Will con la naturalidad de quien decide dibujar un paisaje imaginario y establece lo que ve antes de ponerlo sobre el papel. El muchacho iba describiendo los detalles a medida que surgían:

—Sobre el mar hay una colina cubierta de hierba, como una especie de acantilado poco pronunciado. Se ve muchísimo cielo, un cielo azul, y al fondo, el azul del mar es más oscuro. Mucho más hacia abajo, justo donde el mar se encuentra con la tierra, hay una franja de arena, una arena de un precioso brillo dorado. Hacia el interior, y visto desde el cabo tapizado de hierba (en realidad no puede verse desde aquí, salvo por el rabillo del ojo), hay colinas, unas colinas envueltas en brumas. Son como de un púrpura claro, y sus bordes se disuelven en una neblina azul, así como los colores de una pintura se disuelven entre sí cuando están mojados. —Salió de ese estado parecido al trance y miró con avidez a Merriman, clavando sus ojos en las sombras con un interés inquisitivo—. Además, es una imagen triste. Usted la añora, echa de menos ese lugar, dondequiera que esté. ¿Dónde se encuentra?

—Basta ya —lo atajó Merriman, pero parecía complacido—. Lo haces bien. Ahora es tu turno. Dame una imagen, Will. Elige alguna escena habitual, cualquier cosa, y piensa en su aspecto, como si estuvieras mirándola.

Will pensó en lo primero que le vino a la cabeza. Era consciente de que eso era lo que le había estado preocupando en el fondo durante todo ese tiempo: la imagen de los dos portones, aislados en la ladera de la nevada colina, con todos sus intrincados dibujos tallados y la extraña reverberación en los bordes.

—Las puertas, no —dijo Merriman, interrumpiéndole—. No pienses en cosas tan recientes. Piensa en algo de tu vida, algo que sucediera antes del invierno.

Durante un segundo Will se lo quedó mirando, desconcertado; luego tragó con fuerza, cerró los ojos y pensó en la joyería que su padre tenía en la pequeña ciudad de Eton.

—La manecilla de la puerta es de palanca, como una barra redondeada, y debe empujarse hacia abajo, quizá unos diez grados, para abrirse —iba diciendo Merriman lentamente—. Cuando la puerta se abre, suena una diminuta campana que hay colgada. Has de bajar unos centímetros hasta llegar al suelo, y la sacudida del desnivel sorprende, aunque no es peligrosa. Hay estantes de cristal en todas las paredes, y también tras el mostrador. ¡Pues claro! ¡Ahora caigo!, esta debe de ser la joyería de tu padre. Tiene cosas muy bonitas. Un reloj de pie, muy antiguo, en la esquina de atrás, con una cara pintada y un tictac grave y lento. Una gargantilla de turquesas con un engaste de serpientes de plata situado en la estantería central: una obra zuñi, creo, de una civilización muy remota. Un colgante de esmeraldas en forma de lagrimón verde. Una pequeña maqueta de un castillo de cruzados trabajada en oro, encantadora; creo que te gusta desde que eras pequeño (igual es un salero). Ese hombre tras el mostrador, bajo, alegre y educado, sin duda es tu padre, Roger Stanton. Es interesante verlo al fin con tanta claridad, sin esa neblina... Lleva un monóculo en el ojo, y está mirando un anillo: un antiguo anillo de oro con nueve piedrecitas dispuestas en tres hileras, tres esquirlas de diamante en el centro y tres rubíes a cada lado, y unas curiosas líneas rúnicas que los bordean. Creo que un día de estos estudiaré con más detalle esta joya.

—¡Hasta has visto el anillo! —dijo Will fascinado—. Es el anillo de mi madre. Papá lo estaba observando la última vez que estuve en la tienda. Ella creía que una de las piedras estaba suelta, pero él le dijo que era una ilusión óptica... ¿Cómo lo hace?

—¿Hacer el qué? —La suavidad de su grave voz era sobrecogedora.

—Bueno... Pues eso. Poner una imagen en mi cabeza y luego ver la que tengo yo. Telepatía, ¿se dice así? ¡Es increíble! —exclamó, a pesar de que una cierta inquietud iba abriéndose paso en su mente.

—¡En fin! —dijo Merriman con paciencia—. Te lo mostraré de otra manera. Junto a ti hay un círculo de velas encendidas sobre la mesa, Will Stanton. Vamos a ver, ¿sabes alguna manera de apagar una de ellas sin soplar, mojarla con agua, usar un apagavelas o aplastar la mecha con los dedos?

—No.

—Claro que no. No hay ninguna. Pues bien. Yo te digo que por ser quien eres puedes hacer eso sencillamente deseándolo. Con tu don, eso es algo insignificante para ti, sin duda. Si mentalmente eliges una de esas llamas y piensas en ella sin ni siquiera mirarla, te concentras y le dices que se apague, la llama se apagará. ¿Acaso crees posible que eso pueda hacerlo un chico normal?

—No —dijo Will apesadumbrado.

—Hazlo —dijo Merriman—. Ahora.

En la estancia se hizo un silencio repentino y denso como el terciopelo. Will podía notar que ambos lo miraban. Como último recurso se propuso acabar con toda esa pantomima. Pensaré en una llama, pero no en una de ésas; será otra mucho mayor, algo que no pueda apagarse si no es por algún sortilegio imposible y raro que ni siquiera Merriman conozca. Paseó la mirada por la habitación y vio el juego de sombras sobre los ricos tapices del muro de piedra. Entonces se concentró con todas sus fuerzas, casi con rabia, en la imagen del fuego de leña que ardía en la enorme chimenea situada a su espalda. Sentía el calor en la nuca, y pensó en el mismo centro refulgente y anaranjado del enorme montón de troncos y en las amarillas y saltarinas lenguas de las llamas. Apágate, fuego, dijo mentalmente, y de súbito se sintió a salvo, libre de los peligros que comportaba ese poder, porque desde luego ningún fuego de ese tamaño podía apagarse sin una auténtica razón. Fuego: deja de arder. Apágate.

El fuego se extinguió. De repente la habitación estaba helada; y más oscura. Las llamas de las velas dispuestas en el círculo seguían ardiendo sobre la mesa, sumidas tan sólo en el pequeño y frío reducto de su propia luz. Will giró sobre sus talones, mirando consternado la lumbre; no había rastro alguno de humo, agua o cualquier otro signo que pudiera explicar la desaparición del fuego. Estaba absolutamente apagado, frío y oscuro, sin desprender tan sólo una chispa. Se acercó lentamente. Merriman y la anciana no pronunciaron ni una palabra, y no se movieron. Will se agachó y tocó los ennegrecidos leños de la lumbre. Estaban fríos como el acero, aunque sucios por una capa de ceniza reciente que se desintegraba al tocarla con los dedos, convirtiéndose en polvillo blanco. Permaneció de pie, frotándose la mano en la pernera del pantalón y mirando desconsoladamente a Merriman. Los intensos ojos de este último brillaban como ascuas negras, pero en ellos había compasión, y cuando Will buscó nervioso la mirada de la anciana, también advirtió un deje de ternura en su rostro.

—Hace un poco de frío, Will —dijo con amabilidad.

Durante un intervalo atemporal que duró apenas lo que dura un suspiro, Will sintió la necesidad de gritar, presa del pánico, rememorando el terror que experimentó en la tétrica pesadilla de la tormenta de nieve. Luego ese sentimiento se desvaneció, y al recobrar la paz, se sintió fortalecido, más relajado. Sabía que de algún modo había aceptado el poder, fuere lo que fuese aquello a lo que se resistía, y supo lo que debía hacer. Inspirando profundamente, echó hacia atrás los hombros y se quedó allí de pie, en medio de la sala, enhiesto y firme. Sonrió a la mujer, luego desvió la mirada y sin posarla en algo concreto, se concentró en la imagen del fuego. Vuelve, fuego, dijo para sus adentros. Vuelve a arder. La luz volvió a danzar sobre las paredes recubiertas de tapices, y la calidez de las llamas de nuevo le acarició la nuca. El fuego ardía.

—Gracias —dijo la anciana.

—Bien hecho —dijo Merriman en voz baja; y Will supo que

no se refería meramente al acto de haber apagado y vuelto a encender el fuego—. Es una carga. No te confundas. Todos los grandes dones, poderes o talentos son una carga, y éste, más que ningún otro. A menudo desearás liberarte de él, y no podrás hacer nada al respecto. Si has nacido con el don, debes obedecerlo, y nada absolutamente, ni en este mundo, ni en cualquier otro, puede interponerse en ese servicio, porque ésa es la razón de que tú nacieras, y ésta es la Ley. También tengo que decirte, joven Will, que ahora sólo tienes una remota idea del poder que habita en ti, porque hasta que no hayamos concluido las primeras etapas del aprendizaje, correrás un grave peligro; y cuanto menos sepas lo que tu poder significa, mejor podrá protegerte, tal y como lleva haciendo durante los últimos diez años.

Se quedó observando el fuego durante un momento, con el ceño fruncido.

—Sólo te diré que eres uno de los Ancestrales, el primero que nace desde hace quinientos años, y el último. Como todos nosotros, estás obligado por naturaleza a consagrarte a la larga lucha que libran la Luz y las Tinieblas. Con tu nacimiento, Will, se ha completado un círculo que empezó a formarse hace cuatro mil años, en todos y cada uno de los lugares más antiguos de esta tierra: el círculo de los Ancestrales. Ahora que has tomado posesión de tu poder, tu tarea es hacer que ese signo sea indestructible. Tu búsqueda consiste en encontrar y proteger los seis grandes signos de la Luz que los Ancestrales hicieron a lo largo de los siglos, los cuales sólo podrán reunir todo su poder cuando el círculo se complete. El primer signo ya cuelga de tu cinturón, pero encontrar el resto no será fácil. Tú eres el Buscador de los Signos, Will Stanton. Ése es tu destino, tu primera búsqueda. Si puedes lograrlo, habrás hecho revivir uno de los tres grandes poderes que los Ancestrales deberán controlar para vencer a las fuerzas de las Tinieblas, las cuales se ciernen sobre el mundo de manera implacable y furtiva.

Los distintos ritmos que imprimía a su voz, que crecían y decrecían siguiendo un modelo cada vez más formal, se trocaron sutilmente en una especie de cántico, como un grito de guerra. Es una llamada, pensó Will en el acto con un escalofrío recorriéndole la piel. Invoca algo que se halla más allá de la sala inmensa, que trasciende el momento mismo de la llamada.

—Porque las Tinieblas... las Tinieblas están resurgiendo. El Caminante ya ha salido, el Jinete cabalga; se han despertado, y las Tinieblas se alzan. El último de los que integran el círculo ha venido para exigir lo que le corresponde, y los círculos deben reunirse ahora. El caballo blanco debe ir al encuentro del Cazador, y el río apoderarse del valle. Ha de haber fuego en la montaña, fuego bajo las piedras, fuego sobre el mar. ¡Fuego para incendiar las Tinieblas! Las Tinieblas... ¡Las Tinieblas están resucitando!

Se quedó en pie, con la prestancia de un árbol inmenso arraigado en la estancia en penumbra, mientras su grave voz resonaba como un eco. Will no conseguía apartar los ojos de él. «Las Tinieblas están resucitando.» Eso es exactamente lo que había sentido la noche anterior. Eso era lo que empezaba a sentir de nuevo, una velada conciencia del mal, aguijoneándole en la punta de los dedos y en las cervicales. Se había quedado mudo de la impresión. Merriman, en un tono cantarín que contrastaba con su impresionante corpulencia, recitó como un niño:

> Cuando las Tinieblas se alcen, seis las rechazarán:
> tres desde el círculo, tres desde el sendero.
> Madera, bronce, hierro; agua, fuego y piedra.
> Cinco serán los que regresen, y uno solo avanzará.

65

Luego salió majestuosamente de las sombras, pasó junto a la mujer, quien, inmóvil, y con los ojos brillantes, seguía sentada en la silla de respaldo alto, y con una mano levantó uno de los gruesos velones blancos del luminoso candelabro circular mientras con la otra empujaba a Will hacia la pared más cercana.

—Observa bien, Will —dijo—. De manera sucesiva los Ancestrales irán mostrándote una parte de sí mismos, y te harán recordar tu yo más interior. Míralos de uno en uno, solo un instante.

Empezó a dar zancadas muy largas por la estancia, llevando a Will junto a él y alzando la vela una y otra vez junto a cada uno de los tapices que colgaban de la pared. Cada vez, como si Merriman lo hubiera ordenado, una vívida efigie centelleaba un instante en cada una de las brillantes piezas bordadas, tan deslumbrantes e intensas como la imagen de un día soleado contemplada desde una ventana. Entonces Will vio y también comprendió.

Vio un árbol de espinos con flores blancas que crecía en lo alto de un tejado de paja. Vio cuatro piedras enhiestas, grises y colosales, en un cabo junto al mar. Vio la blanquecina calavera de un caballo, sonriendo con una mueca desprovista de ojos y con un único cuerno, pequeño y grueso, que sobresalía roto de su huesuda frente, mientras unas cintas rojas engalanaban sus largas mandíbulas. Vio un rayo derribando un haya enorme y provocando un gran incendio en la desnuda ladera de una colina, recortándose contra el negro cielo.

Vio el rostro de un muchacho no mucho mayor que él, mirando con curiosidad hacia su interior: su moreno rostro iba enmarcado por unos cabellos claros, a mechones. Tenía unos ojos extraños, parecidos a los de un gato, con las pupilas finamente rebordeadas pero casi amarillas. Vio un ancho río desbordándose y junto a él, un anciano arrugado subido a un caballo enorme. Mientras Merriman lo iba guiando de un dibujo a otro de manera inexorable, de repente vio con un atisbo de terror la imagen más nítida de todas: un hombre enmascarado, con rostro de humano, cabeza de ciervo, ojos de búho, orejas de lobo y cuerpo de caballo. El personaje saltó, y en la memoria de Will se avivó algún lejano recuerdo.

—No los olvides —dijo Merriman—. Serán tu fuerza.

Will asintió, y entonces notó una tensión en todo su cuerpo. Súbitamente oyó unos ruidos exteriores cada vez más intensos, y con una certeza temible y absoluta supo cuál era la razón de su inquietud anterior. La anciana no se movió de su silla, y él y Merriman volvieron junto a la lumbre. Una espantosa mezcla de lamentos, susurros y estridentes llantos, como las voces enjauladas de un zoo maligno, llenó de repente la espaciosa sala. Era el sonido más desagradable de cuantos Will hubiera escuchado jamás.

Se le pusieron los pelos de punta y, de repente, se hizo el silencio. Un leño de la hoguera crujió al caer. Will oía la sangre latiéndole en las venas. El silencio lo quebró un sonido diferente, que provenía del exterior y penetraba por la pared más distante: el aullido suplicante y desconsolado de un perro abandonado, que, presa del pánico, reclamaba ayuda y amistad. Sonaba como cuando *Raq* y *Ci*, sus perros, eran cachorros y pedían auxilio en la oscuridad. Will sintió que le embargaba una profunda simpatía por el animal, y se volvió instintivamente hacia el sonido.

—¡Oh! ¿Dónde está? ¡Pobrecito...!

Al mirar la pared desnuda del extremo opuesto, vio que se estaba formando una puerta, en nada parecida a esos portones que desaparecieron tras entrar el muchacho, sino mucho más pequeña: era una puerta rara y angosta, que desentonaba con el lugar. Sin embargo, Will sabía que abriéndola, ayudaría al implorante perro. El animal volvió a aullar con mucho más sentimiento, y su quejido se tornó en una súplica estridente, un alarido desesperado. Will se volvió y en un impulso se precipitó hacia la puerta; pero al primer paso, lo dejó paralizado la voz de Merriman: su tono era amable, aunque tenía la frialdad de las rocas en invierno.

—Espera. Si vieras la forma que tiene ese pobre y desgraciado perrito, te llevarías una gran sorpresa. Por otro lado, eso sería lo último que verías jamás.

Will se detuvo con incredulidad y esperó. El aullido se desvaneció con un último y prolongado alarido. Durante unos segundos se impuso el silencio. Entonces, de repente, oyó la voz de su madre detrás de la puerta:

—¿Will? Wiiilll. ¡Ven a ayudarme, Will!

Era su voz, sin duda, pero traducía una emoción desconocida: un asomo de pánico incontrolado que asustó al chico. Volvió a hablar por segunda vez:

—¿Will? ¡Te necesito! ¿Dónde estás, Will? ¡Por favor! ¡Ven a ayudarme, Will! ¡Te lo suplico! —Y se oyó como si se le quebrara la voz al terminar la frase, como si sollozara.

Will no podía soportarlo. Se abalanzó corriendo hacia la puerta. La voz de Merriman le alcanzó como un latigazo.

—¡Detente!

—¡Tengo que ir! ¿Acaso no la oye? —Will gritaba colérico—. ¡Tienen a mi madre! ¡Tengo que ir a ayudarla!

—¡No abras esa puerta, por lo que más quieras! —La grave voz de Merriman sonaba tan desesperada que Will, de manera intuitiva, captó que Merriman, en última instancia, no tendría el poder suficiente para detenerlo.

—Ésa no es tu madre, Will —dijo la anciana con claridad.

—¡Por favor, Will! —suplicaba la voz de su madre.

—¡Ya voy!

Will alcanzó el sólido pasador de la puerta, pero con las prisas tropezó, se golpeó contra el magnífico candelero, que le llegaba a la altura de la cabeza, y se le clavó el brazo al costado. Sintió un dolor agudo y repentino en el antebrazo, gritó y cayó al suelo, mirándose la cara interna de la muñeca. El signo del círculo cuarteado aparecía terriblemente marcado en rojo en su piel. El símbolo de hierro de su cinturón le había vuelto a clavar su feroz dentellada gélida; y de tan frío como estaba, quemaba como el hierro candente, con un resplandor furioso que le advertía de la presencia del mal: la presencia que Will había sentido y, sin embargo, había olvidado. Merriman y la mujer seguían sin moverse. Will tropezó, se puso en pie con torpeza y escuchó, mientras al otro lado de la puerta la voz de su madre lloraba, se enfadaba, e incluso terminaba amenazándolo. Luego volvió a calmarse, para convencerlo con zalamerías. Al final, cesó, y desapareció con un sollozo que le partió el alma, a pesar de que su mente y sus sentidos le decían que esa voz no era real.

La puerta se desvaneció con ella, fundiéndose como la neblina, hasta que la pared de piedra grisácea volvió a ser tan sólida y lisa como antes. En el exterior el horrible e inhumano coro de lamentos y gemidos reanudó su cántico.

La anciana se puso en pie y atravesó la sala, y su largo vestido verde iba haciendo un suave frufrú a cada paso. Tomó el antebrazo herido de Will entre sus manos e impuso su palma derecha y fría sobre la marca. Luego lo soltó. El dolor del brazo le había desaparecido, y allí donde había estado la rojiza quemadura, ahora podía verse esa piel brillante y sin vello que crece cuando las heridas llevan un tiempo cicatrizadas. Sin embargo, la forma del círculo era clara, y Will supo que la llevaría durante el resto de su vida; era como una marca.

Aquellos sonidos de pesadilla que se oían tras la pared iban aumentando y desvaneciéndose, viajando en irregulares ondas.

—Lo siento —dijo Will apesadumbrado.

—Ya ves que estamos cercados —intervino Merriman, avanzando unos pasos para unirse a ellos—. Esperan ejercer su dominio sobre ti mientras todavía no controles del todo tu poder; y el peligro sólo ha hecho que empezar, Will. A medida que transcurra este invierno su poder irá aumentando, y la magia Ancestral solo lo mantendrá a raya en Nochebuena. Incluso después de Navidad las Tinieblas podrán incrementar su fuerza, y esa fuerza no cesará hasta el Duodécimo Día y la Duodécima Noche (en realidad el antiguo día de Navidad, y antes de eso, aunque te hablo de hace muchísimo tiempo, la época en que celebrábamos las fiestas de mediados de invierno).

—¿Qué ocurrirá? —preguntó Will.

—Solo debemos pensar en lo que hay que hacer —respondió la anciana—. Lo primero es liberarte del círculo de poder de las Tinieblas que se ha trazado en esta habitación.

—No bajes la guardia —dijo Merriman, escuchando con suma atención—. No confíes en nada. Han fracasado probando tus emociones, pero la próxima vez intentarán tenderte otra trampa, manipulando tus sentimientos.

—No sucumbas al miedo —intervino ella—. Recuérdalo, Will. A menudo te sentirás asustado, pero no debes temerlos nunca. Los poderes de las Tinieblas pueden obrar muchas cosas, pero no son capaces de destruir. No pueden matar a los que pertenecemos a la Luz. A menos que obtengan el dominio total sobre la Tierra. La tarea de los Ancestrales (tu deber y el nuestro) es evitarlo. Por consiguiente, no permitas que te atemoricen o te hundan en la desesperación.

Siguió hablando, y dijo más cosas, pero su voz era ahogada como una roca sumergida en el vaivén de la marea alta, mientras el horrible coro que gemía y se lamentaba tras las paredes cobraba intensidad, rápido y colérico, en una cacofonía de risotadas y carcajadas sobrenaturales, gritos de terror y risas jocosas, aullidos y gruñidos. Escuchando ese pandemónium, Will no pudo evitar que se le pusiera la carne de gallina, y empezó a sudar.

Como en un sueño, oyó la grave voz de Merriman que lo llamaba, destacándose sobre el terrorífico ruido. Sin embargo, el muchacho no hubiera podido moverse de no ser por la anciana, quien le cogió la mano y lo guió a través de la sala, hacia la mesa y la lumbre, el único reducto de luz en la oscura estancia. Merriman le habló al oído con voz clara, en un tono de voz rápido y apremiante:

—No te alejes del círculo, el Círculo de la Luz. Ponte de espaldas a la mesa, y danos la mano. Esta unión no podrán romperla.

Will permaneció de pie, con los brazos abiertos, mientras fuera del alcance de su vista los Ancestrales asían sus manos. La luz del fuego que despedía la chimenea se extinguió, y el chico tomó conciencia de que en la mesa que había a sus espaldas las llamas de las velas dispuestas en círculo crecían en proporciones gigantescas, y llegaban tan alto que cuando inclinó hacia atrás la cabeza, pudo verlas alzándose por encima de él, en una blanca columna de luz. Ese gran árbol de llamas no despedía calor, y aunque resplandecía con un brillo cegador, no proyectaba luz alguna más allá de la mesa. Will no podía ver el resto de la sala, las paredes o las imágenes, y tampoco puerta alguna. No veía nada en absoluto, salvo la oscuridad, el vasto y negro vacío de la terrorífica noche cerniéndose sobre él.

Eran las Tinieblas, alzándose sin tregua para tragarse a Will Stanton antes de que el muchacho fuera lo bastante fuerte para perjudicarlos. A la luz de las extrañas velas Will apretaba los frágiles dedos de la anciana y el puño de Merriman, áspero como la madera. El grito de las Tinieblas se hizo insoportable, y sonaba como un relincho agudo y triunfante. A ciegas Will supo que ante él, en la oscuridad, el enorme semental negro se erguía sobre sus patas traseras como había hecho junto a la cabaña del bosque, con el Jinete montado en él y dispuesto a abatirlo si las nuevas herraduras del animal no hacían su trabajo. Ninguna yegua blanca podría ahora salir del cielo para rescatarlo.

Oyó gritar a Merriman:

—¡El árbol de llamas, Will! ¡Lánzales las llamas! ¡Háblale al fuego! ¡Habla con las llamas y ataca!

Obedeciendo con desesperación, Will hizo que su mente se poblara con la imagen del gran círculo de altísimas llamas que tenía detrás, creciendo como un blanco árbol; y entonces notó que las mentes de sus compañeros lo apoyaban, albergando el mismo pensamiento, y tuvo la certeza de que los tres juntos podrían lograr muchísimo más de lo que nunca hubiera imaginado. Notó una leve presión en cada una de sus manos, y atacó mentalmente con la columna de luz, arremetiendo con ella como si fuera un látigo gigante. Por encima de su cabeza surgió un inconmensurable destello de luz blanca, mientras las altísimas llamas oscilaban con un relampagueo y se oía un desgarrador grito procedente de la oscuridad. Algo se había precipitado desde lo alto (el Jinete, el semental negro, quizá ambos a la vez). Se había esfumado, eliminado y sepultado en el abismo.

En el espacio abierto por la oscuridad, mientras Will todavía guiñaba los ojos deslumbrado, aparecieron los dos portones de madera tallada por los que había entrado el muchacho por primera vez en la sala. Rodeado de un silencio repentino, Will clamó victoria, dando un salto hacia delante y soltándose de las manos que lo amparaban. Merriman y la anciana lo avisaron a gritos, pero ya era demasiado tarde. Will había roto el círculo y estaba solo. Al darse cuenta, se sintió mareado, y se protegió la cabeza con las crispadas manos, mientras un extraño timbre empezaba a martillearle en los oídos. Se obligó a avanzar y fue tambaleándose hacia las puertas, se apoyó en ellas y golpeó débilmente las hojas con el puño. No se abrieron. El fantasmagórico sonido de su cabeza aumentó. Vio que Merriman se le acercaba, caminando con gran esfuerzo e inclinado como si luchara contra un viento huracanado.

—¡Qué locura, Will! ¡Qué locura! —exclamaba casi sin aliento.

Agarró los portones y los zarandeó, empujando con toda la fuerza de sus brazos, hasta que junto a sus cejas unas retorcidas venitas se le marcaron bajo la piel con la dureza de un alambre. Sin dejar de empujar, levantó la cabeza y pronunció una larguísima orden en voz alta que Will no comprendió. Sin embargo, las puertas no cedían. El muchacho sentía que la debilidad se apoderaba de él, como si fuera un muñeco de nieve derritiéndose al sol.

Lo que, sin embargo, lo devolvió a la realidad, justo cuando empezaba a caer en una especie de trance, fue algo que jamás pudo describir; ni siquiera recordar con precisión. Era como cuando ya no sentimos dolor, como si la discordia cediera paso a la armonía; como cuando nos asalta un buen humor repentino en un día gris y monótono, que nos resulta incomprensible hasta que nos damos cuenta de que empieza a brillar el sol. El chico tuvo la certeza absoluta de que esa música silenciosa que había penetrado en su mente y le daba ánimos provenía de la anciana. La mujer empezó a hablarle sin palabras. Les hablaba a ambos; y también a las Tinieblas. Will miró hacia atrás y se quedó helado; la dama parecía mucho más alta y enorme, y se mostraba más erguida que antes. Era como si toda su persona estuviera hecha a una escala mayor. Alrededor de su cuerpo había un halo dorado, un resplandor que no lo provocaba la luz de las velas.

Will pestañeó, pero no podía ver con claridad; era como si un velo lo separara de ella. Oyó la voz de Merriman, con una ternura todavía desconocida, pero quebrada por alguna tristeza insondable y repentina. Con profundo pesar, dijo:

—Señora. Tenga cuidado, tenga mucho cuidado.

Ninguna voz le respondió, pero Will notó una sensación de alegría. Luego desapareció, y la alta y fulgurante forma, que era y no era la anciana, penetró lentamente en la oscuridad, encaminándose hacia los portones. Por un segundo Will volvió a oír la evocadora frase musical que nunca conseguía fijar en su memoria, y las puertas se abrieron despacio. Fuera una luz gris lo bañaba todo en silencio, y el aire era frío.

A su espalda la luz circular de las velas se había extinguido, y sólo reinaba la oscuridad, una oscuridad incómoda y vacua; y tuvo la certeza de que la sala ya no se encontraba allí. De repente advirtió que la figura luminosa y dorada que tenía ante sí también se desvanecía, esfumándose como el humo que se afina hasta hacerse invisible. Durante unos segundos un destello de color rosa surgió del enorme anillo que la anciana sostenía, y luego eso también desapareció, y su resplandeciente presencia se disolvió en la nada. Will sintió la pérdida con profundo dolor, como si su mundo entero hubiera sido engullido por las Tinieblas, y gritó con todas sus fuerzas.

Alguien le tocó en el hombro. Merriman se hallaba a su lado. Cruzaron el umbral y, muy despacio, los colosales portones de madera tallada se cerraron tras ellos, dándoles el tiempo suficiente para ver que, en efecto, eran esas mismas puertas misteriosas las que se habían abierto para él en la ladera alfombrada de blanca nieve virgen de una colina de las Chiltern. En el momento en que se cerraron, dejó de verlas. Sólo era visible la grisácea luz de la nieve, como un reflejo del gris del cielo. Había vuelto al mundo boscoso y sepultado por la nieve por el que había caminado de buena mañana.

—¿Adónde ha ido? ¿Qué ha pasado?

—Ha sido demasiado para ella. La tensión era demasiado fuerte, incluso para su persona —anunció Merriman con una voz sorda y amarga—. Jamás... Jamás había visto nada parecido. —Y dejó vagar su mirada con un sentimiento de rabia.

—¿Qué pasa con ellos?... ¿Se la han llevado? —Will no sabía qué palabras emplear para referirse al miedo.

—¡No! —exclamó Merriman. La palabra sonó rápida, con desprecio, casi como si fuera una carcajada—. Sus poderes no pueden afectar a la Dama. Ella trasciende cualquier poder. Dejarás de hacer preguntas como ésta cuando hayas aprendido un poco. Se ha marchado durante un tiempo, eso es todo. La causa fue que tuvo que abrir las puertas, y enfrentarse a todo lo que las mantenía cerradas. Las Tinieblas no han podido destruirla, pero la han agotado, y la han obligado a retirarse. La distancia y la soledad le permitirán recuperarse, cosa que a nosotros nos perjudicará, porque podríamos necesitarla. De hecho, vamos a necesitarla. El mundo siempre la necesita.

Bajó la vista y miró a Will sin afecto. De pronto parecía distante, casi amenazador, como un enemigo. Movió una mano con impaciencia.

—Abróchate la chaqueta, muchacho, antes de que te congeles.

Will intentó abrocharse torpemente los botones de su abigarrada pelliza, y se dio cuenta de que Merriman se envolvía en una larga y desgastada capa azul con un cuello muy ancho.

—Ha sido por mi culpa, ¿verdad? —dijo con tristeza—. Si no hubiera corrido cuando vi las puertas... Si hubiera seguido con las manos cogidas a las vuestras y no hubiera roto el círculo...

—Sí —dijo Merriman de manera cortante, aunque luego rectificó—. Fue obra de ellos, Will; no fue culpa nuestra. Te engañaron, manipulando tu impaciencia y tu esperanza. Les encanta servirse de los buenos sentimientos para hacer el mal.

Will seguía de pie, con las piernas abiertas y las manos en los bolsillos, mirando el suelo. Una canción resonaba con desdén en lo más profundo de su mente: «Has perdido a la Dama; has perdido a la Dama». La tristeza le atenazaba la garganta, y un nudo en el cuello le impedía hablar. Entre los árboles sopló una brisa que roció su rostro con cristales de nieve.

—Will —increpó Merriman—. Estaba enfadado. Perdóname. Tanto si hubieras roto el círculo como si no, el resultado habría sido el mismo. Las puertas son nuestro pasadizo hacia el Tiempo, y no tardarás en saber su utilidad. En esta ocasión, sin embargo, no hubieras podido abrirlas, y yo tampoco; y puede que nadie del círculo. La fuerza que las bloqueaba era el poder del solsticio de invierno de las Tinieblas, que nadie, a excepción de la Dama, puede vencer solo; ni siquiera ella, salvo a costa de su propia persona. ¡Anímate!; cuando sea el momento, volverá.

Tiró del cuello de la capa y éste se convirtió en una capucha con la que cubrió su cabeza. Al quedar oculto el pelo blanco, súbitamente su apariencia se tornó tétrica, estilizada e inescrutable.

—Ven —dijo, y guió a Will por la profunda nieve, entre hayas inmensas y robles desnudos de hojas. Al cabo de un rato, se detuvieron en un calvero—. ¿Sabes dónde estamos?

—¡Pues claro que no! ¿Cómo iba a saberlo? —preguntó Will, observando los ventisqueros a su alrededor, con los árboles al fondo.

—Sin embargo, antes de que llegue el final del invierno, te arrastrarás hasta esta hondonada para contemplar las campanillas de invierno que crecen por todos lados, junto a los árboles. En primavera volverás a mirar los narcisos. Todos los días de la semana, a juzgar por lo que hiciste el año pasado.

—¿Te refieres a la mansión? —preguntó Will boquiabierto—. ¿Es el terreno de la mansión?

En su siglo la mansión de Huntercombe era la casa más importante del pueblo. Desde la carretera no podía verse, pero el terreno corría paralelo al Camino de Huntercombe, al otro lado dé la casa de los Stanton, y se extendía durante un buen trecho en ambas direcciones, bordeado alternativamente por tramos de rejas de hierro oxidado y viejos muros de ladrillo. La propietaria era una tal señorita Greythorne, descendiente de los antiguos propietarios que durante generaciones habían ocupado la casona, pero Will no la conocía demasiado bien. Apenas la había visto alguna vez, y la casa tampoco le resultaba familiar; la recordaba vagamente como un conglomerado de altos hastiales de obra vista y chimeneas estilo Tudor. Las flores a las que Merriman se había referido servían de mojones en su época para señalar la propiedad privada. Desde que tenía uso de razón a finales de invierno se colaba entre los hierros de la verja de la casona para quedarse un rato en ese claro mágico y observar las delicadas campanillas de invierno que anunciaban el fin de la estación; y luego disfrutar del brillo de los dorados narcisos de la primavera. No sabía quién había plantado las flores, porque nunca había visto a nadie en el lugar. Ni siquiera estaba seguro de que alguien más supiera de su existencia. Esa imagen revivió en su mente. Sin embargo, otras preguntas acuciantes no tardaron en sustituirla.

—¡Merriman! ¿Intentas decir que este claro existía ahí cientos de años antes de que lo viera yo por primera vez? ¿Y que la gran sala es una mansión anterior, que existía antes de la otra mansión, hace muchísimos siglos? En cuanto al bosque que nos rodea, el que atravesé cuando vi al herrero y el Jinete... y que se extiende hasta perderse de vista, ¿también pertenece a...?

Merriman le miró y rió, con una risa divertida, desprovista de repente de la tensión que habían experimentado ambos.

—Deja que te muestre algo.

Se llevó a Will lejos de los árboles y del claro, hasta donde terminaba la sucesión de troncos y montículos de nieve. Ante sus ojos no apareció el estrecho sendero de la mañana que Will esperaba, discurriendo sinuoso por el inacabable y frondoso bosque poblado de árboles muy antiguos, sino el trazado familiar del Camino de Huntercombe del siglo XX, y a lo lejos, un poco más arriba de la carretera, un retazo de su propia casa. Frente a ellos veían los hierros de la verja de la mansión, un poco más bajos debido a la altura de la nieve; Merriman los atravesó de una zanjada, con las piernas rectas; Will se escabulló por su resquicio habitual, y ambos llegaron a la carretera flanqueada por la nieve.

Merriman se quitó la capucha y levantó la cabeza, coronada por una blanca melena, como captando el aroma de ese nuevo siglo.

—Ya lo ves, Will. Los que pertenecemos al círculo no estamos muy insertos en el Tiempo. Las puertas son el camino que lo atraviesa, en la dirección que nosotros escogemos; porque todos los tiempos coexisten, y el futuro a veces puede afectar al pasado, aunque el pasado también sea la senda que nos llevará al futuro... Los hombres, sin embargo, no son capaces de entenderlo. Tú tampoco lo entenderás durante un tiempo. Asimismo podemos viajar a través de los años de otros modos: esta mañana hemos utilizado uno diferente para devolverte a tu lugar de origen: unos cinco o seis siglos después. Ahí es donde has estado: en la época de los Bosques de la Corona, que cubrían toda la vertiente sur de esta región, desde Southampton Water hasta el valle del Támesis, donde ahora nos encontramos.

Señaló el llano horizonte, perpendicular a la carretera, y Will recordó que esa mañana había visto el Támesis dos veces: una, fluyendo entre los familiares campos, y la otra, en cambio, sepultado entre los árboles. Se quedó mirando el rostro de Merriman, y advirtió la intensidad de sus recuerdos.

—Hace quinientos años —explicó Merriman— los reyes de Inglaterra eligieron deliberadamente conservar esos bosques, que engullían pueblos enteros y aldeas, para que las criaturas salvajes, los ciervos y los jabalíes, e incluso los lobos, pudieran alimentarse y convertirse en buenas presas de caza. Sin embargo, los bosques no son lugares fáciles de manejar, y los reyes, sin sospecharlo, establecieron también un refugio para las fuerzas de las Tinieblas, las cuales no tuvieron necesidad de retroceder hasta las montañas y las tierras lejanas del norte... Ése es el lugar donde has estado, Will. En el bosque de Anderida,

79

como solían llamarlo. En una época desaparecida hace ya mucho tiempo. Estuviste allí en la alborada, caminando por el bosque y entre la nieve; en la desnuda ladera de una de las colinas de las Chiltern; y también la primera vez que cruzaste las puertas: eso era un símbolo, tu primera visita, el día en que ingresabas en la vida en forma de Ancestral. En ese pasado también es donde dejamos a la Dama. ¡Ojalá supiera dónde y cuándo volveremos a verla! ¡En fin! Lo que tenga que ser, será. —Se encogió de hombros, como volviéndose a sacudir de encima la tensión—. Ya puedes volver a casa, Will, porque estás en tu propio mundo.

—Tú también estás en él —puntualizó Will.

—He vuelto, sí —dijo Merriman, sonriendo—. Con sentimientos muy contradictorios.

—¿Adónde irás?

—Por ahí. Me corresponde un lugar en este presente, igual que a ti. Ahora ve a casa, Will. El siguiente paso de tu búsqueda depende del Caminante, y él te encontrará. Cuando su círculo se entrelace en tu cinturón junto al primero, vendré.

—Pero...

De repente Will deseaba agarrarse a él, rogarle que no se marchara. Su hogar ya no parecía la fortaleza inconquistable que siempre había sido.

—Todo irá bien —dijo Merriman con cariño—. Acepta las cosas como vengan. Recuerda que el poder te protege. No hagas disparates que puedan perjudicarte, y no tendrás ningún problema. Pronto volveremos a vernos, te lo prometo.

—De acuerdo —dijo Will sin demasiado convencimiento.

Una extraña racha de aire se arremolinó a su alrededor en la quieta mañana, y de los árboles que flanqueaban la carretera se desprendieron trozos de nieve que los salpicaron al caer.

Merriman se envolvió en su capa, marcando un dibujo sobre la nieve con el borde inferior de la prenda. Lo miró de manera penetrante, como si le estuviera haciendo alguna advertencia y a su vez lo animara a seguir. Cubriéndose la cabeza con la capucha, se fue por la carretera dando grandes zancadas, sin pronunciar palabra. Desapareció al dar la curva que había junto al bosque de los Grajos, en dirección a la granja de los Dawson.

Will cogió aire y apretó a correr. La avenida estaba silenciosa bajo la densa nieve. La mañana era gris; los pájaros no se movían ni piaban; todo estaba en calma. La casa también estaba profundamente callada. Se quitó la ropa de la calle y subió las silenciosas escaleras. En el rellano se detuvo para mirar por la ventana, y vio los tejados y los campos blancos. Ahora los inmensos bosques ya no cubrían la tierra como un manto. La nieve no había perdido altura, pero se había asentado sobre los llanos campos del valle, y se perdía de vista, hasta llegar a la curva del Támesis.

—De acuerdo, de acuerdo... —dijo James adormilado desde la habitación.

En la puerta de al lado Robin lanzó como un gruñido amorfo y murmuró:

—¡Ya voy! Un minuto más...

Gwen y Margaret salieron juntas del dormitorio que compartían dando tumbos, vestidas en camisón y frotándose los ojos.

—No hay ninguna necesidad de bramar —le dijo Barbara con tono de reproche.

—¿Bramar? —Will se la quedó mirando.

—¡A ver! ¡Despertad!, ¡despertad todos! —gritó en tono de burla—. ¡Oye! Que hoy es fiesta, guapo.

—Pero si yo...

—No importa —replicó Gwen—. No hay que echarle la culpa de que haya querido despertarnos. A fin de cuentas, tiene una buena razón. —Avanzó hacia él y le dio un fugaz beso en la cabeza—. Feliz cumpleaños, Will.

EL CAMINANTE ACECHA
EN EL CAMINO ANCESTRAL

—Dicen que vendrá más nieve —dijo la señora gorda de la bolsa de cáñamo al revisor del autobús.

El revisor, que era indio americano, hizo un gesto de desaprobación con la cabeza y dio un gran suspiro de infinita tristeza.

—El tiempo está loco. Otro invierno como éste y regreso definitivamente a Puerto España.

—Ánimo, amigo —dijo la gorda—. Esto no volverá a repetirse. Llevo viviendo sesenta y seis años en el valle del Támesis, y jamás había visto nevar así; nunca antes de Navidad.

—Mil novecientos cuarenta y siete —intervino el hombre sentado junto a ella, delgado y con una larga nariz puntiaguda—. Ese año lo recordaré por la nieve; ¡desde luego que sí! Los ventisqueros del Camino de Huntercombe y el Sendero del Pantano, y también los que se formaron en los terrenos comunales, eran tan altos que te pasaban de la cabeza. Estuvimos dos semanas sin poder atravesarlos. Tuvieron que traer máquinas quitanieve. ¡Oh! ¡Eso sí que fue nevar!

—Pero ya había llegado la Navidad —puntualizó la señora.

—Es cierto. Era enero. —El hombre asintió con voz lastimera—. Fue después de Navidad, sí.

Habrían seguido igual todo el camino, hasta llegar a Maidenhead, y puede que así lo hicieran, de no ser porque Will, de repente, miró hacia fuera y al ver el blanco mundo de rasgos anodinos, cayó en la cuenta de que debía apearse en la próxima parada. El muchacho se puso en pie de un salto y agarró las bolsas y las cajas. El revisor apretó el timbre por él.

—Las compras de Navidad...

—Ajá. Tres... cuatro... cinco... —Will se aplastó los paquetes contra el pecho y se colgó de la barra del autobús, que avanzaba a sacudidas—. Ya he terminado con las compras. Justo a tiempo.

—¡Ojalá pudiera decir lo mismo! —comentó el revisor—. ¡Y mañana ya es Nochebuena! Lo que me pasa es que se me congela la sangre; ése es mi problema. Necesito que haga calor para despertarme.

El autobús se detuvo, y el revisor sostuvo a Will para que no perdiera el equilibrio al descender.

—Feliz Navidad, señor —dijo el chico; y con un impulso le gritó—: El tiempo mejorará en Navidad.

—¿Vas a arreglarlo tú? —preguntó el revisor, esbozando una amplia y blanquecina sonrisa.

¡Quizá pueda hacerlo!, pensó Will mientras recorría a pie la carretera principal que le llevaría al Camino de Huntercombe. ¡Quizá pueda hacerlo! La nieve cubría incluso la calzada; eran muy pocos los que se habían decidido a pisarla esos dos últimos días. Will los calificó de unas jornadas tranquilas, a pesar del recuerdo de lo que había sucedido. Su cumpleaños transcurrió con gran alegría, y su fiesta familiar fue tan bulliciosa que por la noche se había derrumbado en la cama y se había quedado dormido sin apenas acordarse de las Tinieblas. A la mañana siguiente se dedicó a entablar combates con bolas de nieve y a improvisar toboganes con sus hermanos en el campo en pendiente que había detrás de la casa. Fueron unos días grises, que vaticinaban nieve, pero en los que, de manera inexplicable, ésta no terminaba por caer. Unos días silenciosos en los que apenas pasaban coches por la carretera, salvo las camionetas del lechero y el panadero. Los grajos también callaban, sólo se desplazaban una o dos aves con lentitud, sobrevolando de vez en cuando el bosque.

Will descubrió que los animales ya no lo temían. Al contrario, quizá parecían más afectuosos que antes. Solo *Raq*, el mayor de los dos pastores escoceses, al cual le gustaba sentarse con la barbilla apoyada en la rodilla de Will, se apartaba a veces de él de un salto y sin razón aparente, como azuzado por la corriente. Luego solía rondar inquieto por la habitación durante unos momentos, antes de acercarse de nuevo a Will, mirándolo con aire interrogante, y volverse a poner cómodo como antes. Will no sabía qué pensar. Estaba seguro de que Merriman sabría la razón, pero desconocía cómo contactar con él.

El círculo en cruz que llevaba en el cinturón seguía caliente al tacto desde que llegara a casa, hacía ya dos días. Mientras andaba, deslizó la mano bajo el chaquetón para comprobarlo, y advirtió que el círculo estaba helado; sin embargo, lo atribuyó sencillamente a la temperatura exterior, porque en la calle hacía mucho frío. Había pasado casi toda la mañana comprando los regalos de Navidad en Slough, la ciudad más próxima. Era el ritual de todos los años; el día antes de Nochebuena era cuando estaba seguro de poder disponer del dinero que sus numerosos tíos y tías le enviaban para su cumpleaños. La diferencia era que éste era el primer año que había ido de compras solo; y se estaba divirtiendo mucho. Cuando vas solo, se te ocurren más ideas, pensó el muchacho. El regalo más importante de todos, el de Stephen (un libro sobre el Támesis), lo había comprado bastante antes, y se lo había enviado por correo a Kingston, en Jamaica, puesto que su buque se hallaba anclado en lo que llamaban la estación caribeña. Ese nombre siempre le hacía pensar en un tren. Decidió que le preguntaría a su amigo el revisor cómo era Kingston. Al ser de Trinidad, igual ponía verdes a las otras islas.

Sintió de nuevo el leve desánimo que le había asaltado hacía dos días, porque ese año en concreto, y por primera vez desde que tenía uso de razón, no le había llegado el regalo de cumpleaños de Stephen. Alejó de su mente el desaliento por centésima vez con el argumento de que en Correos se habrían retrasado, o bien que el buque habría tenido que zarpar sin previo aviso, en cumplimiento de alguna misión urgente en las exuberantes islas. Si siempre se había acordado, Stephen también debía de haberse acordado esta vez, siempre y cuando no le hubiera surgido algún obstáculo. Era imposible que Stephen se hubiera olvidado de su cumpleaños.

Ante sus ojos el sol se ponía, y por primera vez, desde la mañana de su cumpleaños, era visible. Resplandecía orondo, con un dorado anaranjado que se colaba entre los resquicios de las nubes; y el paisaje, de un blanco plateado, brillaba con pequeños destellos gualdos de luz. Después de haber visto las calles de nieve grisácea y sucia de la ciudad, ahora todo volvía a mostrarse bello. Will caminaba lenta y pesadamente, siguiendo los muros de los jardines y los árboles, hasta que llegó al final de un pequeño sendero sin asfaltar, apenas un caminito llamado el Sendero del Vagabundo. Partía de la carretera principal y discurría hasta torcerse y salir al Camino de Huntercombe, cerca de la casa de los Stanton. Los niños a veces lo utilizaban como atajo. Will lo observó detenidamente, y vio que nadie había pasado por allí desde que había empezado a nevar. Aparecía ante sus ojos inmaculado, suave, blanco y seductor, marcado sólo por los dibujos que a modo de escritura habían trazado las huellas de los pájaros. Era un territorio inexplorado. Will lo encontró irresistible.

En consecuencia, torció por el Sendero del Vagabundo. Iba haciendo crujir con deleite la nieve clara y algo sedimentada, y se le pegaban trocitos como si llevara un flequillo en los pantalones, los cuales protegía metidos dentro de las botas. Perdió de vista el sol casi de repente, aislado por el bloque de terreno boscoso que se extendía entre el pequeño sendero y unas cuantas casas que bordeaban en lo alto el Camino de Huntercombe. Mientras iba dando pisotones entre la nieve, asía los paquetes contra el pecho, y los iba contando una y otra vez: la navaja para Robin; la gamuza de ante para Paul, para que limpie su flauta; el diario para Mary; las sales de baño para Gwennie; los rotuladores súperespeciales para Max... El resto de los regalos ya los había comprado y los tenía bien envueltos. Las Navidades eran un circo increíble cuando se tenían ocho hermanos.

La caminata por el sendero pronto empezó a resultar menos divertida de lo esperado. Los tobillos le dolían, al tener que forzarlos para ir abriéndose paso entre la nieve. Por otro lado, era muy incómodo trajinar con los regalos. El resplandor del sol, de un dorado rojizo, desapareció, y todo volvió a asumir esa apariencia monótona y gris. Will tenía hambre y sentía frío.

Los árboles se erguían a su derecha: en su mayor parte eran olmos, salvo por alguna que otra haya. Al otro lado del sendero había un erial, y la nieve había transformado la acumulación caprichosa de hierbajos y maleza en un paisaje lunar de blancas y amplias pendientes y hoyos en sombra. A su alrededor, y en el sendero cubierto de nieve, había ramas pequeñas y medianas esparcidas por todos lados, que habían caído de los árboles por el peso de la nieve. Justo frente a Will yacía una enorme rama, cortándole el paso. El muchacho miró hacia arriba con aprensión, preguntándose cuántos de todos aquellos inmensos olmos estaban aguardando con sus brazos muertos a que el viento o el peso de la nieve los estrellaran contra el suelo. Es un buen momento para recoger leña, pensó, y en su mente apareció la imagen cautivadora del fuego, saltando en la hoguera de la gran sala: el fuego que había cambiado su mundo, al desvanecerse por orden suya y volver a arder de nuevo, obedeciendo sus deseos.

Mientras avanzaba a trompicones por la fría nieve pensando en todo eso, se le ocurrió una repentina y descabellada idea; y se detuvo, sonriéndose. «¿Vas a arreglarlo tú?» La verdad es que no; no creía que pudiera conseguir que el día de Navidad hiciera buen tiempo, pero sí podía templar un poquito las cosas por aquí. Miró con seguridad la rama muerta que yacía frente a él y, dominando sin dificultad el don que sabía que poseía, dijo en voz baja y con un tono malicioso:

—¡Arde!

La rama seca que reposaba sobre la nieve ardió en llamas. Toda su superficie, desde la espesa y podrida base hasta la ramita más tierna, se encendió con unas lenguas de fuego amarillentas. Se oyó un siseo, y un altísimo rayo surgió de las ascuas, brillando como una columna. La hoguera no desprendía humo, y las llamas eran regulares; las ramitas, que deberían de haberse incendiado y crujido brevemente antes de convertirse en ceniza, ardían sin interrupción, como alimentadas por algún carburante interior. De repente, solo y junto al fuego, Will se sintió pequeño y asustado. Como la hoguera no era normal, no podía controlarla con medios normales. No obedecía a las mismas reglas que regían el fuego de la chimenea que había visto arder en la sala. No sabía qué hacer. Presa del pánico, se concentró en la imagen y le ordenó que se extinguiera, pero la rama seguía quemando, con el mismo ímpetu de antes. Sabía que había hecho una tontería, algo estúpido, y quizá peligroso. Alzó la mirada, siguiendo la columna de oscilante luz, y vio que en lo alto del grisáceo cielo cuatro grajos revoloteaban lentamente en círculo.

¡Merriman! ¿Dónde estás?, pensó con tristeza. Entonces se quedó sin aliento: alguien que le agarraba por detrás le bloqueó los pies, que no cesaban de dar patadas revolviendo la nieve, y asiéndolo por las muñecas, le retorció los brazos. Los paquetes se desparramaron por el suelo. Will gritó de dolor, y la presión en las muñecas cedió en el acto, como si su atacante no quisiera hacerle daño en realidad, sino tan sólo sujetarle los brazos con fuerza.

—¡Apaga el fuego! —exclamó en su oído una voz ronca con un deje de alarma.

—¡No puedo! —protestó Will—. De verdad. Lo he intentado, pero no puedo.

El hombre lo maldijo entre dientes, y en ese instante Will supo quién era. Su terror desapareció, como si le abandonara un gran peso.

—Suéltame, Caminante. No hay razón para que me agarres así.

—Ni hablar, chico —dijo el anciano, con renovadas fuerzas—. Conozco tus trucos. Es cierto que eres el elegido; ahora ya lo sé. Eres uno de los Ancestrales, pero yo ya no me fío de los de tu clase, como tampoco me fío de las Tinieblas. Acabas de convertirte en uno de ellos, vale, pero déjame decirte algo que no sabes: mientras no seas un veterano, no puedes hacer daño a nadie si no le miras a los ojos. Así que lo que es a mí, no me vas a mirar: eso te lo aseguro.

—Yo no quiero hacerte nada malo. ¿Sabes? También hay gente en quien se puede confiar.

—¡Poquísimos! —dijo el Caminante con amargura.

—Si me sueltas, cerraré los ojos.

—¡Bah!

—Tú tienes el segundo signo. Dámelo.

Se hizo un silencio. Will notó que el vagabundo lo soltaba, pero se quedó donde estaba y no se dio la vuelta.

—Yo ya tengo el primer signo, Caminante. Y tú lo sabes. Mira: voy a desabrocharme la chaqueta y daré la vuelta al cinturón. Así podrás ver el primero de los círculos.

Se abrió el chaquetón, con la cabeza todavía inmóvil, y percibió la silueta jorobada del Caminante situándose a su lado. Al ver el objeto, el hombre dejó escapar un largo silbido entre los dientes, y movió la cabeza hacia arriba, mirando a Will sin tomar precauciones. Iluminado por la luz que despedía la rama, la cual seguía ardiendo sin pausa, Will vio un rostro desencajado por una multiplicidad de sentimientos contradictorios: la esperanza, el miedo y el alivio se confundían entre sí, dominados por una incertidumbre angustiada.

Cuando el hombre habló, su voz sonó rota y sencilla, como la de un niño pequeño cuando está triste.

—¡Pesa tanto! —dijo, quejándose—. ¡Y lo he llevado tanto tiempo! Ni siquiera recuerdo por qué. Siempre asustado, siempre teniendo que escapar. ¡Ojalá pudiera librarme de él! ¡Ojalá pudiera descansar! ¡Querría que me dejara en paz! Pero no correré el riesgo de entregarlo a la persona equivocada, eso no. Lo que podría ocurrirme es demasiado terrible, tanto que no puedo expresarlo con palabras. Los Ancestrales pueden ser muy crueles... Creo que tú eres la persona indicada, muchacho. Te he estado buscando durante mucho tiempo, muchísimo, para darte el signo. Pero ¿cómo puedo estar seguro de que no eres una trampa que me han tendido las Tinieblas?

Lleva tanto tiempo asustado, pensó Will, que ha perdido toda noción de la realidad. ¡Qué terrible estar tan condenadamente solo! No se atreve a confiar en mí; hace tanto tiempo que no confía en nadie que ha olvidado la sensación.

—Vamos a ver —empezó Will con amabilidad—. Tú sabes bien que no pertenezco a las Tinieblas. Piensa. Viste que el Jinete intentaba atacarme.

El hombre hizo un gesto de negación. Le embargaba una gran tristeza, y Will recordó que el vagabundo se había alejado del claro gritando en el preciso instante en que aparecía el Jinete.

—Bueno, si eso no te convence... ¿Qué hay del fuego?

—Lo del fuego... más o menos —contestó el Caminante, y miró las llamas esperanzado; luego su rostro volvió a contraerse ante la sensación de peligro inminente—. Aunque tú sabes que el fuego las atraerá, chico. Los grajos ya deben de guiarlas hacia aquí. ¿Cómo sé yo que encendiste él fuego como un juego, porque eres un Ancestral que acaba de despertar, y que no has intentado enviarles una señal para lanzarlos contra mí? —dijo, lamentándose para sus adentros y con una profunda angustia royéndole el alma.

El vagabundo se encogió, protegiéndose con los brazos. Will pensó que era un ser muy desgraciado, y se apiadó de él; pero tenía que hacerle entrar en razón de alguna manera. El muchacho levantó la vista al cielo. Había más grajos volando perezosamente en círculo, y pudo oír cómo se llamaban entre sí, con ásperos graznidos. ¿Acaso tenía razón el viejo? Los oscuros pájaros ¿eran mensajeros de las Tinieblas?

—Caminante, ¡por el amor de Dios! —exclamó Will con impaciencia—. Has de confiar en mí; si no confías de una vez por todas en alguien, lo suficiente como para entregarle el signo, tendrás que llevarlo siempre contigo. ¿Es eso lo que quieres?

El anciano vagabundo gemía y murmuraba, mirándolo fijamente con sus ojitos perturbados; parecía atrapado en seculares sospechas, como una mosca en una tela de araña. No obstante, la mosca sigue teniendo alas, y éstas pueden romper la tela, sólo con que le demos fuerzas para batir las alas, una sola vez... Guiado por una faceta desconocida de su mente, sin saber muy bien lo que estaba haciendo, Will se aferró al círculo de hierro que llevaba en el cinturón y se plantó de pie, lo más erguido posible, señalando con un dedo al Caminante.

—El último de los Ancestrales ya ha llegado, Caminante; y es la hora. Éste es el momento de que entregues el signo, y debes hacerlo ahora. Ahora o nunca. Piensa sólo en esto: no tendrás otra oportunidad. Ahora, Caminante. Si no quieres llevarlo contigo para siempre, obedece ahora a los Ancestrales. ¡Ahora mismo! —dijo Will, elevando el tono de su voz.

Fue como si la palabra hubiera accionado un mecanismo. En un segundo todo el miedo y las sospechas que se reflejaban en el viejo y contraído rostro desaparecieron, y la tez del vagabundo se relajó, mostrando una obediencia infantil. Con una sonrisa de entusiasmo casi ciego el Caminante toqueteó una ancha cinta de cuero que llevaba en bandolera en el pecho y sacó un círculo cuarteado idéntico al que Will había prendido en su cinturón, pero que brillaba con la pátina desvaída y de oro sucio del bronce. Lo depositó en las manos de Will, y dio una breve y fuerte carcajada socarrona, muestra de su atónita alegría.

La rama que ardía en amarillentas llamas sobre la nieve aumentó su intensidad, y luego el fuego se extinguió. Esa rama adquirió el mismo aspecto que cuando Will la encontró, caminando por el Sendero del Caminante: gris, sin rastro de carbonilla y fría, como si el fuego o las chispas no la hubieran tocado jamás. Asiendo el círculo de bronce, Will se quedó mirando ese trozo de madera, cuya corteza se había desprendido de manera burda, posado sobre la nieve virgen. Ahora que se había apagado su luz, el día parecía de repente mucho más tenebroso y lleno de sombras; y se dio cuenta con un espasmo de terror del poco tiempo que faltaba para que cayera la noche. Era tarde, y debía marcharse. Entonces oyó una voz clara surgiendo de la penumbra:

—Hola, Will Stanton.

El Caminante dio un alarido de terror, que sonó agudo y tétrico. Will deslizó con rapidez el círculo de bronce en su bolsillo y, con esfuerzo, dio un paso al frente. Entonces casi cayó sentado sobre la nieve de la impresión de alivio, porque vio que el recién llegado solo era Maggie Barnes, la lechera de la granja de los Dawson. No había nada siniestro en Maggie, la mofletuda admiradora de Max. El abrigo, las botas y la bufanda prácticamente camuflaban por completo su tipo rellenito; llevaba un cesto tapado, y se dirigía a la carretera principal. Sonrió a Will y luego miró de manera intensa y acusadora al Caminante.

—¡Vaya! —exclamó con su dulce acento de Buckinghamshire—. Pero ¡si es el viejo vagabundo que lleva una quincena rondando por aquí! El granjero me ha dicho que quiere que te largues, amigo. ¿Te ha estado molestando, joven Will? Me juego lo que quieras a que sí —dijo, mirando con furia al Caminante, quien se encogió de manera involuntaria en su sucio abrigo en forma de capa.

—¡No, no! —se apresuró a exclamar Will—. Venía corriendo del autobús de Slough y... la verdad es que he chocado contra él. Hemos chocado los dos; y todos los regalos de Navidad se me han caído al suelo —añadió presuroso, y se agachó para recoger los regalos y los paquetes que seguían esparcidos sobre la nieve.

El Caminante se sorbió la nariz, se arrebujó en el abrigo e hizo ademán de escabullirse de Maggie y seguir por el sendero. Sin embargo, cuando llegó junto a ella, se detuvo en seco y se echó hacia atrás, como si se hubiera golpeado contra una barrera invisible. Abrió la boca pero no consiguió articular sonido alguno. Will se puso en pie despacio, observando, con los brazos llenos de objetos. Una temible sensación de recelo empezó a apoderarse de él, como el escalofrío que sentimos ante una fría brisa.

Maggie Barnes dijo con amabilidad:

—Hace mucho rato que llegó el último autobús de Slough, joven Will. De hecho, acabo de salir de la granja para recoger el siguiente. ¿Siempre tardas media hora en volver de la parada del autobús? Lo digo porque en realidad bastan cinco minutos a pie, Will Stanton.

—No es asunto tuyo lo que yo tarde —contestó Will. Observaba al Caminante, paralizado, y unas imágenes muy confusas le daban vueltas en la cabeza.

—¿Dónde están los buenos modales? —se quejó Maggie—. ¡Un niño tan bien educado como tú! —exclamó, mirando a Will con unos ojos destellantes asomando por encima de la bufanda.

—Bueno, Maggie. ¡Adiós! Tengo que ir a casa. Llego tarde a la merienda.

—El problema con los vagabundos sucios y desagradables como éste, con quien acabas de tropezar y que, según parece, no estaba molestándote... —dijo Maggie Barnes sin levantar la voz y sin moverse del sitio—, el problema, digo, es que roban; y éste robó una cosa el otro día en la granja, joven Will, algo que me pertenece: un adorno. Una especie de adorno bastante grande y de un color marrón claro, en forma de círculo, que yo llevaba en una cadena, colgado al cuello. Quiero que me lo devuelva. ¡Ahora mismo!

La última palabra se le escapó en tono viperino, pero luego volvió a hablar con una dulzura relamida, como si su cariñosa voz no hubiera cambiado en ningún momento.

—Quiero que me la devuelva, hablo en serio. Creo también que quizá te lo puso en el bolsillo cuando no mirabas, cuando chocaste con él. Igual vio que me acercaba... ¡con tanta luz como salía de esa extraña y pequeña hoguera que ardía aquí mismo hace un rato!... ¿Qué piensas de todo esto, joven Will Stanton? Dime...

Will contuvo el aliento. Se le iban poniendo los pelos de punta mientras la escuchaba. Ella seguía de pie, con el mismo aspecto de siempre: la chica de la granja, simplona y de mejillas sonrosadas, que se encargaba de la máquina de ordeñar de los Dawson y criaba terneritos; sin embargo, la mente que había maquinado esas palabras sólo podía proceder de las Tinieblas. ¿Habían raptado a Maggie?, ¿o bien Maggie había sido siempre uno de ellos? En ese caso, ¿qué iba a hacer con ellos?

La tenía enfrente. Will cogía con una mano los paquetes mientras deslizaba la otra con cautela en el bolsillo. El signo de bronce estaba completamente frío al tacto. Reunió todo el poder de concentración que pudo para alejarla, pero ella seguía allí, sonriéndole con frialdad. La conminó a marcharse, sirviéndose de todos los nombres de la fuerza que Merriman había utilizado: la Dama, el círculo, los signos... pero sabía que no conocía las palabras apropiadas. Maggie se reía a carcajadas y avanzaba con resolución, mirándole al rostro, y Will descubrió que no podía mover ni un solo músculo.

Estaba atrapado, paralizado igual que el Caminante; se había quedado inmóvil en una posición que no podía cambiar, ni siquiera un centímetro. Miró con rabia a Maggie Barnes, vestida con su suave bufanda roja y su recatado abrigo negro, mientras esta, con toda la calma del mundo, ponía la mano en el bolsillo de su pelliza y sacaba el círculo de bronce. Lo sostuvo frente a su rostro y luego le desabrochó el chaquetón con rapidez, le sacó el cinturón y entrelazó el círculo de bronce junto al de hierro.

—Aguántate los pantalones, Will Stanton —dijo en son de burla—. ¡Oh, pues claro! ¡Si no puedes!, ¿verdad? Aunque en realidad tampoco llevabas este cinturón para aguantarte los pantalones, ¿no? Lo llevabas para mantener a salvo esta... especie de... adorno.

Will se percató de que sostenía muy superficialmente los dos signos y fruncía el entrecejo cuando tenía que asirlos con firmeza. El frío que desprendían debía de quemarle hasta los huesos.

Observó la escena profundamente desesperado. No podía hacer nada. Todos sus esfuerzos y su búsqueda terminaban antes de haber empezado, y no podía hacer nada al respecto. Deseaba gritar de rabia y llorar a la vez. En ese momento, y en lo más profundo de su interior, se le ocurrió una cosa. Algo le venía a la memoria, aunque no conseguía precisar lo que era. Sólo se acordó en el instante en que la sonrosada Maggie Barnes sostuvo ante sus ojos el cinturón con los dos primeros círculos entrelazados y unidos: el signo de hierro apagado junto al de bronce resplandeciente. Mirando con avidez los dos círculos, Maggie estalló en carcajadas, y su risa, una serie de gritos ahogados y graves, resultaba más maligna porque salía de un rostro sonrosado y franco. Entonces Will se acordó: «Cuando su círculo se entrelace en tu cinturón junto al primero, vendré».

En ese preciso instante la rama caída del olmo que Will había encendido unos breves minutos antes vomitó fuego, y las llamas se movieron para formar un círculo de una luz blanca y abrasadora que rodeó a Maggie Barnes, un círculo de luz tan alto que la cubría por completo. La chica se agachó sobre la nieve, encorvándose, con la boca desencajada de miedo. Aflojó la mano y le cayó el cinturón con los dos signos entrelazados.

Merriman estaba allí. Alto, enfundado en su larga capa oscura y con el rostro oculto por la capucha, se hallaba en uno de los lados del camino, detrás del círculo llameante y la chica agachada.

—Apártala de este camino —dijo con voz clara y fuerte, y el círculo ardiente de luz se desplazó lentamente hacia un lado, obligando a la muchacha a moverse a trompicones, hasta que se mantuvo inmóvil en el aire sobre los márgenes herbosos del camino. Entonces desapareció con un crujido seco, y Will vio en su lugar una gran barrera de luz que se elevaba a cada lado del sendero, flanqueándolo con un fuego altísimo que se extendía en ambas direcciones; bastante más allá del trecho que Will conocía como el Sendero del Vagabundo. Se quedó contemplándolo con detenimiento, un poco asustado. En la penumbra exterior podía ver a Maggie Barnes, implorando piedad desconsoladamente en la nieve y protegiéndose los ojos de la luz con los brazos. Sin embargo, Merriman, el Caminante y él mismo permanecían en un inmenso túnel sin fin de blancas y frías llamas.

97

Will se agachó y recogió el cinturón, y en un gesto de alivio, agarró los dos signos con las manos, el hierro con la izquierda y el bronce con la derecha. Merriman se acercó a él, levantó el brazo derecho y la capa que lo envolvía ondeó como el ala de una enorme ave. Señalando con uno de sus largos dedos a la chica, pronunció un nombre extraño e interminable que Will no había oído jamás, y que no pudo retener en su mente, y Maggie empezó a gemir en voz alta.

Merriman, con una voz que no ocultaba el profundo desprecio que sentía, dijo:

—Vuelve y diles que los signos se encuentran fuera de su alcance; y si quieres seguir sana y salva, no vuelvas a intentar ninguna estratagema mientras te encuentres en uno de nuestros caminos. Los antiguos caminos han despertado, y su poder vuelve a estar vivo. Esta vez no tendrán piedad y no sentirán ningún remordimiento.

Volvió a pronunciar el extraño nombre, y las llamas que bordeaban el camino se elevaron más; y la chica gritó con todas sus fuerzas, con la estridencia de quien sufre un gran dolor. Luego se fue corriendo campo a través, pisoteando la nieve como un animalito jorobado.

Merriman miró a Will.

—Recuerda las dos cosas que te han salvado —le dijo, con la luz destacándose en su nariz aguileña y los hundidos ojos ocultos bajo la sombra de la capucha—. En primer lugar, yo conocía su nombre auténtico. La única manera de desarmar a una de estas criaturas de las Tinieblas es llamándola por su propio nombre; son nombres que mantienen en estricto secreto. Luego, y al margen del nombre, también está el camino. ¿Sabes el nombre de este camino?

—El Sendero del Vagabundo —dijo Will automáticamente.

—Ése no es su nombre auténtico —dijo Merriman con disgusto.

—Bueno, no. Es verdad. Mamá nunca lo diría, y nosotros tampoco debemos hacerlo. Dice que es horrible. Pero toda la gente que conozco lo llama así. Me sentiría ridículo si lo llamara Camino... —Will se detuvo en seco, al oír y saborear el nombre auténtico por primera vez en su vida—. Si lo llamara por su nombre auténtico: Camino Ancestral —dijo sin precipitarse.

—Igual te sentirías ridículo, pero ese nombre tan ridículo ha contribuido a salvar tu vida —dijo Merriman en tono grave—. Camino Ancestral. Sí; y no es porque vaya dedicado a la memoria de algún señor Ancestral. El nombre sencillamente te indica cómo es el camino, como ocurriría con todos los nombres que ponemos a los caminos y los lugares situados en tierras muy antiguas, si la gente les prestara más atención. Tuviste suerte de hallarte en uno de los antiguos caminos, los que utilizaron los Ancestrales durante tres mil años, cuando tú jugabas a encender hogueras, Will Stanton. Si hubieras estado en cualquier otro lugar, en tu estado actual, sin controlar el poder que tienes, te habrías expuesto tanto que todos los seres de las Tinieblas que habitan en estas tierras habrían acudido a ti. Igual que la bruja, que acudió a ti guiada por los pájaros. Mira con seriedad este camino ahora, chico, y no vuelvas a darle un nombre estúpido.

Will asintió cabizbajo y se quedó mirando el sendero flanqueado por las llamas, que se extendía en la distancia como si fuera una de las nobles sendas del sol, y con un impulso repentino y alocado, hizo una torpe reverencia, inclinándose lo que le permitía el montón de paquetes que sostenía en brazos. Las llamas se avivaron otra vez y se curvaron hacia el interior, casi como si estuvieran devolviéndole la reverencia. Luego desaparecieron.

—Bien hecho —dijo Merriman con sorpresa y algo divertido.

—Jamás, jamás en la vida volveré a utilizar el... el poder, a menos que haya una razón para ello. Lo prometo. Por la Dama y el mundo de los Ancestrales. Pero, dime, Merriman —dijo sin poder resistirse—. ¿Verdad que fue el fuego lo que atrajo al Caminante? ¡Y el Caminante tenía el signo!

—El Caminante te estaba esperando, tonto —dijo Merriman irritado—. Te dije que te encontraría, y tú no te acordaste. Recuérdalo bien. En nuestra magia hemos de sopesar todas y cada una de las palabras más insignificantes, porque todas tienen un sentido. Todas y cada una de ellas; tanto si las digo yo, como si es algún otro Ancestral quien las pronuncia. En cuanto al Caminante, desde tiempos inmemoriales ha estado esperando que tú nacieras, para poder encontrarse a solas contigo y oír de tu propia boca la orden de entregarte el signo. Eso lo hiciste bien, tengo que reconocerlo. El problema era convencerlo de que te diera el signo cuando llegara el momento. ¡Pobre diablo! Una vez traicionó a los Ancestrales, hace mucho tiempo, y ése era su sino. —Su voz se ablandó un poco—. Lo ha tenido muy difícil, por el hecho de tener que llevar siempre a cuestas el segundo signo. Sin embargo todavía le queda un papel por representar en nuestra obra, antes de descansar, si así lo elige. Sin embargo, el momento no ha llegado todavía.

Ambos miraron la figura inerte del Caminante, atrapado aún como una imagen congelada en el lado del camino donde Maggie Barnes lo había dejado.

—Está en una posición incomodísima —observó Will.

—No siente nada —comentó Merriman—. No le dolerá ni un solo músculo. Hay algunos poderes que los Ancestrales y los servidores de las Tinieblas tienen en común, y uno de ellos es atrapar a un hombre fuera del tiempo durante el rato que sea necesario; o bien, y en el caso de las Tinieblas, hasta que termine la diversión.

Señaló con el dedo el bulto informe e inmóvil y pronunció unas rápidas palabras en voz baja que Will no oyó. El Caminante volvió a cobrar vida, como un personaje de una película cortada que revive al ser arreglado el rollo. Con los ojos abiertos como platos el vagabundo miró a Merriman y abrió la boca, sin poder articular ni una palabra y dejando escapar tan sólo un curioso ronquido.

—Márchate —dijo Merriman.

El anciano se apartó agarrotado, sujetando firmemente su indumentaria para que no le volara, y se alejó a toda prisa, arrastrando los pies por el estrecho sendero. Will parpadeó, viéndole marchar; luego se fijó mejor y se frotó los ojos: el Caminante parecía desvanecerse, y lo raro era que se iba volviendo más transparente, hasta reflejar los árboles que tenía detrás. En un momento dado desapareció, como una estrella que se oculta tras una nube.

—Es obra mía, no suya —aclaró Merriman—. Considero que se merece un descanso en otro lugar, lejos de aquí. Éste es el poder de los Caminos Ancestrales, Will. Hubieras podido utilizar el truco para escapar de la bruja sin esfuerzo, si hubieras sabido cómo hacerlo. Ya lo aprenderás, junto con los nombres correctos y muchas otras cosas; y eso será muy pronto.

—¿Cuál es tu nombre verdadero? —dijo Will con curiosidad.

—Merriman Lyon —respondió, mirándolo con unos ojos fulgurantes que escondía bajo la caperuza—. Ya te lo dije cuando nos conocimos.

—Bueno, yo pensaba que si ése hubiera sido tu nombre auténtico, el que usas como Ancestral, no me lo habrías dicho. Al menos, no en voz alta.

—Veo que vas aprendiendo —dijo Merriman con regocijo—. Vamos, se hace de noche.

Marcharon juntos por el camino. Will trotaba junto a la figura encapuchada, que avanzaba a grandes zancadas, agarrando las bolsas y las cajas. Hablaban poco, pero la mano de Merriman siempre estaba alerta para recogerlo cuando el chico tropezaba en un agujero o un montón de nieve. Al salir del último recodo del sendero y entrar en el trecho más amplio del Camino de Huntercombe, Will vio a su hermano Max que caminaba rápido hacia él.

—¡Mira! ¡Ahí viene Max!

—Sí —coincidió Merriman.

Max lo llamó de lejos, saludándolo alegremente con la mano, y se acercó a él:

—He ido a buscarte a la parada del autobús. Mamá se estaba poniendo un poco nerviosa porque su hijito se retrasaba.

—¡Oh! ¡Cállate!, ¿quieres? —protestó Will.

—¿Por qué venías por aquí? —preguntó Max, señalando en dirección al Sendero del Vagabundo.

—Acabamos de... —empezó a decir Will, y al volver la cabeza para incluir a Merriman en su comentario, se detuvo, tan de golpe que se mordió la lengua.

Merriman se había ido. Sobre la nieve que acababan de pisar no se veía señal alguna. Will miró hacia atrás, siguiendo con la vista el camino que habían recorrido tras salir al Camino de Huntercombe y la última curva del pequeño sendero, y sólo pudo ver el rastro de unas huellas: las suyas propias. Creyó oír una débil música argentina flotando en el aire, pero al alzar la cabeza para escuchar mejor, también había desaparecido.

Segunda parte

El aprendizaje

NOCHEBUENA

Nochebuena: el día en el que el espíritu de la Navidad estaba más arraigado en la familia Stanton. Esos leves indicios, cargados de promesas y augurando nuevas alegrías, que desde hacía semanas anunciaban la proximidad de unos momentos muy especiales culminaban de repente en una atmósfera feliz y de abierta expectación. La casa estaba perfumada con los maravillosos aromas de los pasteles que provenían de la cocina, en una de cuyas esquinas se hallaba Gwen, dando los últimos toques al glaseado del pastel de Navidad. Hacía tres semanas que su madre lo había preparado; y el pudín de Navidad, tres meses. Una música navideña, intemporal y familiar, invadía la casa cuando alguien encendía la radio. La televisión, en cambio, no la veían, porque en esos momentos carecía de interés. Para Will el día de por sí empezaba ya muy temprano. Justo después de desayunar (tarea más accidentada de lo habitual) había una doble ceremonia: la del gran tronco que inaugura la hoguera de Navidad y la decoración del árbol.

El señor Stanton estaba terminando el último trozo de su

tostada sentado a la mesa de la cocina, con Will y James instalados a ambos lados, sin poder dominar su nerviosismo. Su padre se había quedado inmóvil, y sostenía en la mano un bocado que había olvidado, enfrascado como estaba en la lectura de la página de deportes del periódico. A Will también le apasionaban las noticias del Club de Fútbol de Chelsea, pero no una mañana de Nochebuena.

—¿Quieres más tostadas, papá? —preguntó en voz alta.

—Mmmm... Ajá —murmuró el señor Stanton.

—¿Te apetece un poco más de té, papá? —preguntó a su vez James.

El señor Stanton levantó los ojos, inclinó su redonda cabeza, miró a ambos lados con ternura y se rió, Dobló el periódico, terminó su taza de té y se embutió el trozo de tostada en la boca.

—Venga, vámonos ya —dijo sin dirigirse a nadie en particular, pero cogiéndolos por las orejas. Los muchachos dieron gritos de alegría y corrieron a ponerse las botas, las chaquetas y las bufandas.

Salieron al camino en procesión, empujando la carretilla: Will, James, el señor Stanton y Max, más alto y fornido que su padre, y que cualquiera de ellos, con las puntas de su largo y oscuro pelo sobresaliendo en un cómico flequillo bajo una vieja gorra impresentable, Will se preguntó divertido qué pensaría Maggie Barnes si lo viera, espiándolo con picardía tras los visillos de la cocina y buscando su mirada, como era habitual en ella. Entonces recordó en ese mismo instante quién era Maggie Barnes, y pensó con creciente alarma: el granjero Dawson es un Ancestral; debo prevenirlo. Le desasosegaba la idea de que no se le hubiera ocurrido antes.

Se detuvieron en el patio de los Dawson, y el viejo George salió a recibirlos con una sonrisa de lado a lado, El camino de ida había sido más fácil esa mañana al haber pasado la máquina quitanieves. De todos modos, la nieve seguía asentada, inmóvil, nutriéndose de un frío gris y sin viento que no les daba tregua.

—¡Os he guardado el mejor árbol de todos! —exclamó el viejo George con alegría—. Es alto y recto como un mástil, igual que el del granjero. Calculo que ambos deben de ser árboles reales.

—Tan reales como que proceden de los Bosques de la Corona —puntualizó el señor Dawson, ciñéndose el abrigo al salir.

Will pensó que sus palabras debían interpretarse literalmente; todos los años cierto número de árboles de Navidad salían de las plantaciones reales que había junto al Castillo de Windsor, y algunos de ellos volvían al pueblo en la camioneta de la granja de los Dawson.

—Buenos días, Frank —dijo el señor Stanton.

—Buenos días, Roger —dijo el granjero Dawson, y sonriendo a los muchachos, exclamó—: ¡Eh, niños! Llevad atrás la carretilla.

Posó los ojos de manera impersonal sobre Will, sin demostrar ni un solo ápice de curiosidad, aunque Will se había abierto la chaqueta a posta, para que se viera claramente que ahora llevaba dos signos en el cinturón en lugar de uno.

—Me gusta veros tan contentos —les dijo el señor Dawson jovialmente mientras los chicos empujaban la carretilla, conduciéndola hacia la parte trasera del establo.

El granjero puso la mano sobre el hombro de Will apenas un segundo, y un ligero apretón le demostró que sabía perfectamente lo que había sucedido esos últimos días. El muchacho pensó en Maggie Barnes y se las ingenió para ponerle sobre aviso.

—¿Dónde está tu novia, Max? —dijo, procurando que su voz sonara alta y clara.

—¿Mi novia? —se indignó Max, quien salía bastante en serio con una chica de cabellos rubios que estudiaba en su misma escuela de arte, en Londres. No en vano el correo traía a diario unas abultadas cartas envueltas en sobres azules. Ésa era la razón de que Max hubiera perdido el interés por las chicas del pueblo.

—¡Sí, sí...! Disimula —volvió a esforzarse Will—. Ya sabes a quién me refiero.

Por suerte a James le encantaban esta clase de bromas, y se unió a su hermano entusiasmado.

—Maggie, Maggie, Maggie —cantó en son de burla—. ¡Oh, Maggie! La dulce lechera se derrite por Maxie, el gran artista, ¡ooooh!, ¡oooh!...

Max le pellizcó en las costillas y James soltó una risotada.

—Maggie, la chica, ha tenido que marcharse —dijo el señor Dawson con frialdad—. Alguien de su familia se puso enfermo y la necesitaban en casa. Esta mañana ha hecho las maletas y se ha marchado muy pronto. Siento decepcionarte, Max.

—¡Yo no estoy decepcionado! —dijo Max, poniéndose granate de vergüenza—. Son estos chiquillos estúpidos los que...

—¡Ooooh!, ¡Ooooh! —cantaba James fuera de su alcance—. ¡Ooooh, pobre Maxie! ¡Perdió a su Maggie!

Will no dijo nada. Se daba por satisfecho.

El alto abeto, con las ramas atadas con varias vueltas de un áspero cordel blanco, ya estaba en la carretilla, y junto a él, una raíz vieja y nudosa de un haya que el granjero Dawson había talado recientemente. La había partido en dos, y guardaba ambos trozos para echarlos a la lumbre en Navidad, uno para él y otro para los Stanton. Will sabía que tenía que ser la raíz de un árbol, y no una rama, aunque nadie le había explicado nunca por qué. Al llegar a casa pondrían el leño en la enorme chimenea de ladrillo de la sala de estar, y esa noche lo encenderían y dejarían que fuera consumiéndose lentamente, hasta la hora de ir a dormir. En algún lugar conservaban un trozo del leño del año pasado, que lo habían guardado para que sus astillas sirvieran para prender fuego a su sucesor.

—Tomad —dijo el viejo George, apareciendo de repente junto a Will cuando ya empujaban la carreta a través de la verja de entrada—. Deberíais quedaros un poco de esto. —Y les ofreció un gran ramo de acebo, cargado de bayas.

—Muy amable por tu parte, George —dijo el señor Stanton—; pero ya tenemos ese enorme acebo frente a la puerta de entrada. Si sabes de alguien que no tenga...

—¡No, no! Lleváoslo —ordenó el hombre con un dedo en señal de advertencia—. En el arbusto que tenéis en casa no hay ni la mitad de bayas. Esto que os doy es un acebo especial. —Lo depositó con cuidado en la carreta; se apresuró a cortar una ramita y la deslizó en el ojal superior de la pelliza de Will, susurrándole en el oído con la voz de los Ancestrales—: Te protegerá de las Tinieblas si lo cuelgas en la ventana y en la puerta.

Su sonrisa, que dejaba al descubierto unas sonrosadas encías, se transformó en una estridente carcajada que sacudió su curtido y moreno rostro, y el Ancestral volvió a adoptar las maneras del viejo George, que los despedía con la mano:

—¡Feliz Navidad!

—¡Feliz Navidad, George!

Tras haber entrado el árbol por la puerta principal con gran ceremonia, los gemelos atornillaron unos travesaños de madera al pie para construir una base. En el otro extremo de la habitación Mary y Barbara estaban sentadas encima de un mar crepitante de papeles de colores, que cortaban en tiras rojas, amarillas, azules y verdes para pegarlas luego en círculos concéntricos y formar así cadenas de papel.

—Hubierais tenido que hacerlas ayer —dijo Will—. Necesitan tiempo para secarse.

—Tú eres el que hubiera tenido que hacerlo —dijo Mary resentida, moviendo la melena—. Se supone que es tarea del más pequeño.

—Pues no hace mucho me pasé un día entero cortando tiras —protestó Will.

—Ésas las terminamos hace horas ya.

—Bueno, eso no quita que las cortara.

—Piensa que ayer estuvo todo el día de compras —dijo Barbara en son de paz—. Así que mejor cierra la boca, Mary, o igual decide no darte su regalo.

Mary refunfuñó en voz baja, pero cedió; y Will, a regañadientes, pegó unas cuantas cadenas de papel. Sin embargo, no perdía de vista la puerta, y cuando vio que su padre y James aparecían cargados con viejas cajas de cartón, se escabulló en silencio y fue a reunirse con ellos. Nada le impediría decorar el árbol de Navidad.

Al abrir las cajas, salieron todos esos adornos tan entrañables que convertirían la vida de la familia en una fiesta continua durante doce noches y doce días: la figurita de dorados cabellos que coronaba el árbol, los cables de lucecitas que brillaban como joyas preciosas, unas bolas de Navidad de un cristal muy frágil, conservadas con gran cariño desde hacía muchos años, unas medias esferas enroscadas como conchas rojas y verdes, con aguas doradas, unas finas lanzas de cristal y unas telas de araña con hilos y cuentas de prístino cristal. Colgados de las oscuras extremidades del árbol, los objetos giraban con suavidad, lanzando destellos.

Había también otros tesoros: unas estrellitas doradas y unos círculos de paja trenzada, unas campanas de papel de plata muy ligeras que oscilaban, sin olvidar la amalgama de adornos reunidos por todos los hijos de los Stanton, desde el limpiapipas en forma de reno de cuando Will era un bebé hasta una bella cruz en filigrana que había hecho Max con hilos de cobre durante su primer curso en la escuela de arte; por último, había unas cintas de oropel que hacían la función de colgaduras. Ése era todo el contenido de la caja. Sin embargo, todavía les quedaba algo por descubrir. Palpando con cuidado el arrugado montón de papeles para envolver, y dentro de una caja de cartón casi tan alta como él, Will descubrió una cajita plana no mucho mayor que su mano. Al sacudirla, vio que sonaban unas piezas sueltas en su interior.

—¿Qué es esto? —preguntó con curiosidad, intentando abrir la tapa.

—¡Mira por dónde! —exclamó la señora Stanton sentada en el sillón que solía ocupar en el centro de la sala—. Déjame verlo un momento, cielo. ¿Acaso es...? ¡Sí! ¿Estaba en la caja grande? Pensé que lo habíamos perdido hace muchos años. Mira, Roger. Mira lo que ha encontrado nuestro hijo pequeño. ¡Es la caja de letras de Frank Dawson! —dijo la madre, pulsando el cierre de la tapa para que se abriera.

En el interior Will vio unos cuantos adornos pequeños tallados en una madera blanda que no supo reconocer. La señora Stanton cogió uno: una letra S curva, con la cabeza primorosamente cincelada y el cuerpo escamoso de una serpiente enroscándose en un hilo casi invisible. Luego una M arqueada, con los picos como unos chapiteles gemelos de una catedral situada en el reino de las hadas. La talla era tan delicada que era casi imposible ver por dónde pasaba el hilo para colgarlas.

111

El señor Stanton bajó de la escalera de mano y metió con cuidado un dedo en la caja.

—Vaya, vaya... ¡Qué chico más listo!

—Nunca las había visto.

—Bueno... en realidad sí que las habías visto —terció su madre—, pero hace tanto tiempo que no puedes acordarte. Desaparecieron hace muchísimos años. Es curioso que estuvieran en el fondo de esa vieja caja durante todo ese tiempo.

—Pero ¿qué son?

—Adornos para el árbol de Navidad, ¿qué quieres que sean? —intervino Mary, mirando con atención por encima del hombro de su madre.

—Nos los hizo el granjero Dawson —dijo la señora Stanton—. Fíjate lo bien tallados que están, y además tienen los mismos años que la familia. La primera Navidad que pasamos en esta casa Frank hizo una *R* para Roger y una *A* para mí —dijo, pescando las letras de la caja.

El señor Stanton extrajo dos letras unidas por el mismo hilo:

—Robin y Paul. Este par tardó más en dárnoslo. No esperábamos gemelos... La verdad es que Frank se portó genial con nosotros. Dudo que ahora disponga de tiempo para hacer estas cosas.

La señora Stanton seguía manipulando los diminutos arabescos de madera con sus dedos, fuertes y delgados:

—*M* de Max y *M* de Mary... Recuerdo que Frank se enojó mucho con nosotros por hacerle repetir la inicial... ¡Oh, Roger! —dijo de repente con un hilo de voz—. ¡Mira esto!

Will se situó al lado de su padre para ver mejor. Era una letra *T*, tallada en forma de un delicado arbolito con dos ramas extendidas:

—¿La *T*? ¡Si ninguno de nuestros nombres empieza por *T*!

—Era Tom —aclaró su madre—. En realidad no sé por qué nunca os he hablado a los más pequeños de Tom. ¡Hace tanto tiempo! Tom era un hermanito que murió. Tuvo algo en los pulmones, una enfermedad que contraen algunos recién nacidos, y solo vivió tres días. Frank ya tenía la inicial tallada, porque era nuestro primer bebé y habíamos escogido dos nombres: Tom si era un niño y Tess si era una niña.

Su voz se quebró un poco por la emoción, y Will lamentó en ese instante haber encontrado las letras. Sintiéndose violento, le dio unos golpecitos en el hombro:

—No te preocupes, mamá.

—¡Qué va, cielo! —se apresuró a exclamar la señora Stanton—. No estoy triste, cariño. Eso pasó hace muchísimo tiempo. Tom ahora sería un hombre hecho y derecho, incluso mayor que Stephen. Después de todo, una prole de nueve chiquillos debería bastarle a cualquier mujer —dijo mientras miraba divertida la habitación abarrotada de personas y cajas.

—No seré yo quien te lleve la contraria... —aclaró el señor Stanton.

—Todo eso es porque tus antepasados eran granjeros, mamá —terció Paul—, y los granjeros creen en las familias numerosas. Así tienen más personal gratis.

—Hablando de trabajar gratis —intervino su padre—, ¿adónde han ido James y Max?

—A buscar las otras cajas.

—¡Qué me dices! ¿Y por iniciativa propia?

—Es el espíritu de la Navidad —dijo Robin desde la escalera de mano—. Los cristianos de corazón se alegran por la buena nueva y todo ese rollo. ¿Por qué no ponéis algo de música?

Barbara, que estaba sentada en el suelo junto a su madre,

cogió la pequeña *T* tallada en madera de su mano y la añadió a una hilera que había formado en la moqueta con todas las iniciales ordenadas:

—Tom, Steve, Max, Gwen, Robin y Paul, yo, Mary, James... ¿Dónde está la *W* de Will?

—La de Will estaba en la caja con las demás.

—En realidad no era una *W*, ¿os acordáis? —dijo el señor Stanton, sonriendo a Will—. Era una especie de dibujo. Seguro que Frank ya se había cansado de hacer iniciales cuando le tocó el turno a Will.

—¡Pero aquí no está! —dijo Barbara, poniendo la caja cabeza abajo y sacudiéndola. Luego miró con solemnidad a su hermano menor—. Will: tú no existes.

Sin embargo, Will iba notando una paulatina desazón que parecía nacer en algún rincón oculto de su memoria:

—Dijiste que era un dibujo y no una *W* —dijo como sin darle importancia—. ¿Qué clase de dibujo era, papá?

—Por lo que recuerdo, un mandala.

—¿Un qué?

—No me hagas caso —dijo su padre con una risita—. Sólo estaba presumiendo. No me imagino a Frank hablando así de su figurita. Un mandala es una especie de símbolo muy antiguo que se remonta a los tiempos en que se adoraba al sol y a otras deidades primitivas: es un dibujo en forma de círculo con unas líneas que lo atraviesan desde fuera o desde dentro. Tu adorno de Navidad era muy sencillo: un círculo con una estrella dentro, o bien una cruz. Creo que era una cruz.

—No puedo entender por qué no está aquí dentro, con los demás —dijo la señora Stanton.

Will sí lo sabía. Si saber los nombres auténticos de los miembros de las Tinieblas les otorgaba poder sobre ellos, quizá las

Tinieblas a su vez podían emplear contra ellos su magia, utilizando algún signo que fuera el símbolo de un nombre, como una inicial tallada... Quizá alguien había tomado su propio signo para someterlo bajo su poder; y puede que por esa causa el granjero Dawson no hubiera tallado una inicial, sino un símbolo que nadie del reino de las Tinieblas pudiera emplear. De todos modos, lo habían robado para intentar perjudicarlo.

Un poco más tarde, Will se alejó con sigilo del árbol que estaban decorando y subió a su habitación para colgar una ramita de acebo en la puerta y las ventanas. Insertó un trocito también en el nuevo cierre de la claraboya, y luego hizo lo mismo en las ventanas del dormitorio de James, donde se instalaría en Nochebuena. Cuando terminó, bajó y colocó un pequeño ramillete sobre las puertas delantera y trasera de la casa, para que se viera ostensiblemente. Habría hecho lo mismo con cada una de las ventanas si Gwen no hubiera aparecido en la sala y se hubiera fijado en lo que hacía.

—¡Oh, Will! No pongas acebo en todas partes. Ponlo sobre la repisa de la chimenea o donde más te guste, pero que podamos controlarlo. Piensa que iremos pisando bayas cada vez que alguien corra las cortinas.

Will pensó contrariado que era la típica actitud femenina, pero no deseaba en absoluto que una protesta demasiado enérgica centrara la atención en su acebo. En cualquier caso, se decía mientras procuraba arreglar el ramo con sentido artístico sobre la repisa de la chimenea, colocado aquí servirá para proteger la única entrada de la casa que había olvidado. Papá Noel formaba parte ya del pasado, y por eso no había pensado en la chimenea.

La luz y el color inundaban la casa, que rebullía de excitación. La Nochebuena casi había concluido, pero todavía faltaba lo último: cantar villancicos. Tras la cena, y cuando hubieron encendido las luces navideñas y retiraban ya los últimos papeles de regalo entre un crujir apresurado, el señor Stanton se acomodó en su desvencijado sillón de cuero, sacó su pipa y les dedicó a todos una sonrisa patriarcal.

—¡Bueno! ¿Quién va a ir este año a cantar?

—¡Yo! —dijo James.

—¡Yo! —dijo Will.

—Barbara y yo —dijo Mary.

—Paul también, claro —añadió Will, mirando el estuche de la flauta de su hermano, que estaba preparado en la mesa de la cocina.

—Yo no sé si iré... —se excusó Robin.

—Sí que irás —le atajó Paul—. ¿Qué vamos a hacer sin barítono?

—¡Vale, vale! —protestó su hermano gemelo.

Este breve tira y afloja se repetía desde hacía tres años. A Robin, un muchacho alto, de mentalidad práctica y un jugador de fútbol soberbio, le daba reparo mostrar disposición a actividades consideradas femeninas, como cantar villancicos. En el fondo le encantaba la música, como al resto de su familia, y poseía una voz grave muy agradable.

—Yo estoy demasiado ocupada —terció Gwen—. Lo siento.

—Lo que quiere decir es que tiene que lavarse el pelo por si a Johnnie Penn se le ocurre venir —explicó Mary, poniéndose a salvo.

—¿Sólo por si se le ocurre? —dijo Max desde el sillón que había junto a su padre.

Gwen le hizo una mueca en son de burla:

—¡Muy bonito! ¿Y tú qué? ¿Por qué no vas tú a cantar villancicos?

116

—Estoy más ocupado que tú —respondió Max en tono cansino—. Lo siento.

—Claro; lo que él quiere decir es que tiene que subir a su habitación para escribir otra de esas larguísimas cartas a su pajarito rubio de Southampton —acusó Mary, rondando junto a la puerta. Max se sacó una zapatilla para tirársela, pero la muchacha se marchó a tiempo.

—¿Pajarito? —se extrañó su padre—. Me pregunto qué inventarán después...

—¡Por Dios, papá! —le miró James horrorizado—. ¡Mira que estás anticuado! Las chicas son pajaritos desde el principio de la humanidad; y, si quieres saber mi opinión, creo que tienen tan poco cerebro como los pájaros.

—Hay pájaros con mucho cerebro —comentó Will en tono reflexivo—. ¿No os parece?

Sin embargo, el episodio de los grajos se había esfumado tan de plano de la memoria de James que el chico no captó el sentido del comentario, y las palabras de Will no hallaron eco.

—Venga, todos fuera —dijo la señora Stanton—. No olvidéis las botas, los abrigos... ¡Y volved a las ocho y media!

—¿A las ocho y media? —preguntó Robin—. ¿Y si cantamos tres villancicos a la señora Bell y la señorita Greythorne nos invita a tomar un ponche?

—Bueno, pues a las nueve y media como mucho —concluyó su madre.

Estaba muy oscuro cuando se marcharon; el cielo no se había abierto y en la negra noche no brillaba la luna, ni siquiera las estrellas. La linterna que Robin llevaba colgada de un palo dibujaba un círculo luminoso sobre la nieve, aunque, de todos modos, cada uno de los muchachos iba provisto de una vela en el bolsillo de la chaqueta. Cuando llegaron a la mansión, la anciana señorita Greythorne insistió en que entraran y se acomodaran en el enorme recibidor de suelo de gres, donde, a tenor de la ocasión, todas las luces estaban encendidas. Todos los muchachos sostenían una vela mientras cantaban.

El ambiente estaba helado, y su aliento formaba unas nubes espesas y blancas. De vez en cuando caía del cielo algún copo de nieve extraviado, y Will pensó en la mujer gorda del autobús y en sus predicciones. Barbara y Mary charlaban algo apartadas, con la misma intimidad que demostraban en casa, pero el ruido de fondo de las pisadas de todo el grupo sonaba frío y duro sobre la calzada rebozada de nieve. Will era feliz, embriagado como estaba por la idea de la Navidad y el placer de poder cantar villancicos; caminaba en un estado de soñadora alegría, agarrando la gran cesta de la colecta que llevaban para recaudar fondos con los que evitar el rápido desmoronamiento de la pequeña, antigua y famosa iglesia sajona de Huntercombe. Llegaron a la granja de los Dawson, donde habían clavado un enorme ramo de acebo rebosante de bayas sobre la puerta trasera, y empezaron a cantar.

Fueron por todo el pueblo cantando. Le dedicaron *Nowell* al rector; *Que Dios os bendiga, caballeros*, al contentísimo señor Hutton, el orondo hombre de negocios que vivía en una casa a imitación del estilo Tudor al final del pueblo, siempre alegre. Entonaron *En la antigua ciudad del rey David* para la señorita Pettigrew, una viuda que era la jefa de la oficina de Correos, se teñía el pelo con hojas de té y cuidaba de un perrito cojo que parecía una madeja de lana gris. Cantaron *Adeste Fideles* en latín y *Les Anges dans nos Campagnes* en francés para la diminuta señorita Bell, la maestra jubilada de la escuela del pueblo,

118

quien les había enseñado a leer y escribir, a hacer sumas y restas y a hablar y pensar antes de que los muchachos se marcharan para continuar sus estudios en otras escuelas. La pequeña señorita Bell iba diciendo con voz ronca «Precioso, precioso», ponía unas cuantas monedas en la cesta de la colecta, gesto que todos sabían que no se podía permitir, les daba un abrazo a cada uno y los despedía con un «¡Feliz Navidad! ¡Feliz Navidad!», mientras los chicos se dirigían a la siguiente casa de la lista.

Visitaron cuatro o cinco casas más, una de las cuales era la de la lúgubre señorita Horniman, que iba a hacer las faenas de casa una vez a la semana, nacida y criada en el East End de Londres hasta que una bomba hizo pedazos su casa hacía ya treinta años. Siempre les daba una moneda de seis peniques antiguos, y mantenía la costumbre, haciendo caso omiso de que hubieran cambiado el sistema monetario. «Sin monedas de seis peniques antiguos no sería Navidad —decía la señora Horniman—. Guardé un montón de monedas antes de que nos metieran los decimales hasta en la sopa, sí señor. Así no tengo problemas en Navidad. Yo doy siempre lo mismo, majos, y creo que esta pila de calderilla me enterrará a mí; y cuando yo esté bajo tierra, vosotros vendréis a cantar a esta misma puerta y otra persona os abrirá. ¡Feliz Navidad!»

La última parada antes de volver a casa era la mansión.

Venimos a brindar entre las hojas verdes,
venimos errando, bellos a nuestros ojos...

Siempre empezaban por la conocida *Canción del brindis* cuando cantaban para la señorita Greythorne, y ese año, pensaba Will, el verso sobre las hojas verdes resultaba todavía más

119

inapropiado de lo habitual. Siguieron entonando el villancico y al llegar al último verso, Will y James elevaron las notas en un contrapunto, como unas campanas repiqueteando, algo que no solían destinar al final de una canción, porque se necesitaba recoger mucho aire.

> *Buen señor y buena señora, cuando se sienten junto al fuego,*
> *les rogamos que piensen en nosotros,*
> > *unos pobres niños que vagamos en el lodo...*

Robin asió el gran tirador metálico de la campanilla, cuyo profundo sonido siempre ponía misteriosamente en guardia a Will, y mientras sus gorgoritos se elevaban con el último verso, apareció en la puerta el mayordomo de la señorita Greythorne, vestido con el frac que siempre llevaba en Nochebuena. No era un mayordomo que impusiera mucho; se llamaba Bates y era un hombre alto, delgado y taciturno que a menudo se le solía ver ayudando al anciano jardinero en el huerto que había junto a la verja trasera de la mansión, o bien comentando su artritis con la señorita Pettigrew de la oficina de Correos.

> *El amor y la alegría os sean concedidos*
> *y que nuestro brindis también sea para vosotros...*

El mayordomo sonrió e hizo un gesto de cortesía con la cabeza mientras aguantaba la puerta abierta. Will no tuvo otro remedio que tragarse la última nota. No era Bates, ¡era Merriman!

El villancico terminó y los muchachos descansaban, jugueteando con la nieve entre los pies.

—Encantadores —dijo Merriman con voz grave y escrutándolos con mirada impersonal.

—Dígales que entren. Haga entrar a los chicos. —El tono fuerte e imperioso de la señorita Greythorne se impuso desde lejos—. No los deje esperando en el umbral.

Estaba en el largo salón de la entrada, sentada en la misma silla de respaldo alto que veían todas las Nochebuenas. No podía caminar desde hacía años, a raíz de un accidente que tuvo de joven (en el pueblo se decía que su caballo había caído y la había aplastado), pero jamás había permitido que la vieran en silla de ruedas. Su rostro era fino y su mirada, despierta. Siempre se recogía el pelo en una especie de moño alto. En Huntercombe se la consideraba un personaje envuelto en el misterio.

—¿Cómo está vuestra madre? —le preguntó a Paul—. ¿Y vuestro padre?

—Muy bien, gracias, señorita Greythorne.

—¿Qué tal las Navidades?

—Fantásticas, gracias. Espero que usted también las esté disfrutando.

Paul sentía lástima por la señorita Greythorne, y siempre le resultaba algo difícil mostrarse educado sin parecer frío. Hacía esfuerzos por no parpadear y mirar el alto techo de la sala mientras hablaba. A pesar de que la cocinera (que también asumía las tareas de gobernanta de la casa) y la doncella sonreían con deleite desde el fondo de la estancia, y de que, por descontado, también seguía ahí el mayordomo que había abierto la puerta principal, en toda esa inmensa casa no había rastro alguno de visitas, árboles, adornos o cualquier otro signo que delatara que estaban en Navidad, salvo una gigantesca rama de acebo con muchísimas bayas que colgaba de la repisa de la chimenea.

—¡Qué temporada más extraña! —dijo la señorita Greythorne, mirando a Paul pensativa—. Tan repleta de infinidad de cosas que hacer, como decía esa niña odiosa del poema... ¿Tienes mucho trabajo este año, jovencito? —preguntó, dirigiéndose de repente a Will.

—¡Claro que sí! —dijo Will con franqueza, al recogerlo desprevenido.

—Traigo luz para vuestras velas —dijo Merriman con un tono de voz sosegado y respetuoso mientras se acercaba con una caja de cerillas larguísimas.

Los muchachos sacaron con rapidez las velas del bolsillo, el mayordomo prendió fuego a una cerilla y fue pasando con cuidado entre ellos. La luz le transformaba las cejas en unos frondosos e imaginarios setos, y las líneas de expresión que enmarcaban su boca eran barrancos sumidos en las sombras. Will miró reflexivamente su frac, cuyos faldones salían de la cintura y que el anciano llevaba *con* una especie de chorrera al cuello en lugar de una corbata blanca. Le costaba bastante pensar en Merriman como en un mayordomo.

Alguien apagó las luces desde el fondo de la sala, y la espaciosa estancia quedó únicamente iluminada por el grupito de velas que los Stanton sostenían en la mano. Tras unos golpecitos con el pie, empezaron cantando el dulce y pausado villancico *Duérmete, duérmete, mi niñito precioso...*, que era una canción de cuna que terminaba con un último verso sin letra en el que sólo tocaba Paul. El sonido diáfano y áspero de la flauta truncó el aire en bandas de luz y sumió a Will en una dolorosa y extraña melancolía, una sensación de que algo lejano le aguardaba, algo que él no podía comprender. Cambiando después el tono del recital, cantaron *Que Dios os dé la bienvenida, caballeros*, *El acebo y la hiedra* y terminaron volviendo a entonar *El buen rey Wenceslao*, que siempre era el broche final que dedicaban a la señorita Greythorne. Will nunca dejaba de lamentarlo por Paul, puesto que su hermano en una ocasión comentó que este villancico era tan absolutamente contrario a su manera de tocar que debía de haberlo compuesto alguien que despreciara la flauta.

Sin embargo, era divertido hacer de paje e intentar que su voz encajara exactamente con la de James para que ambos sonaran como un solo muchacho.

Mi Señor, el niño vive a una buena legua de aquí...

Hoy nos está saliendo francamente bien, pensó Will. Juraría que James no canta si no fuera...

Al pie de la montaña...

si no fuera por el hecho de que mueve los labios.

En las mismas lindes del bosque...

Will miró a través de la penumbra mientras cantaba, y lo que vio lo dejó tan terriblemente conmocionado como si le hubieran dado un puñetazo en el estómago. Los labios de James en realidad no se movían, y tampoco el resto de su cuerpo; ni Robin, ni Mary, ni los demás hermanos. Permanecían todos ellos inmóviles, atrapados fuera del tiempo, como el Caminante cuando en el Camino Ancestral sucumbió al hechizo de la chica de las Tinieblas. Las llamas de las velas ya no parpadeaban, sino que ardían con la misma extraña e imperecedera columna de aire luminoso que surgía de la rama a la que Will había prendido fuego aquel día. Los dedos de Paul no recorrían

123

la flauta, y el chico además estaba inmóvil, sosteniendo el instrumento junto a su boca. Sin embargo, la música, muy parecida pero incluso más dulce que las notas de una flauta, siguió sonando, y Will también siguió cantando a su pesar, hasta terminar el verso.

Cerca de la fuente de san... ta Ag... neees...

En el preciso instante en que envuelto en la curiosa y dulce música de fondo que parecía provenir del aire empezaba a preguntarse cómo cantaría el siguiente verso sin un soprano que hiciera del buen rey Wenceslao cantando con su paje, oyó una voz magnífica y profunda, muy bella, que inundaba la estancia entonando la conocida letra; una profunda y magnífica voz que Will jamás había oído cantar y, sin embargo, reconoció de inmediato.

Traedme la carne y el vino,
traedme aquí leños de pino;
ambos veremos cómo cena
cuando allí llevemos las ofrendas...

La cabeza le zumbaba, la habitación parecía adquirir proporciones gigantescas para luego encogerse otra vez, pero la música seguía sonando, y de las llamas de las velas todavía se elevaban columnas de luz. Al comenzar el siguiente verso, Merriman tendió su mano y cogió la de Will con toda naturalidad mientras, caminando juntos, iban cantando:

Paje y monarca caminaron juntos,
juntos avanzaron sin descanso,

entre el salvaje lamento
del crudo viento y el clima glacial...

Atravesaron el amplio vestíbulo y se alejaron de los Stanton, que seguían inmóviles, pasaron junto a la señorita Greythorne, sentada en su silla, la gobernanta y la doncella. Estaban inertes, vivos, pero la vida se había detenido para ellos. Will sentía como si caminara por el aire, sin tocar el suelo, en aquella sala oscura. No había luz alguna ante ellos, solo un resplandor a su espalda. Entonces se adentraron en la oscuridad.

Mi señor, la noche es aún más oscura,
y el viento arrecia;
mi corazón desfallece sin saber la causa,
ya no puedo...

Will oyó que la voz le temblaba, porque esas palabras describían exactamente lo que estaba pensando.

Marca mis huellas, buen paje mío;
písalas sin miedo...

Merriman cantaba y, de repente, ante Will apareció algo más que la oscuridad. Frente a él se alzaban las enormes puertas, los magníficos portones tallados que había visto por primera vez en la ladera de una colina de las Chiltern sepultada por la nieve, y Merriman levantó el brazo izquierdo y señaló hacia ellas con los cinco dedos extendidos. Las puertas se abrieron con lentitud, y la melodía argentina y fugaz de los Ancestrales les recibió como un oleaje, uniéndose a la música de fondo del villancico. Luego desapareció. Will caminó con Merriman hacia la luz, penetrando en un tiempo diferente y unas Navidades distintas. Cantaba como si pudiera verter toda la música del mundo en esas notas; y con tanta convicción que el maestro del coro de la escuela, muy estricto en cuestiones como el levantar bien la cabeza y pronunciar moviendo bien los labios, se habría quedado mudo de emoción.

EL LIBRO DE LA GRAMÁTICA MISTÉRICA

De nuevo se encontraban en una estancia iluminada, una habitación distinta a todas las que había visto Will. Los techos eran altos y estaban decorados con pinturas que representaban árboles, bosques y montañas; las paredes estaban recubiertas de paneles de una madera dorada muy brillante, que refulgía bajo los destellos de unos ocasionales y extraños globos blancos. En la sala imperaba la música, y muchas voces se unieron a las suyas para cantar el villancico, voces de gente vestida como en una escena crucial extraída de un libro de historia. Las mujeres, con los hombros al aire, llevaban unos vestidos largos con unas faldas muy elaboradas, con lazos y complicados volantes; los hombres llevaban unos trajes no muy distintos al de Merriman, con unos fracs de líneas muy marcadas, unos pantalones largos y rectos y en el cuello, lazos blancos o unas corbatas de seda negra. De hecho, y mirando otra vez a Merriman, Will se dio cuenta de que la ropa que llevaba el anciano no había sido nunca la de un mayordomo, sino que sin duda pertenecía a este otro siglo, fuere el que fuese.

Una señora vestida de blanco se acercó a ellos, mientras la gente se apartaba con respeto abriéndole el paso. Cuando el villancico terminó, exclamó:

—¡Precioso! ¡Precioso! Entrad, entrad.

La voz era exactamente la misma que la de la señorita Greythorne cuando les había dado la bienvenida en la puerta de la mansión unos minutos antes, y al levantar la vista para mirarla, Will vio que, de algún modo, también se trataba de la señorita Greythorne. Tenía los mismos ojos y el mismo rostro huesudo, los mismos modales amistosos pero dominantes (sólo que esta señorita Greythorne era mucho más joven y bonita, como una flor que acaba de abrirse y todavía no ha sufrido los embates del sol, el viento y el tiempo).

—Ven, Will —dijo, y le cogió la mano, sonriéndole.

Will fue hacia ella sin hacerse de rogar; estaba claro que lo conocía y que todos los que la rodeaban, hombres y mujeres, jóvenes y mayores, todos sonrientes y alegres, también lo conocían. En ese momento la mayoría de los grupos y las parejas se disponía a abandonar la sala en animada conversación para dirigirse hacia el comedor, de donde provenían unos deliciosos aromas de comida que sin duda alguna indicaban que la cena estaba servida. No obstante, una veintena de personas se quedó en la estancia.

—Estábamos esperándote —dijo la señorita Greythorne, conduciéndolo hacia el fondo de la habitación, donde en una chimenea labrada ardía un fuego cálido y acogedor—. Estamos listos. No hay ningún... obstáculo —dijo, mirando a Merriman e incluyéndolo en su discurso.

—¿Estás segura? —La voz de Merriman sonó rápida y grave, como un martillazo, y Will levantó los ojos con curiosidad. Sin embargo, su rostro de nariz aguileña mostraba el mismo secretismo de siempre.

—Del todo —respondió la Dama.

De repente, se arrodilló junto a Will, y su falda se hinchó a su alrededor como si fueran los pétalos de una enorme rosa blanca. Se encontraba a su misma altura y, asiendo sus dos manos mientras lo observaba, dijo con voz rápida y apremiante:

—Es el tercer signo, Will. El Signo de Madera. A veces lo llamamos el Signo del Aprendizaje. Ha llegado la hora de rehacer el signo. Cada siglo, Will, cada cien años desde el principio, tenemos que renovar el Signo de Madera, porque es el único de los seis que no puede conservar su estado. Cada cien años lo hemos rehecho, del modo que nos enseñaron. Ésta será la última vez, porque cuando llegue tu siglo, tú harás que sirva igual en todos los tiempos, y que con él también se consiga la unión de todos los demás signos. Entonces ya no será preciso volver a rehacerlo.

Se puso en pie y dijo con voz clara:

—Estamos muy contentos de verte, Will Stanton, Buscador de los Signos. Muy contentos, de verdad.

Hubo un murmullo general en el que algunas voces se destacaban, en tono apagado y grave, voces de aprobación y asentimiento. Es como una pared donde apoyarte en busca de protección, pensó Will. Notó vivamente la fuerza de la amistad que provenía de este pequeño grupo de personas desconocidas y bellamente ataviadas, y se preguntó si todas ellas serían Ancestrales. Miró a Merriman, que se hallaba junto a él, y sonrió encantado; y Merriman le devolvió la sonrisa con una mirada plácida y franca como jamás había captado el muchacho en ese rostro severo y adusto.

—Ha llegado casi la hora —dijo la señorita Greythorne.

—Quizá no sería mala idea ofrecer a los recién llegados un refrigerio —intervino un hombre que estaba junto a ellos: un hombre pequeño, no mucho más alto que Will.

129

El desconocido le tendió un vaso. Will lo cogió y levantó la vista. El rostro que observaba era delgado, vivaracho, casi triangular, y a pesar de estar surcado por numerosas arrugas, no parecía el de un anciano. Quizá se debiera a esos ojos sorprendentemente brillantes que no sólo le sostenían la mirada, sino que penetraban en su interior. Era un rostro inquietante, que ocultaba muchas cosas. Sin embargo, el hombre giró sobre sus talones para ofrecerle una copa a Merriman, dando la espalda a Will, una espalda de un terso terciopelo verde.

—Maestro... —dijo con deferencia mientras le alcanzaba la bebida y le hacía una reverencia.

Merriman lo miró, torciendo la boca en un gesto cómico. Permaneció en silencio, observándolo con aire de burla y aguardando su reacción. Antes de que Will pudiera ni siquiera sospechar el significado de ese saludo, el hombrecillo parpadeó y pareció recuperar la compostura, como alguien que despierta de golpe de un sueño profundo. Entonces estalló en carcajadas.

—¡Basta! ¡Eso sí que no! —farfulló—. Ya hace demasiados años que tengo esta costumbre.

Merriman se rió con cariño, levantó la copa a su salud y bebió. Will no podía entender ese extraño juego, pero bebió también. Un sabor irreconocible lo dejó perplejo. Más que de un sabor, se trataba de un rayo de luz, un estallido de música, algo intenso y maravilloso que envolvía todos sus sentidos a la vez.

—¿Qué es esto?

El hombrecillo iba de un lado para otro y reía, y su arrugada tez se contraía al sonreír.

—Solemos llamarlo Metheglyn —dijo, cogiendo la copa vacía—. Los ojos de un Ancestral pueden verlo —comentó como si tal cosa mientras soplaba el interior de la copa.

El hombrecillo la alzó ante sus ojos, y, observando su diáfana base, Will tuvo una visión: un grupo de personajes con hábitos marrones elaboraban el brebaje que acababa de beber. Miró de nuevo al hombre de la chaqueta verde, quien no dejaba de observarlo con cierta incomodidad, producto de una mezcla de envidia y satisfacción. Entonces se rió y se fue en volandas para retirar la copa. La señorita Greythorne los requería ante su presencia; los blancos globos de luz que iluminaban la estancia palidecieron, y las voces se fueron apagando. A Will le pareció oír que la música seguía sonando en algún lugar de la casa, pero no estaba seguro.

La señorita Greythorne estaba junto al fuego. Miró brevemente a Will y luego sus ojos se posaron en los de Merriman. Se dio la vuelta y se quedó mirando hacia la pared durante un buen rato. Estaba recubierta de esa misma madera dorada que revestía la chimenea y su repisa, con unas tallas muy sencillas, sin curvas ni florituras, sino tan sólo una simple rosa de cuatro pétalos circunscrita en diversos cuadrados. Levantó la mano y presionó el centro de una de esas pequeñas rosas esculpidas que había en el extremo superior izquierdo de la chimenea. Se oyó el ruido de un resorte. Bajo la rosa, a la altura de su cintura, apareció un agujero negro y cuadrado. Will no vio deslizarse ningún panel: el agujero simplemente había aparecido, como por ensalmo. La señorita Greythorne introdujo la mano y sacó un objeto en forma de pequeño círculo. Era una imagen idéntica a la de los dos signos que el muchacho llevaba, y Will advirtió que su mano, como le ocurriera antes, se había movido sola y, en un afán de protegerlos, se aferraba a ellos. En la habitación reinaba un silencio sepulcral. Al otro lado de las puertas Will podía oír la música con claridad, pero sin poder adivinar su naturaleza.

El signo circular era muy delgado y oscuro, y mientras el muchacho lo observaba, uno de los brazos en forma de cruz se rompió. Cuando la señorita Greythorne lo sostuvo para que Merriman lo tomara, otro trocito más se convirtió en polvo. Will notó que era de una madera áspera y gastada, y una veta la recorría de lado a lado.

—¿Eso tiene cien años? —preguntó Will.

—Cada cien años hay que hacerlo de nuevo —informó la señorita Greythorne—. Sí, esto tiene cien años.

—¡Pero si la madera dura mucho más! —exclamó impulsivamente Will, rompiendo el silencio de la sala—. Lo he visto en el Museo Británico. Allí hay fragmentos de barcos antiguos que sacaron de unas excavaciones que hicieron junto al Támesis. Son prehistóricos. Tienen miles y miles de años de antigüedad.

—*Quercus Britannicus* —dijo Merriman, en un tono tan severo y seco que parecía un catedrático enojado—. Roble. Las canoas a las que te refieres estaban hechas de roble, y más al sur, los pilares sobre los que se sustenta la catedral de Winchester, tal y como la conocemos hoy en día, también son de roble. Fueron clavados en la tierra hace unos novecientos años, y hoy en día siguen igual de fuertes. Sí, es cierto; el roble dura muchísimo tiempo, Will Stanton, y llegará un día en que la raíz de uno de estos árboles desempeñará un papel muy importante en tu corta vida. No obstante, no es el material más adecuado para nuestro signo. Nosotros empleamos una madera que las Tinieblas desprecian. El serbal, Will, ése es nuestro árbol. El serbal de los cazadores. La madera de serbal tiene unas características distintas a las demás clases de madera, y eso es precisamente lo que necesitamos. Por otro lado, el signo presenta el inconveniente de que el serbal no es duradero como el roble, o como lo son el hierro o el bronce. Por eso debemos reconstruirlo cada cien años —concluyó, cogiendo el objeto con su largo dedo índice y el curvado pulgar.

Will asintió y no dijo nada. Tenía plena conciencia de la gente que había en la estancia. Era como si todos ellos estuvieran concentrándose en una cosa en particular, y esa concentración pudiera oírse. Parecían multiplicarse súbitamente, en una proporción infinita: una vasta multitud que trascendía los límites de la casa, los de ese siglo y los de cualquier otra época.

Lo que sucedió a continuación confundió su memoria. Con un rápido movimiento de la mano Merriman rompió el Signo de Madera en dos mitades y lo lanzó al fuego, donde se consumía un único leño como el que los Stanton encendían en casa por Navidad. Las llamas crecieron. La señorita Greythorne se dirigió al hombrecillo del chaqué de terciopelo verde, le cogió la jarra de plata con la que había servido las bebidas y vertió el contenido sobre el fuego. Una sibilante nube de humo nació de la lumbre, y el fuego se apagó. La dama se inclinó con su largo vestido blanco, metió el brazo en el humeante rescoldo y extrajo un trozo medio quemado del gran leño. Era como un gran disco irregular.

Sosteniendo en alto el pedazo de madera para que todos pudieran verlo, empezó a quitarle los trozos ennegrecidos como si estuviera pelando una naranja; movía los dedos con rapidez, y los bordes quemados fueron desprendiéndose hasta dejar al descubierto la estructura de la pieza de madera: un círculo pulido y de trazos limpios que contenía una cruz. Era un círculo perfecto, sin mácula, como si jamás hubiera adoptado una forma distinta; y en las blancas manos de la señorita Greythorne ni siquiera quedaba el más mínimo rastro de hollín o ceniza.

—Will Stanton. Aquí tienes el tercer signo —pronunció la dama, volviéndose hacia el muchacho—. Aunque no pueda entregártelo en este siglo, puesto que toda tu búsqueda se desarrollará en tu propia época, la madera es el Signo del Aprendizaje; y cuando hayas completado tu formación, sabrás encontrarlo. Ahora bien, por mi parte puedo ayudarte a que tu mente recuerde los movimientos que deberás ejecutar antes de lanzarte a esa aventura.

Miró a Will con gran seriedad, luego levantó el brazo y deslizó el extraño círculo de madera dentro del oscuro agujero abierto entre los paneles. Con la otra mano presionó la rosa que había esculpida en la parte superior, y como si de una ilusión óptica se tratara, el agujero desapareció en ese instante. Los paneles de madera aparecían tan lisos y sin fisuras como si nada hubiera cambiado.

Will miró fijamente la superficie. Recuerda cómo lo ha hecho... Recuerda... Ha presionado la primera rosa tallada del ángulo superior izquierdo. Sin embargo, ahora había tres rosas agrupadas en ese ángulo, y Will dudaba entre las tres. Al mirar con mayor detenimiento, vio aterrado y estupefacto que toda la superficie de paneles de madera aparecía labrada con cuadrados que contenían una única rosa de cuatro pétalos. ¿Acaso habían surgido en ese mismo instante, sin que el muchacho lo hubiera advertido? ¿O quizá siempre habían estado ahí, invisibles a causa del juego de las luces? Movió la cabeza con desesperación y buscó con la mirada a Merriman. Demasiado tarde. No había nadie junto a él. La atmósfera había perdido solemnidad; las luces iluminaban toda la estancia y la gente charlaba animada. Merriman estaba murmurando algo al oído de la señorita Greythorne, y casi tenía que doblarse en dos para ponerse a su altura. Will notó que alguien le tocaba el hombro y se dio la vuelta.

Era el hombrecillo de la chaqueta verde, haciéndole señas. Al otro extremo de la sala, junto a las puertas, el conjunto de músicos que ejecutara el villancico empezó a tocar de nuevo:

los delicados sones de las flautas dulces, los violines y lo que parecía ser un clavicémbalo inundaron la estancia. Estaban tocando otro villancico, uno muy antiguo, anterior incluso al siglo que transcurría en esa habitación. Will quería escucharlo, pero el hombre de verde lo asió por el brazo y lo arrastró con insistencia hacia una puerta lateral.

El muchacho se rebeló como pudo, volviéndose hacia donde se encontraba Merriman. El porte estilizado del Ancestral se tensó en el acto, y el anciano buscó al muchacho con la mirada; pero cuando vio lo que ocurría, se relajó y se limitó a levantar una mano en señal de asentimiento. Will notó que un sentimiento de confianza brotaba en él, y en su mente oyó: «Anda, ve. No pasa nada. Yo vendré luego».

El hombrecillo cogió una lámpara, miró a derecha e izquierda con indiferencia, empujó con un gesto rápido la puerta lateral y la mantuvo abierta el espacio justo para que Will y él pudieran deslizarse por ella.

—Tú no confías en mí, ¿verdad? —preguntó con una voz aguda y entrecortada—. Bien hecho. No confíes en nadie a menos que te veas obligado, chico. Así sobrevivirás y podrás hacer lo que tienes encomendado.

—Parece que empiezo a saber quiénes son los demás, más o menos —dijo Will—. Quiero decir que, de algún modo, puedo adivinar de quién me puedo fiar. Por regla general. Pero es que tú... —Will se detuvo.

—¿Qué?

—Tú no encajas.

El hombre prorrumpió en carcajadas, y sus ojos desaparecieron bajo las arrugas de su rostro. Luego se detuvo en seco y levantó la lámpara. En el círculo de oscilante luz Will vio lo que parecía ser una pequeña habitación forrada con paneles de madera y sin amueblar, salvo por la presencia de una silla, una mesa, una pequeña escalera de mano y unas librerías acristaladas, situadas en el centro de cada una de las paredes, que llegaban hasta el techo. Oyó un tictac profundo y rítmico, y al escrutar en la penumbra, vio que había un enorme reloj de pie en el rincón. Para ser una estancia destinada solo a la lectura, a juzgar por las apariencias, albergaba una pieza de relojería cuyo ruido debía de impedir que uno se demorara demasiado en esa actividad.

—Creo que hay una luz por aquí —aventuró el hombrecillo, pasándole la lámpara a Will—. ¡Ajá! Tenía razón.

Will oyó un sonido indefinible, como un silbido, que ya había notado un par de veces en la habitación contigua, el rasgueo de una cerilla y un clarísimo ¡pop! En la pared apareció una luz, que al principio ardió con una llama rojiza y luego creció hasta llenar por entero uno de los magníficos y resplandecientes globos blancos.

—Eso es debido a las camisas, esas fundas en forma de redes que cubren la llama —aclaró el hombrecillo—. Es un signo de modernidad en las casas particulares, y es lo último que se lleva. La señorita Greythorne va siempre a la última moda, para vivir en este siglo, claro.

—¿Quién eres? —preguntó Will sin escucharle.

—Me llamo Hawkin —dijo el hombrecillo en tono alegre—. Tal cual. Solo Hawkin.

—Bueno, pues mira, Hawkin —empezó Will, intentando pensar con rapidez y sintiéndose cada vez más incómodo—. Parece que sabes muy bien lo que está ocurriendo. Cuéntamelo. Me han traído al pasado, a un siglo que ya ha transcurrido, que forma parte de los libros de historia. ¿Qué sucederá si hago algo que pueda alterarlo? Vamos... eso podría ocurrir, creo yo.

Cualquier detalle podría cambiar la historia, como si yo hubiera estado realmente allí.

—Es que tú estuviste allí —aclaró Hawkin, acercando un papelito enrollado a la llama de la lámpara que Will sostenía.

—¿Cómo? —dijo el muchacho apenas con un hilo de voz.

—Tú estuviste... estás en este siglo mientras sucede todo esto. Si alguien hubiera escrito una crónica sobre la fiesta que se celebra esta noche, tú y mi señor Merriman figuraríais en ella. Aunque es poco probable. De hecho, los Ancestrales difícilmente permiten que sus nombres aparezcan escritos. Por lo general, os las arregláis para influir en la historia de manera que los hombres ni siquiera lo sospechen.

Aplicó el papelito ardiendo a un candelabro de tres brazos que había sobre la mesa, junto a uno de los brazos de la silla, y la piel del respaldo brilló bajo la luz amarillenta.

—Pero no es posible... Yo no entiendo...

—Vamos, hombre —dijo Hawkin sin dejarle tiempo a reflexionar—. Claro que no. Es un misterio. Los Ancestrales pueden viajar en el tiempo si así lo deciden; vosotros no estáis sujetos a las leyes del universo tal y como los seres humanos las conocemos.

—¿No eres un Ancestral? Pensé que debías de ser uno de ellos.

—No —respondió Hawkin, sonriendo y negando con un gesto de la cabeza—. Soy un pecador normal y corriente; pero puedo considerarme privilegiado —dijo, bajando la vista y acariciando la verde manga de su chaqueta—. Al igual que tú, yo no pertenezco a este siglo, Will Stanton. Me trajeron aquí sólo por una cosa en concreto. Cuando haya terminado mi misión, Merriman, mi señor, me mandará de vuelta a mi propia época.

—Un lugar por cierto donde no conocen el terciopelo —intervino Merriman con su grave voz mientras se oía el chasquido de la puerta al cerrarse—. Por eso está disfrutando tanto de esa preciosa chaqueta. Aunque, a juzgar por lo que se lleva, esa prenda más bien la llevaría un petimetre, si aceptas mi humilde opinión, Hawkin.

El hombrecillo levantó la mirada, esbozando una breve sonrisa, y Merriman le puso la mano en el hombro en un gesto afectuoso.

—Hawkin es un chico del siglo XIII, Will. Setecientos años antes de que tú nacieras. Ésa es su época. Con mis artes lo saqué de su propio tiempo para que estuviera aquí en el día de hoy. Luego regresará, como les es concedido a muy pocos hombres.

Will se pasó la mano por el cabello con aire distraído; se sentía como si intentara descifrar un horario de trenes.

—Ya te lo dije, Ancestral. Es un misterio —dijo Hawkin, riendo entre dientes.

—Merriman. ¿Tú de dónde eres? —preguntó Will.

—No tardarás en comprenderlo —respondió Merriman, observándolo inexpresivo con su rostro aguileño en sombra, como una estatua esculpida en tiempos inmemoriales—. Tenemos otro objetivo ahora, y no es el Signo de Madera. Y ese objetivo nos concierne a los tres. Yo no soy de ningún lugar ni pertenezco a ninguna época en concreto, Will. Soy el primero de los Ancestrales, y he vivido en todas las épocas. Existí (y todavía existo) en el siglo de Hawkin, y él es mi vasallo. Yo soy su señor, y represento para él mucho más que eso, porque su vida ha transcurrido a mi lado. Me hice cargo de él cuando murieron sus padres y lo he criado como si fuera un hijo.

—Ningún hijo ha sido objeto de tantos cuidados como yo

—proclamó Hawkin en tono grave mientras, cabizbajo, iba tirando de su chaqueta.

Will se dio cuenta de que a pesar de su rostro arrugado, Hawkin no era mucho mayor que su hermano Stephen.

—Es mi amigo y servidor, y siento un profundo afecto por él —aclaró Merriman—. Merece toda mi confianza; hasta el punto de que le he otorgado un papel crucial en la búsqueda que todos debemos completar en este siglo: facilitar tu aprendizaje, Will.

—¡Oh!

Hawkin le dedicó la más franca de sus sonrisas, dio un salto y le hizo una profunda reverencia, desbaratando a posta el aire solemne de la conversación.

—Debo agradecerte el haber nacido, Ancestral, y el que me hayas dado la posibilidad de infiltrarme como un ratón a otra época distinta de la mía.

Merriman sonrió y sus rasgos se distendieron.

—¿Te has dado cuenta, Will, de cómo le gusta encender las lámparas de gas? En su época utilizaban unas velas humeantes y de un olor nauseabundo, que en realidad no son velas, sino cañas impregnadas de sebo.

—¿Lámparas de gas? —preguntó Will, mirando el aplique blanco en forma de globo de la pared—. ¿Son lámparas de gas?

—Claro. Todavía no existe la electricidad.

—Bueno, ¿cómo voy a saberlo?... ¡Si ni siquiera sé en qué año estamos! —protestó Will a la defensiva.

—Mil ochocientos setenta y cinco —aclaró Merriman—. De hecho, un año magnífico. En Londres el señor Disraeli pone todo su empeño en adquirir el canal de Suez. Más de la mitad de los buques mercantes británicos que lo transitarán son veleros. La reina Victoria lleva treinta y ocho años en el trono de

Gran Bretaña. En Estados Unidos el presidente ostenta el flamante nombre de Ulysses S. Grant y Nebraska es el último estado que se ha incorporado a la Unión. En una mansión lejana de Buckinghamshire, por último, cuya fama ante la opinión pública se debe a que alberga la colección de libros de nigromancia más valiosa del mundo, una dama llamada Mary Greythorne está celebrando una fiesta de Nochebuena, amenizada con villancicos y música, con sus amigos.

Will dio unos pasos hacia la librería más cercana. Los libros estaban encuadernados en piel, y en su mayor parte eran marrones. Había unos volúmenes nuevos y lustrosos con brillantes lomos de pan de oro; otros, en cambio, pequeños y voluminosos, eran tan antiguos que la piel se había agrietado hasta el punto de cobrar la aspereza de las telas burdas. Se fijó en algunos de los títulos: *Demonología*, *Liber Poenitalis*, *El descubrimiento de la brujería*, *Malleus Maleficarum* y muchos más en francés, alemán y otros idiomas de los que ni siquiera podía reconocer el alfabeto. Merriman les dirigió un ademán desdeñoso.

—Valen una fortuna, pero a nosotros no nos sirven. Son narraciones de individuos intrascendentes, soñadores y locos. Relatos de brujería que narran las aberraciones que los hombres infligieron en el pasado a esas pobres almas sencillas a las que llamaban brujas. La mayoría fueron seres humanos normales e inofensivos, aunque uno o dos de ellos sí estaban relacionados con las Tinieblas... Por supuesto, ninguno tuvo tratos jamás con los Ancestrales, porque casi todas las historias que los seres humanos cuentan sobre magia, brujas y todos esos temas nacen de la estupidez, la ignorancia y las mentes enfermizas, o bien es la manera como se explican las cosas que no entienden. Lo que casi todos ellos desconocen es lo que vamos a hacer nosotros, y eso tan sólo lo recoge un único libro que hay en esta habitación.

140

El resto puede servir para refrescarnos la memoria sobre lo que las Tinieblas son capaces de conseguir, y para revelar los tétricos métodos que emplean a veces. Sin embargo, existe un libro que es la razón de que hayas vuelto a este siglo. En él aprenderás a ocupar tu lugar como Ancestral, y es tan valioso que no existen palabras para describirlo. Es el libro de lo oculto, la magia auténtica. Hace mucho tiempo, cuando la magia constituía la única tradición escrita, nuestra sabiduría se llamaba sencillamente «conocimiento». Sin embargo, en tu época hay muchísimas disciplinas por aprender, y que versan sobre una infinidad de temas. Por consiguiente, ahora recurrimos a una palabra medio olvidada, ya que a nosotros, los Ancestrales, también nos han olvidado prácticamente. Lo llamamos «gramática mistérica».

Atravesó la estancia en dirección al reloj, haciéndoles señas para que lo siguieran. Will observó a Hawkin, y vio su rostro, delgado y confiado, tenso por la angustia. Los chicos imitaron sus pasos. Merriman se paró frente al inmenso y antiguo reloj de la esquina, el cual incluso a él le pasaba más de medio metro, sacó una llave del bolsillo y abrió el panel frontal. Will vio con claridad el péndulo interior moviéndose despacio, con un balanceo hipnótico, adelante, atrás.

—Hawkin —interpeló Merriman.

Su voz era muy afable, incluso cariñosa, pero estaba dándole una orden. El hombre ataviado de verde, sin pronunciar palabra, se arrodilló a su izquierda y permaneció muy quieto.

—Mi señor —dijo bajito y en tono suplicante.

Merriman no le prestaba atención. Posó la mano izquierda en su hombro e introdujo la derecha en el reloj. Con infinito cuidado deslizó sus largos dedos a un lado, manteniéndolos lo más estirados posible para evitar tocar el péndulo. Entonces, con un rápido golpecito sacó un pequeño libro de cubiertas negras. Hawkin se desplomó, ahogando un grito tan agudo de terror y alivio que Will se lo quedó mirando estupefacto. Sin embargo, Merriman ya lo estaba empujando hacia la mesa. Lo obligó a sentarse en la única silla de la estancia y le puso el libro en las manos. En la cubierta no figuraba el título.

—Éste es el libro más antiguo del mundo —dijo con sencillez—. Cuando lo hayas leído, lo destruiremos. Es *El libro de la gramática mistérica*, escrito en el idioma de los Ancestrales. Nadie puede entenderlo, salvo nosotros; e incluso si un ser humano o una criatura cualquiera pudiera comprender alguno de los hechizos que contiene, no podría pronunciar las palabras del poder si no fuera un Ancestral. En realidad, la mera existencia del libro no ha representado un gran peligro durante todos estos años. Ahora bien, no es bueno conservar algo así cuando el objeto ya ha cumplido su función, porque las Tinieblas siempre han representado un riesgo, y su ingenio sin igual podría encontrar el modo de utilizarlo si cayera en sus manos. En este momento y en esta habitación, por lo tanto, el libro cumplirá su objetivo final, que es hacerte depositario a ti, el último de los Ancestrales, del don de la gramática mistérica; cuando todo haya concluido, tendremos que destruirlo. Cuando te hayas infundido de todo ese conocimiento, Will Stanton, ya no habrá necesidad de conservar el libro, porque contigo el círculo se habrá completado.

Will se sentaba muy erguido, observando el baile que las sombras proyectaban sobre el rostro fuerte y adusto que se cernía sobre él; luego sacudió la cabeza, como para despejarse, y abrió el libro.

—Pero ¡si está en inglés! Dijiste que...

—Eso no es inglés, Will —dijo Merriman, riéndose—. Cuando tú y yo hablamos entre nosotros, no lo hacemos en inglés.

Conversamos en el idioma de los Ancestrales, que aprendimos al nacer. Tú crees que te expresas en inglés porque es lo que te dice tu sentido común, ya que no conoces otras lenguas, pero si tu familia te oyera, solo captaría sonidos inarticulados. Lo mismo ocurre con ese libro.

Hawkin se había puesto en pie, pero su rostro estaba demudado. Respiraba con dificultad y se apoyó en la pared. Will lo miró preocupado. No obstante, Merriman, ignorando su presencia, continuó hablando:

—En el instante en que adquiriste los poderes, el día de tu cumpleaños, podías hablar ya como un Ancestral; y eso fue lo que hiciste, sin saberlo. Así fue como te reconoció el Jinete cuando lo encontraste en el camino: saludaste a John Smith en el idioma de los Ancestrales y él se vio obligado a contestarte igual, arriesgándose a ser descubierto a pesar de que el oficio de herrero quedaba fuera de toda sospecha. Hay hombres corrientes que también saben hablarlo; como Hawkin mismo, o bien algunos invitados de la fiesta que no pertenecen al círculo. Los señores de las Tinieblas también lo conocen, aunque siempre los traiciona un ligero acento característico.

—Ya me acuerdo —dijo Will despacio—. El Jinete sí que parecía tener acento, un acento que no supe reconocer. Claro que entonces creía que hablaba inglés y que debía de ser de otra región del país. No me extraña que tardara tan poco en ir en mi busca.

—Es así de sencillo —sentenció Merriman, mirando entonces a Hawkin y posando una mano en su hombro, pero el hombrecillo no se inmutó.

—Escucha bien, Will. Te quedarás aquí hasta que hayas leído el libro. No será como leer un libro normal; será una experiencia reveladora. Cuando hayas terminado, volveré. Esté donde esté, siempre me entero de cuándo se abre o se cierra el libro. Léelo. Perteneces a los Ancestrales y, por consiguiente, con sólo leerlo una vez el saber vivirá en ti eternamente. Luego pondremos fin a esto.

—¿Se encuentra bien Hawkin? —preguntó Will—. Parece enfermo.

Merriman bajó los ojos y contempló la pequeña figura desfallecida. El dolor ensombreció su semblante.

—Le exigí demasiado —dijo enigmáticamente mientras ayudaba a Hawkin a sostenerse en pie—. Tú ocúpate del libro, Will. Léelo. Lleva esperándote muchísimo tiempo.

Salió de la estancia sosteniendo a Hawkin y regresó a la habitación contigua, desde donde podían oírse la música y las voces. Will se quedó solo con *El libro de la gramática mistérica* frente a él.

LA TRAICIÓN

Will jamás supo cuánto tiempo había transcurrido mientras estaba ocupado con *El libro de la gramática mistérica*. Sus páginas lo enriquecieron y transformaron hasta tal punto que su lectura hubiera podido durar un año; sin embargo, el saber caló tan hondo en su pensamiento que cuando llegó al final, sintió que hacía apenas unos instantes que acababa de empezar. En efecto, el libro no se parecía a los demás. Cada página iba precedida de títulos muy simples: «Sobre el volar», «Sobre el desafío», «Sobre las palabras del poder», «Sobre la resistencia» y «Sobre el tiempo al cruzar las puertas». Sin embargo, en lugar de mostrarle una historia o unas instrucciones, el libro se limitaba a ofrecerle el fragmento de una poesía o una imagen espectacular que, de algún modo, lo transportaban de repente a esa misma experiencia que estaba aprendiendo.

Apenas había leído una línea («He viajado como un águila») y sentía que se elevaba hacia lo alto, como si tuviera alas, y aprendía de las sensaciones, notando cómo debía planear en el viento e inclinarse al tocar las columnas de aire que se alzaban ante él, volar majestuosamente y ascender, mirar la composición verdosa de las colinas coronadas de árboles oscuros en tierra y divisar entre el follaje los destellos de un río sinuoso. Volando supo que el águila era uno de los únicos cinco pájaros capaces de ver las Tinieblas, y en el acto comprendió cuáles eran los otros cuatro, convirtiéndose en ellos a su vez.

Siguió con la lectura: «Llegas a donde se halla la criatura más antigua de este mundo, y la que ha hollado los lugares más distantes y remotos, el águila de Gwernabwy...», y Will se vio sobre un peñasco desnudo, oteando la lejanía, posado sin temor sobre un resplandeciente saledizo de granito de un color negro grisáceo. Su costado derecho reposaba sobre una pata de suaves plumas doradas y un ala plegada, y su mano yacía junto a una garra curvada, dura como el acero y cruel. Una voz áspera le susurró al oído las voces que controlaban el viento y las tormentas, el cielo y el aire, las nubes y la lluvia, y también la nieve y el granizo: todo aquello que poblaba el cielo, salvo el sol y la luna, los planetas y las estrellas.

Luego volvió a remontar el vuelo, libre en el cielo azul oscuro, con las estrellas fulgurando intemporales a su alrededor; y la distribución de estas estrellas le fue conocida, similar y distinta a la vez de las formas y los poderes que los hombres otorgaban a esos cuerpos celestes desde hacía innumerables años. Pasó el Boyero, inclinando la cabeza y con la brillante estrella Arturo en la rodilla; el Toro gruñía cerca, llevando consigo el gran sol Aldebarán y el pequeño grupo de las Pléyades, cantando con unas vocecillas melódicas como jamás oyera en su vida. Voló alto, muy alto, hacia el negro espacio exterior, y vio estrellas muertas, estrellas ardiendo y el polvillo diseminado de la vida que poblaba la infinita vacuidad del más allá. Cuando todo aquello se hubo apoderado de él, conoció todas las estrellas del firmamento, por su nombre y como puntos en un mapa astronómico, aunque también desde una sabiduría que superaba ambos métodos. Aprendió todas las fases del sol y la luna, desveló el misterio de Urano y la desesperación de Mercurio y montó en la cola de un cometa.

Sin embargo, el libro le arrancó del firmamento con un solo verso.

... el crispado mar lento avanza a sus espaldas.

Cayó en picado, en un brusco descenso hacia una rugosa y ascendente superficie azul que, a medida que se acercaba a ella, se convertía en una sucesión encabritada de enormes y zarandeantes olas. Luego penetró en el mar, libre ya de toda agitación, y a través de una neblina verdosa llegó a un diáfano y sorprendente mundo de belleza sin misericordia, gobernado por una fría y sombría lucha por la supervivencia. Las criaturas que lo poblaban eran predadores, y nada ni nadie se salvaba de sus fauces. El libro enseñó a Will las reglas para sobrevivir a la maldad, las crecidas de los mares, los ríos y los torrentes, los lagos, los arroyos y los fiordos; y le mostró que el agua era el único elemento que en cierto sentido podía desafiar a cualquier clase de magia. El agua en movimiento no acostumbraba tolerar magia alguna, ni la que servía al bien, ni la que procuraba el mal, sino que la arrastraba en su cauce, como si nunca hubiera existido.

Entre corales de mortales aristas lo llevó nadando el libro, entre ondulantes frondas de tonos verdes, rojos y púrpura, peces brillantes como el arco iris que se le acercaban, lo miraban fijamente, sacudían una aleta o la cola y desaparecían. Pasó junto a las negras y desagradables espinas de los erizos de mar, cerca de unas criaturas oscilantes en nada parecidas a las plantas y los peces, y luego subió hacia la blanca arena, chapoteando entre las aguas poco profundas y de doradas estrías, hasta alcanzar unos densos árboles, sin hojas, con apariencia de raíces, que se hundían en el agua del mar formando una especie de jungla seca. Como si hubiera viajado a la velocidad del rayo, Will salió de esa maraña vegetal y se encontró de nuevo parpadeando frente a una página de *El libro de la gramática mistérica*.

... Me inquieta el fuego y coqueteo con el viento...

Se hallaba entre los árboles, unos árboles tiernos por la primavera, con sus hojitas de un verde inigualable, moteadas por el radiante sol; unos árboles frondosos en verano, susurrantes, imponentes; unos abetos que desafiaban el oscuro invierno sin temer a nadie, impidiendo que la luz iluminara el bosque. Aprendió la naturaleza de los árboles, la magia particular que encierran el roble, la haya y el fresno. Luego, en medio de una página del libro apareció una poesía:

Aquel que ve batir el árbol del bosque embravecido
y las avefrías trazar círculos sobre el cristal acuoso,
sueña en extraños que a nuestros ojos,
¡ay!, quizá se muestren sombríos.

En su imaginación Will se vio transportado en un remolino por un viento que azotaba la totalidad de los tiempos, y ante él apareció la historia de los Ancestrales. Asistió al comienzo de los tiempos, cuando la magia imperaba en el mundo; una magia que era el poder de las rocas, el fuego, el agua y las criaturas vivientes, y en la que los primeros seres humanos vivían inmersos como los peces viven en las aguas. Vio a los Ancestrales, en las distintas épocas en que los hombres empleaban la piedra, el bronce y el hierro para labrar cada uno de los seis grandes signos. Vio una sucesión de estirpes distintas invadiendo su país en forma de isla, portando la maldad de las Tinieblas mientras las olas escupían sus naves en la orilla. A medida que las distintas hordas aprendían a conocer y amar la tierra, la paz iba extendiéndose y la luz volvía a florecer. Las Tinieblas, no obstante, seguían allí, creciéndose y menguando, conquistando a un nuevo señor de las Tinieblas cada vez que un hombre elegía por voluntad propia convertirse en alguien más temible y poderoso que sus semejantes. Esas criaturas no nacían para cumplir su destino, como los Ancestrales, sino que escogían el suyo propio con libertad. Vio también al Jinete Negro, presente en todas las épocas, desde el principio de los tiempos.

Fue testigo de la primera prueba a la que tuvo que enfrentarse la Luz. Los Ancestrales pasaron tres siglos esforzándose por recuperar su territorio del reino de las sombras; y si lo lograron fue gracias a la colaboración decisiva de su líder más destacado, desaparecido en combate, que un día volverá a despertar para regresar con los suyos.

La ladera de una colina surgió de improviso, en la misma época, y Will apreció la hierba bañada por el sol, con el signo de la cruz circular segado en el verde césped, brillando inmenso y blanco en la pizarra de las Chiltern. Junto a uno de los brazos de la blanca cruz, y rascándolo con unas curiosas herramientas en forma de hachas con unas hojas muy largas, vio un grupo de personajes vestidos de verde: unos hombres diminutos, empequeñecidos por el tamaño del signo. El muchacho vio una de esas figuras girando como en un sueño y alejándose del grupo

149

para acercarse a él: era un hombre vestido con una túnica verde y una capa corta de color azul oscuro que llevaba una caperuza cubriéndole la cabeza. El hombre separó los brazos impetuosamente. En una mano sostenía una daga con una hoja de bronce y en la otra, una copa en forma de cáliz en la que se reflejaba la luz; dio un salto y, como si fuera un torbellino, desapareció en el acto. Atrapado por la página siguiente, Will caminaba por un sendero que atravesaba un espeso bosque, pisando unas fragantes hierbas de color esmeralda. Era un sendero que se ensanchaba, endurecido por la piedra que lo recubría, una piedra rugosa y muy gastada parecida a la caliza. La senda salía del bosque y discurría por una cresta alta y ventosa bajo el cielo gris, mientras al fondo se divisaba un valle tenebroso y envuelto en las brumas. Durante todo el camino, y a pesar de que nadie lo acompañaba, no dejaba de escuchar claramente la sucesión de palabras secretas que expresaban el poder de los Caminos Ancestrales, y las sensaciones y los signos con que reconocería a partir de entonces, estuviere donde estuviese, por dónde discurría el Camino Ancestral más cercano, tanto si había algún vestigio de él como si sólo se le figuraba en espíritu...

Siguió avanzando hasta que descubrió que casi había llegado al final del libro. Entonces leyó un poema:

Mío es el helecho robado,
y cualquier secreto adivino;
el don del arcano Math
hijo de Mathonwy,
ni siquiera iguala
toda la sabiduría
que me ha sido otorgada.

En la cara opuesta de la contracubierta, en la última página del libro, había un dibujo de los seis signos circulares con la cruz inscrita, unidos todos ellos en un solo círculo. Había llegado al final. Will cerró despacio el libro y se quedó mirando al vacío. Se sentía como si hubiera vivido cien años. Saber que sus conocimientos eran tan vastos, que podía hacer tantas cosas, hubiera tenido que alegrarlo, pero se sentía cansado, como si soportara un gran peso sobre sus hombros, y le embargaba la melancolía al pensar en todo lo que había sucedido y lo que quedaba por hacer.

Merriman entró en la estancia solo, y se quedó de pie, mirándolo.

—Sí, lo sé —dijo con suavidad—. Ya te dije que es una responsabilidad, una pesada carga; pero así son las cosas, Will. Somos los Ancestrales, hemos nacido en el círculo y eso no puede remediarlo nadie. Ven —dijo, cogiendo el libro y tocando el hombro de Will.

Merriman avanzó unos pasos y se acercó al reloj de pie, cuya estilizada figura presidía la estancia. Will fue tras él y vio cómo su maestro volvía a sacarse la llave del bolsillo y abría el panel central. De nuevo apareció ante sus ojos el péndulo, largo y lento, con un movimiento rítmico parecido al latido del corazón. Sin embargo, Merriman no evitó tocarlo. Introdujo la mano, pero con un movimiento extrañamente brusco, como si fuera un actor que interpretara el papel de un hombre torpe y estuviera sobreactuando. Al empujar el libro hacia dentro, una de las esquinas rozó el largo brazo del péndulo, y Will entrevió durante un breve instante que su oscilación variaba. Se tambaleó hacia atrás y se llevó las manos a los ojos. La habitación se llenó de algo absolutamente indescriptible: una explosión sin sonido, un destello cegador de luz oscura, una energía atronadora que no podía verse ni oírse, aun cuando parecía que el mundo entero había estallado en pedazos. Cuando apartó las manos de su rostro, descubrió que se hallaba a tres metros de distancia, junto al costado de la silla. Merriman estaba a su lado, con los brazos extendidos cuan largos eran y contra la pared; y esa esquina de la habitación donde se hallaba el reloj de pie estaba vacía. No había desperfectos, signos de violencia o explosión alguna. Sencillamente no había nada.

—Eso es todo, ya ves —dijo Merriman—. Así es como se protegía *El libro de la gramática mistérica* desde el principio de nuestro tiempo. Si el objeto que lo conservaba llegaba siquiera a tocarse, todo eso, objeto, libro y persona, se vería reducido a la nada. Sólo los Ancestrales éramos inmunes a la destrucción, como has podido comprobar, aun cuando por las circunstancias —dijo, frotándose a conciencia el brazo—, también podíamos resultar heridos. La protección ha adoptado formas diversas, desde luego. Lo del reloj formaba parte de este siglo; y ahora, empleando los mismos medios con que solíamos preservarlo hasta ahora, hemos destruido el libro. Ésta es la única manera de utilizar adecuadamente la magia, como has podido comprobar.

—¿Dónde está Hawkin? —preguntó Will con voz trémula.

—Su presencia no era necesaria.

—¿Está bien? Parecía...

—Bastante bien.

Una extraña tensión se desprendía de la voz de Merriman, como si le embargara la tristeza, pero ninguna de sus nuevas artes le servía a Will para descifrar la clase de emoción de que se trataba.

Regresaron a la fiesta que proseguía en la habitación contigua, donde faltaba muy poco para que finalizara el villancico que acababa de empezar cuando se marcharon. Nadie parecía haberse dado cuenta de que se habían ausentado un par de minutos, y puede que incluso ni siquiera notaran su marcha. Will recordó que no vivían en un tiempo real y que, como mucho, podían decir que se encontraban en el pasado, aunque conservaran la capacidad de alterar el tiempo a voluntad y hacer que éste transcurriera más rápido o más lento.

En la sala había mucha más gente que antes, y el resto de invitados regresaba del comedor. Will advirtió que la mayoría era gente normal, y que sólo el grupito que se había quedado antes en la estancia eran Ancestrales. Ese pensamiento no le causó extrañeza, puesto que sólo ellos podían ser testigos de la renovación del signo.

Will estaba absorto en la contemplación de los individuos cuando, de repente, el terror lo dejó atónito. Sus ojos habían tropezado con un rostro situado al fondo mismo de la sala; se trataba de una muchacha que parecía no haberlo visto, y que charlaba en animada conversación con alguien a quien Will no podía ver. Advirtió que ella movía la cabeza y reía con desmesurada afectación, se inclinaba para escuchar lo que le decían y luego desaparecía de su vista, confundida entre los otros invitados. Will, sin embargo, tuvo tiempo de percatarse de que la chica que se reía era Maggie Barnes, esa Maggie que trabajaría en la granja de los Dawson un siglo después. Ni siquiera era una sombra de sí misma, como le ocurría a la victoriana señorita Greythorne, que era una especie de reflejo temprano de la dama que él conocía. Era la misma Maggie que el chico conociera en su propia época.

Consternado, dio unos pasos hasta cruzarse con los ojos de

Merriman, y supo que este último ya estaba enterado de la presencia de la muchacha. Su rostro aguileño no mostraba sorpresa alguna, sino sólo el asomo de un dolor indefinido.

—Sí —afirmó en tono cansino—. La bruja está aquí. Creo que deberías quedarte un buen rato conmigo, Will Stanton, para vigilar. No me interesa demasiado vigilar solo.

Sorprendido por el ofrecimiento, Will se quedó con él en el rincón, discretamente situado. Maggie seguía oculta entre la multitud. Esperaron unos minutos, y luego vieron a Hawkin, vestido con su pulcra chaqueta verde, abriéndose paso entre el gentío hacia la señorita Greythorne. El hombrecillo permaneció a su lado, en la actitud de quien está acostumbrado a prestar sus servicios. Merriman tensó los músculos de su cuerpo y Will lo miró; la mueca de dolor era más visible en el curtido rostro, como si Merriman presintiera una profunda aflicción que no tardaría en experimentar. Volvió a posar la vista en Hawkin y vio que de su semblante escapaba una alegre sonrisa por algo que la señorita Greythorne acababa de decir. No mostraba signo alguno del pánico que le había asaltado en la biblioteca, y con un encanto parecido al de las piedras preciosas, irradiaba una luz capaz de iluminar la penumbra. Will comprendió por qué le resultaba tan querido a Merriman. Sin embargo, al mismo tiempo tuvo la espantosa, repentina y pronta convicción de que se avecinaba un desastre.

—¡Merriman! ¿Qué ocurre? —preguntó con voz ronca.

—Es el peligro, Will, la consecuencia de mi acción —dijo Merriman inexpresivo, levantando la mirada por encima del gentío y fijándola en la cara puntiaguda y risueña de su discípulo—. Un gran peligro nos acecha en nuestra búsqueda. He cometido el error más grande que pueda permitirse un Ancestral, y ese error caerá sobre mí de manera fulminante. Depositar más confianza en un mortal de la que sus fuerzas pueden soportar es algo que todos nosotros aprendemos a no hacer jamás, desde tiempos inmemoriales. Yo también lo aprendí, mucho antes de que *El libro de la gramática mistérica* estuviera a mi cargo. Sin embargo, cometí esa equivocación presa de la insensatez. Ahora ya no podemos hacer nada para subsanarlo, sino tan sólo observar y aguardar las consecuencias.

—Se trata de Hawkin, ¿verdad? ¿Tiene algo que ver con el hecho de haberlo traído aquí?

—El hechizo para proteger el libro tiene dos vertientes, Will —aclaró Merriman con visible esfuerzo—. Tú viste la primera, la protección contra los seres humanos, que era el péndulo. Ese péndulo los destruiría si osaran tocarlo, pero no a mí, ni a ningún otro Ancestral. Ahora bien, yo añadí otro aspecto al hechizo para proteger el libro de las Tinieblas. Decía que podría sacar el libro sin alterar el movimiento del péndulo sólo si tocaba con la otra mano a Hawkin. Cuando sacara el libro de su escondite para entregarlo al último de los Ancestrales, fuere el siglo que fuese, Hawkin tendría que ser arrancado de su propia época para estar allí.

—¿No habría sido más seguro contar con un Ancestral en esa parte del hechizo en lugar de recurrir a un hombre normal y corriente?

—¡Ah, no! El propósito de todo ello era lograr la participación de un hombre. Estamos inmersos en una cruenta batalla, Will, y a veces tenemos que hacer cosas a sangre fría. Este hechizo está hecho a mi medida, como guardián que era del libro. Las Tinieblas no pueden destruirme, porque soy un Ancestral, pero quizá con ayuda de la magia habrían podido engañarme y persuadirme de que sacara el libro. Por si eso sucedía, debía existir algún modo en que los otros Ancestrales pudieran detenerme antes de que fuera demasiado tarde. Por otro lado, tampoco podrían destruirme para impedir que allanara el camino a las Tinieblas. Ahora bien, un hombre sí podía ser destruido. En el peor de los casos, si las Tinieblas me hubieran obligado con sus artes mágicas a entregarles el libro, antes de empezar a sacarlo de su escondite la Luz habría matado a Hawkin. Eso habría mantenido el libro a salvo, y para siempre, porque en ese caso yo no hubiera podido romper el encantamiento, tocando el hombro de Hawkin, y tampoco habría podido sacar el libro. Nadie habría podido conseguirlo, ni yo, ni las Tinieblas ni cualquier otro ser vivo.

—Por lo tanto, Hawkin puso en peligro su vida —dijo Will sin apresurarse, observando al hombrecillo mientras este caminaba vivaz por la pista de baile hacia los músicos.

—Sí. A nuestro servicio estaba a salvo de las Tinieblas, pero su vida corría peligro igualmente. Accedió a hacerlo porque era mi vasallo, y estaba muy orgulloso de serlo. ¡Ojalá me hubiera asegurado de que él conocía bien todo el riesgo que corría! Un riesgo doble además, porque hoy hubiera podido perecer si por accidente yo hubiera tocado el péndulo. Ya viste lo que sucedió cuando al final lo toqué. Tú y yo, como Ancestrales, solo notamos una sacudida; pero si Hawkin hubiera estado allí, en contacto con mi mano, habría fallecido en el acto, se habría volatilizado, igual que el libro.

—No sólo debe de ser muy valiente, sino que también debe amarte igual que un hijo si es capaz de hacer cosas como ésta por ti y por la Luz.

—Sin embargo, sigue siendo un hombre. —La voz de Merriman era áspera y el dolor volvió a reflejarse en su rostro—. Ama también como un hombre, y exige pruebas de amor a cambio. Mi error fue no pensar en la posibilidad de que esto sucediera. Como consecuencia de ello, en esta habitación y dentro de unos minutos Hawkin me traicionará, y traicionará a la Luz; y alterará el desarrollo de los acontecimientos que tienen que ver con tu búsqueda, joven Will. La conmoción que ha sufrido al poner en riesgo su vida, por mí y por *El libro de la gramática mistérica*, ha sido demasiado para su lealtad. Quizá viste su rostro en el momento en que sujeté su hombro y extraje el libro de su peligroso refugio. En ese preciso instante Hawkin comprendió perfectamente que yo estaba dispuesto a dejarlo morir. Ahora ya lo sabe, y jamás me perdonará por no amarle como él ha amado a su señor, empleando sus propios términos, como me ha amado a mí. Por eso se volverá en contra de nosotros. Fíjate dónde empieza la historia —concluyó Merriman, señalando hacia el otro extremo de la habitación.

La música arrancó con brío y los invitados empezaron a formar parejas de baile. Un hombre que Will reconoció como uno de los Ancestrales se acercó a la señorita Greythorne, le hizo una reverencia y le ofreció el brazo; a su alrededor las parejas se juntaban formando grupos de ocho, preparándose para ejecutar algún baile que Will desconocía. Vio que Hawkin permanecía de pie, indeciso, y siguiendo con la cabeza el ritmo de la música; luego vio que una chica vestida de rojo aparecía a su lado. Era la bruja, Maggie Barnes.

La muchacha dijo algunas palabras a Hawkin, riendo, y le hizo una leve reverencia. Hawkin sonrió con cortesía, con la duda pintada en su semblante, y negó con la cabeza. La chica sonrió abiertamente, movió el pelo con coquetería y volvió a hablarle, con los ojos fijos en él.

—¡Oh! —exclamó Will—. ¡Ojalá pudiéramos oír lo que dice!

Merriman lo miró con aire sombrío durante unos instantes, con la mente ausente y rumiando en sus cosas.

157

—¡Anda! —volvió a exclamar Will sintiéndose estúpido—. ¡Pues claro!

Le llevaría un tiempo, sin duda, acostumbrarse a recurrir a sus propios poderes. Volvió a mirar a Hawkin y a la chica, deseó poder escucharlos... y los escuchó.

—De verdad, señora —decía Hawkin—. No me agradaría parecer grosero, pero yo no bailo.

—¿Acaso porque no está en su época? —respondía la muchacha, cogiéndole la mano—. Aquí también se baila con las piernas, igual que hacía usted hace quinientos años. Venga.

Hawkin la miró fijamente, paralizado por la sorpresa, mientras ella lo llevaba hasta un grupo de parejas.

—¿Quién es usted? —preguntaba Hawkin susurrando—. ¿Es usted una Ancestral?

—¡Por nada del mundo quisiera serlo! —protestó Maggie Barnes en el idioma de los Ancestrales, mientras Hawkin palidecía y se quedaba inmóvil—. ¡Venga! Baile, o la gente se dará cuenta —dijo en inglés—. Es bastante fácil. Observe lo que hace el hombre que hay junto a su lado cuando empiece la música.

Hawkin, pálido y desesperado, se movía a trompicones durante la primera parte del baile, pero a medida que la danza evolucionaba, iba cogiendo los pasos.

—Le dijimos que nadie de los aquí presentes conocería su identidad —cuchicheó Merriman al oído de Will—; y que no debía utilizar el idioma de los Ancestrales con nadie salvo contigo, bajo pena de muerte.

La conversación en la pista de baile proseguía.

—Tienes buen aspecto, Hawkin, para ser un hombre que ha escapado de la muerte.

—¿Cómo sabes todo esto, muchacha? ¿Quién eres?

158

—Te hubieran dejado morir, Hawkin. ¿Cómo pudiste ser tan estúpido?

—Mi maestro me ama —replicó Hawkin, pero la debilidad asomaba a sus labios.

—Te utilizó, Hawkin. No eres nada para él. Deberías tener mejores maestros, alguien que procure por tu vida, y que además te la conserve a lo largo de los siglos y no te confine a tu propia época.

—¿Como la vida de un Ancestral? —preguntó Hawkin, víctima por primera vez de la codicia.

Will recordó el deje de envidia de Hawkin cuando éste le hablaba de los Ancestrales; ahora en su voz también se percibía la mezquindad.

—Las Tinieblas y el Jinete son unos maestros más benévolos que la Luz —dijo Maggie Barnes, susurrándole al oído mientras concluía la primera parte del baile.

Hawkin volvió a quedarse inmóvil, mirándola, hasta que ella echó un vistazo a su alrededor y dijo con claridad:

—Creo que necesito una bebida fresca.

Hawkin dio un salto y la apartó del grupo de bailarines. Centrando su atención en la chica, Maggie disfrutaría de la oportunidad de hablar con él a solas, y la servidora de las Tinieblas contaría con un oyente aplicado. Will se sintió asqueado de repente ante la inminente traición, y no quiso escuchar más. Descubrió que Merriman, junto a él, seguía mirando al vacío.

—Todo ocurrirá como yo te cuento: le pintarán el reino de las Tinieblas como algo maravilloso para seducirlo, como suelen hacer los seres humanos, y Hawkin comparará eso con todas las exigencias que impone la Luz, que son una pesada carga, y siempre lo serán. A medida que reflexione, irá alimentando su resentimiento por el modo en que le obligué a entregar su vida sin darle nada a cambio. No te quepa duda de que las Tinieblas jamás exigen algo igual; al menos, por el momento. En efecto, sus señores nunca se arriesgan a exigir la muerte, sino que sólo ofrecen una vida de maldad... ¡Hawkin! —añadió en voz baja y sombría—. Vasallo mío, ¿cómo puedes hacer lo que estás dispuesto a hacer?

De repente, Will sintió miedo, y Merriman lo notó.

—¡Basta ya! Ahora ya sabemos lo que sucederá. Hawkin será como una gotera en el tejado o una brecha en un tonel; y así como las Tinieblas no podían tocarlo cuando era mi vasallo, ahora que sirve al reino de las Tinieblas, tampoco podrá destruirlo la Luz. Será el mensajero del mal, y nos espiará, moviéndose entre nosotros, en esta casa, que ha sido nuestro bastión. —Su voz se volvió fría, aceptando lo inevitable; el dolor le abandonó—. A pesar de que la bruja consiguió entrar, jamás hubiera podido emplear ni un ápice de su magia sin que la Luz la destruyera. Sin embargo, ahora, cada vez que Hawkin las llame, las Tinieblas podrán atacarnos en cualquier lugar, incluso aquí mismo; y el peligro aumentará con los años.

Se levantó, jugueteando con los dedos a entrelazar su corbata blanca; el perfil de pronunciada curva se revelaba terriblemente adusto, y la mirada que refulgió por unos instantes bajo las cejas fruncidas heló la sangre al muchacho. Era el rostro de un juez, implacable y condenatorio.

—El destino que Hawkin se ha labrado con esta acción es terrible —sentenció Merriman inexpresivo—. Deseará mil veces haber muerto antes de cargar con él.

Will se quedó aturdido, y un sentimiento de piedad e inquietud se apoderó de él. No preguntó qué le sucedería al pequeño y vivaracho Hawkin, aquel ser que se había reído de él, le había prestado su ayuda y, por muy poco tiempo, había llegado a ser su amigo; no quería saberlo. En la pista de baile la música del segundo movimiento de la danza tocaba a su fin, y los bailarines reían, intercambiándose cortesías. Will no se movió, presa de la infelicidad. El hierático rostro de Merriman se relajó y, con un movimiento de sus brazos, indicó con suavidad al muchacho que mirara hacia el centro de la estancia.

Allí tan sólo vio que un espacio separaba a la multitud de los músicos, y mientras él seguía en pie, empezaron a interpretar los primeros compases de *El buen rey Wenceslao*, el villancico que estaban tocando al entrar por primera vez en la habitación, tras haber atravesado los portones. El conjunto de invitados unió sus voces en festivo son, y cuando tocaba pronunciar el verso siguiente, la estentórea voz de Merriman se oyó por toda la sala; y Will se dio cuenta, en un abrir y cerrar de ojos, de que le había llegado el turno.

Cogió aire y levantó la cabeza:

> *Mi Señor, el niño vive a buena legua de aquí...*
> *al pie de la montaña...*

No hubo lugar para las despedidas, ni vio desaparecer el siglo XIX. De repente, sin tener conciencia de que se había producido un cambio, supo mientras cantaba que el tiempo se precipitaba de algún modo, y que otra voz joven cantaba con él, en una compenetración vocal tan simultánea que si alguien no hubiera visto moverse los labios de los dos muchachos, habría jurado que se trataba de un único chico cantando solo.

> *En las mismas lindes del bosque,*
> *cerca de la fuente de san... ta Ag... neees...*

Entonces supo que se encontraba junto a James, Mary y el resto de sus hermanos, que cantaba a coro con James y que la música de acompañamiento era el solo de flauta de Paul. Se encontraba en el vestíbulo en penumbra, de pie con las manos a la altura del pecho y sosteniendo la vela encendida; una vela que no había ardido ni un milímetro más desde la última vez que la miró.

—Muy bien; lo habéis hecho muy bien —dijo la señorita Greythorne cuando terminaron la canción—. No hay ningún otro villancico como *El buen rey Wenceslao*. Siempre ha sido mi preferido.

Will escrutó a través de la llama de su vela y vio su forma inerte sentada en la enorme silla tallada; su voz era la de una anciana, más dura y curtida por los años, y su rostro también acusaba la huella del tiempo. Sin embargo, en cierto modo era muy parecida... a su abuela. ¿Acaso era su abuela, la joven señorita Greythorne? ¿O bien su bisabuela?

—Los chicos de Huntercombe siempre han cantado este villancico. Hace muchísimo tiempo que *El buen rey Wenceslao* se oye en esta casa, tanto que ni vosotros ni yo podemos recordarlo. Bueno. Vamos a ver, Paul, Robin y todos vuestros hermanos, ¿os apetece un poco de ponche de Navidad?

Era la pregunta tradicional de todas las fiestas, y la respuesta también fue la acostumbrada.

—Bueno —respondió Robin muy serio—. Gracias, señorita Greythorne. Quizá tomaremos un poco.

—Will también tomará este año —intervino Paul—. Ahora ya tiene once años, señorita Greythorne. ¿Lo sabía usted?

El ama de llaves venía con una bandeja de centelleantes vasos y un gran cuenco de ponche rojizo oscuro. Todas las miradas se posaron en Merriman, quien se adelantó para llenar los vasos. Sin embargo, los ojos de Will se detuvieron en la expresión vigorosa y súbitamente juvenil de la figura que reposaba en la silla de respaldo alto.

—Sí —dijo la señorita Greythorne en voz baja y casi de manera distraída—. Lo recuerdo. Ha sido el cumpleaños de Will Stanton.

Se volvió hacia Merriman, quien se acercaba ya a los muchachos, y cogió dos vasos de la bandeja que llevaba el mayordomo.

—Que tengas un feliz cumpleaños, Will Stanton, séptimo hijo de un séptimo hijo —proclamó la dama—. Y que tengas mucho éxito en todas tus empresas.

—Gracias, señora —contestó intrigado Will.

Levantaron las copas con solemnidad y bebieron, igual que si fuera el brindis navideño de la familia Stanton, el único en todo el año en que a los muchachos se les permitía tomar vino en la cena.

Merriman se movió entre los invitados hasta que todos tuvieron su vaso de ponche y, reconfortados, empezaron a dar sorbitos. El ponche de Navidad de la mansión siempre era delicioso, aunque nadie sabía exactamente lo que contenía. En su papel de hermanos mayores los gemelos se encaminaron hacia la señorita Greythorne para charlar con ella y agradecerle sus atenciones; Barbara, arrastrando a Mary consigo, se fue derechita hacia la señorita Hampton, el ama de llaves, y Annie, la doncella, ambas sendos y reticentes miembros del grupo de teatro del pueblo que la muchacha intentaba reflotar.

—Tú y tu hermano menor cantáis muy bien —le dijo Merriman a James.

James esbozó una sonrisa franca. Aunque más corpulento que Will, no era mucho más alto, y eran raras las ocasiones en que un desconocido le hacía el cumplido de advertir su superioridad como hermano mayor.

—Cantamos en el coro de la escuela, y también hacemos solos en los festivales de música. Incluso fuimos a Londres el año pasado para participar en uno. El profesor de música es muy aficionado a los festivales de música.

—Yo no —dijo Will—. Todas esas madres, mirándote con los ojos encendidos...

—¿Qué esperabas si no? —aclaró James—. Tú eras el mejor de la clase cuando fuimos a Londres. ¡Claro que te odiaban todas! ¿No ves que ganabas a sus queridos retoños? Yo era tan sólo el quinto de mi grupo —concluyó, diciéndole a Merriman con naturalidad—. Will tiene una voz muchísimo mejor que la mía.

—¡Oh, venga! ¡Vamos! —protestó Will.

—Es cierto —puntualizó James con el afán de justicia que le caracterizaba, siempre tan realista—. Al menos, mientras sigamos cantando juntos. Cuando nos separemos, no creo que ninguno de los dos destaque en canto.

—A decir verdad, tú sí destacarás como tenor —dijo Merriman con aire ausente—. Serás casi un profesional. La voz de tu hermano será la de un barítono; muy bonita, pero nada del otro mundo.

—Puede que sea verdad —dijo James con educación aunque incrédulo—. Claro que eso es algo que todavía no puede decirse.

—¡Pero si él...! —empezó diciendo Will, y se detuvo cuando advirtió la sombría mirada de Merriman—. Humm... Ahhh...

James lo miró perplejo. En ese momento la señorita Greythorne llamó a Merriman desde el otro extremo de la sala.

—A Paul le gustaría ver los instrumentos antiguos, las flautas y las flautas dulces. Hágale pasar y muéstreselos, por favor.

Merriman inclinó la cabeza con una ligera reverencia.

—¿Os apetece venir? —preguntó a Will y James con naturalidad.

—No, gracias —se apresuró a contestar James, con la vista fija en la puerta más alejada. El ama de llaves entraba con otra bandeja—. Me llega el olor de los pastelillos de frutos secos de la señorita Hampton.

—A mí sí me gustaría verlos —intervino Will con aire de complicidad.

Avanzó junto a Merriman en dirección a la silla de la señorita Greythorne, flanqueada por las figuras envaradas de Paul y Robin, incómodos en su apariencia de guardas.

—Venga, marchaos —dijo la señorita Greythorne de súbito—. ¿Tú también vas, Will? Claro que sí, olvidaba que a ti también te interesa la música. Tengo una colección bastante buena de instrumentos y objetos musicales ahí dentro. Me sorprende que no la hayáis visto nunca.

—¿En la biblioteca? —preguntó Will de manera irreflexiva, arrullado por las palabras.

—¿La biblioteca? —se extrañó la señorita Greythorne, dirigiéndole una furibunda mirada—. Debes de confundirte con otra casa, Will. Aquí no hay ninguna biblioteca. En el pasado hubo una bastante pequeña que contenía unos libros muy valiosos, me parece, pero se quemó hace casi un siglo. En esta ala de la casa cayó un rayo, y dicen que los daños fueron muy importantes.

—¡Ah! ¡Vaya! —dijo Will confuso.

—Bueno, estas conversaciones no son propias de la Navidad —dijo la dama mientras les despedía con un movimiento de las manos.

Will dio unos cuantos pasos y se volvió, a tiempo de ver la espléndida sonrisa mundana que la mujer dirigía a Robin. El muchacho pensó que a lo mejor las dos señoritas Greythorne eran la misma persona a fin de cuentas.

Merriman condujo a Will y Paul hacia una puerta lateral que daba a un pequeño pasillo muy extraño y con olor a moho, tras el cual se llegaba a una habitación de techo alto y muy iluminada que Will no reconoció en un primer momento. Sólo al advertir la chimenea se dio cuenta de dónde estaba. Allí encontró el amplio hogar, con la generosa repisa adornada con paneles cuadrados y unos emblemas tallados en forma de rosa al estilo Tudor. Sin embargo, los paneles del resto de la estancia habían desaparecido y en su lugar, las paredes iban pintadas de un color blanco liso, iluminadas en determinados puntos por unos grandes paisajes de aspecto improbable realizados en unos tonos verdes y azules muy intensos. En el lugar por donde Will había entrado en la pequeña biblioteca ya no había puerta alguna.

—El padre de la señorita Greythorne era un caballero muy melómano —informó Merriman con su voz de mayordomo mientras abría una vitrina muy alta que había junto a una de las paredes laterales—; y tenía un gran sentido artístico, también. Pintó todos esos cuadros de las paredes. Creo que en las Antillas. Aunque esto de aquí... —dijo Merriman, levantando un bellísimo y diminuto instrumento parecido a una flauta dulce realizado en marquetería oscura con incrustaciones de plata—. Esto dicen que no lo tocaba nunca. Tan sólo le gustaba contemplarlo.

Paul quedó embriagado en el acto, observando todos los resquicios habidos y por haber de las flautas y las flautas dulces antiguas mientras Merriman las iba sacando del aparador y se las daba. La actitud de ambos era solemne; iban devolviendo cada flauta a su lugar de origen antes de recoger la siguiente. Will dio media vuelta y se puso a estudiar los paneles que rodeaban la chimenea; entonces se sobresaltó al oír que Merriman le llamaba en silencio mientras en voz alta seguía hablando con Paul. Era una combinación sobrecogedora.

—¡Rápido! ¡Ahora! —le decía la voz mentalmente—. Sabes dónde has de mirar. Date prisa mientras puedas. ¡Es la hora de recoger el signo!

—Pero... —dijo Will con el pensamiento.

—¡Venga! —lo acuciaba Merriman en silencio.

Will echó un rápido vistazo por encima del hombro. La puerta por la que habían entrado seguía medio abierta, pero sus oídos lo alertarían sin duda de la presencia de cualquiera que enfilase el pasillo que comunicaba esta habitación con la siguiente. Sin apenas hacer ruido dio unos pasos hacia la chimenea, levantó los brazos y puso las manos en los paneles. Cerró los ojos un instante, apelando a sus nuevos poderes y al mundo Ancestral del que provenía. ¿Cuál era el panel cuadrado?, ¿y la rosa tallada? Le confundía el que no existiera ya la pared panelada; y la repisa de la chimenea parecía más pequeña que antes. ¿Acaso se había perdido el signo, oculto tras los ladrillos que conformaban esa pared blanca y lisa? Apretó todas las rosas que vio en la esquina superior izquierda de la chimenea, pero ninguna se movió, ni siquiera una fracción infinitesimal. En el último momento advirtió justo en el ángulo más extremo de la esquina una rosa medio enterrada en el yeso que sobresalía de esa pared, restaurada y alterada sin duda en el transcurso de los últimos cien años (diez minutos para él, pensó de manera absurda).

Con premura Will levantó el brazo en alto y presionó el pulgar con todas sus fuerzas contra el centro de la flor esculpida, como si fuera un timbre. Oyó un suave chasquido en la pared, y ante sus ojos apareció un oscuro agujero cuadrado, exactamente a la altura de sus ojos. Puso la mano en el interior y tocó el círculo del Signo de Madera. Suspiró aliviado, con los dedos aferrados al suave material, y oyó a Paul que empezaba a tocar una de las flautas antiguas.

Los primeros acordes fueron tímidos: un arpegio lento, una sucesión de notas titubeantes y, finalmente, con extrema suavidad y dulzura, Paul empezó a tocar la melodía *Greensleeves*. Will se quedó petrificado no sólo por la maravillosa ejecución de la antigua tonada, sino por el sonido del instrumento mismo. Aunque con una melodía diferente, así sonaba su música, su encantamiento, el mismo tono misterioso y distante que siempre oía, y que también siempre perdía, en los momentos más cruciales de su vida. ¿Cuál era la naturaleza de la flauta que tocaba su hermano? ¿Formaba parte del mundo de los Ancestrales, pertenecía a su magia?, ¿o tan sólo era algo similar, ideado y fabricado por el hombre? El muchacho retiró la mano del orificio de la pared, el cual se cerró al instante, antes de que pudiera volver a apretar la rosa, y deslizó el Signo de Madera en el bolsillo mientras se giraba, absorto en el disfrute de las notas.

Lo que vio le heló la sangre.

Paul seguía tocando en el otro extremo de la habitación, junto a la vitrina. Merriman le daba la espalda, con las manos en el mueble aparador. Sin embargo, ahora había dos figuras más en la estancia. En el umbral que habían cruzado al entrar estaba Maggie Barnes, con los ojos fijos no en Will, sino en Paul, concentrando toda su aterradora malignidad en la mirada. Muy cerca de Will, justo a su lado, en el lugar donde había estado la puerta que conducía a la biblioteca antigua, se erguía la imponente figura del Jinete. Con alargar el brazo el espectro hubiera podido tocarlo, pero no se movía, estaba paralizado, como si la música le hubiera detenido justo antes de hacerlo. Tenía los ojos cerrados y sus labios se movían en silencio; las manos señalaban sin ningún género de duda a Paul, mientras la dulce y ultraterrena música seguía envolviendo la estancia.

Will actuó bien, guiado por el instinto que había desarrollado en sus enseñanzas. Levantó en el acto un muro de resistencia alrededor de Merriman, Paul y él mismo, y los dos seres de las Tinieblas salieron despedidos hacia atrás por el impacto. Sin embargo, al mismo tiempo gritó el nombre de Merriman, y cuando la música se interrumpió, y Paul y Merriman dieron media vuelta aterrorizados, supo que había cometido un error. No había empleado la llamada de los Ancestrales, que tenía que ser mental. Había cometido el gravísimo error de gritar.

El Jinete y Maggie Barnes se desvanecieron en ese mismo instante. Paul corrió hacia Will preocupado.

—¿Qué diantre sucede, Will? ¿Te has hecho daño?

—Me parece que ha tropezado —dijo Merriman con rapidez y en voz baja a sus espaldas.

Will tuvo el buen sentido de contraer el rostro en una mueca de dolor, doblarse hacia delante de angustia y agarrarse con fuerza el brazo.

Se oyeron pasos apresurados y Robin entró en la estancia como una exhalación, con Barbara siguiéndole los pasos.

—¿Qué sucede? Hemos oído un grito espantoso y... ¿Estás bien, Will? —preguntó Robin, mirando a su hermano con aire visiblemente confundido.

—¿Eh? —se sorprendió Will—. Me he golpeado el hueso del codo. Lo siento. Me dolía mucho.

—Parecía que estuvieran asesinándote —le recriminó Barbara.

Con todo descaro Will se refugió en una actitud adusta, y metió los dedos en el bolsillo para asegurarse de que el tercer signo se encontraba a salvo.

—Siento mucho decepcionaros —dijo con petulancia—, pero estoy bien, de verdad. Me he dado un golpe, y he gritado. Eso es todo. Siento haberos asustado. La verdad, no entiendo por qué armáis tanto jaleo.

Robin le dirigió una mirada furiosa.

—La próxima vez no esperes que venga corriendo a salvarte —dijo en tono hiriente.

—Recuerda la historia de Pedro y el lobo —terció Barbara.

—Creo que deberíamos reunirnos con la señorita Greythorne y cantarle un último villancico —dijo Merriman en tono afable mientras cerraba la vitrina y daba vuelta a la llave.

Casi olvidando que era tan sólo el mayordomo, todos obedecieron y salieron de la habitación en fila, siguiendo sus pasos.

—¡Tengo que hablar contigo! ¡He visto al Jinete, y también a la chica! ¡Estaban aquí mismo! —exclamó Will, y en esta ocasión guardó el debido silencio.

—Lo sé —respondió Merriman del mismo modo—. Hablaremos más tarde. Recuerda que saben cómo oír esta conversación.

El mayordomo siguió caminando, y Will se quedó temblando de nerviosismo e inquietud. Al cruzar el umbral, Paul se detuvo, sujetó a Will con firmeza por el brazo y lo atrajo hacia sí para mirarle a la cara.

—¿De verdad estás bien?

—Te lo prometo. Siento haber gritado tanto. La flauta sonaba de maravilla.

—Es fantástica —se le escapó a Paul mientras se giraba para admirar con nostalgia la vitrina—. Lo digo en serio. Jamás había oído nada igual; y, por supuesto, tampoco había tocado nada parecido. No puedes imaginártelo, Will; soy incapaz de describirlo. Es un instrumento antiquísimo, aunque a juzgar por su estado, podría decirse que es casi nuevo, y su tono...

La voz y el rostro de Paul traslucían un sentimiento que despertó en Will una profunda y antigua simpatía. Supo de repente que la sensación de esa nostalgia informe e innominada por algo que se hallaba fuera de su alcance, situado quizá en el ámbito interminable de la vida, siempre formaba parte del sino de los Ancestrales.

—Daría cualquier cosa por tener una flauta como ésa —sentenció Paul.

—Casi cualquier cosa —dijo Will con afabilidad.

Paul se quedó mirándolo atónito, y el Ancestral que había en Will cayó en la cuenta, cuando ya era demasiado tarde, de que esa respuesta no era propia de un muchacho. Entonces esbozó una amplia sonrisa, le sacó la lengua con picardía y se escabulló hacia el pasillo, regresando a su comportamiento normal y a las relaciones habituales que mantenía con los demás.

Los hermanos Stanton entonaron *El primer Nowell* para finalizar con los villancicos, y tras las despedidas, volvieron a encontrarse entre la nieve y el aire seco, mientras la impasible y educada sonrisa de Merriman desaparecía tras las puertas de la mansión. Will se detuvo en los anchos escalones de piedra y miró hacia las estrellas. Las nubes se habían abierto finalmente, y ahora las estrellas fulguraban como un fuego blanco que perforara el negro abismo del cielo nocturno, dibujándose en unas formas que hasta entonces se le habían antojado caprichosas, pero que ahora le resultaban absolutamente significativas.

—Mira cómo brillan esta noche las Pléyades —dijo en voz baja.

—¿Las qué? —preguntó Mary atónita con la mirada fija en su hermano menor.

Will dejó de prestar atención al firmamento teñido de oscuro y se centró en su propio mundo, reducido y amarillento a la luz de las candelas. Los cantantes de villancicos se dirigieron a casa a buen paso. El joven caminaba entre sus hermanos sin abrir la boca, como si anduviera en sueños. Los demás lo atribuyeron al cansancio, pero él flotaba en su mundo maravilloso. Ahora tres signos se hallaban en su poder, y además poseía los conocimientos necesarios para utilizar el don de la gramática mistérica: toda una larga vida de descubrimientos y sabiduría que le fue dada en el momento en que el tiempo se había congelado. No era el mismo Will Stanton de unos días antes. A partir de entonces, y para siempre, viviría en una escala temporal distinta a la de todos aquellos a quienes conocía o amaba. Sin embargo, consiguió apartar esos pensamientos de la mente, incluso el recuerdo de los dos personajes de las Tinieblas, amenazadores y acechantes. Estaban en Navidad, una época mágica desde el principio de los tiempos, para él y para todo el mundo. Era una festividad deslumbrante, vívida, y mientras perdurara su hechizo en la Tierra, el círculo encantado de su familia y su hogar se vería protegido de las invasiones externas.

En el interior de la casa el árbol destellaba y resplandecía, la música de la Navidad podía palparse en el aire, de la cocina salían aromas especiados y en el ancho hogar de la sala de estar la gran raíz retorcida de Navidad ardía en oscilantes llamas mientras se iba consumiendo despacio. Will estaba echado de espaldas sobre la alfombra de la chimenea, mirando con atención el humo que escapaba por el tiro, y de repente le entró mucho sueño. James y Mary también intentaban reprimir los bostezos, e incluso Robin parecía cabecear.

—Demasiado ponche —comentó James cuando su alto hermano se estiró bostezando en la butaca.

—Piérdete —dijo con cariño Robin.

—¿A quién le apetece un pastelito de frutos secos? —preguntó la señora Stanton, saliendo con una inmensa bandeja de tazas de chocolate.

—James ya se ha comido seis en la mansión —observó Mary, acusándolo con remilgo.

—Pues con éstos, llevaré ocho —dijo James con un pastelito en cada mano—. ¡Eso es!

—Vas a engordar —le previno Robin.

—¡Mejor que ya estar gordo! —contestó James con la boca llena y mirando aposta a Mary, quien últimamente se mostraba preocupadísima por su tipo.

Su hermana hizo un mohín de tristeza y luego de rabia. Se levantó y se echó encima de él con un gruñido.

—¡Jo, jo, jo! —exclamó Will en tono sepulcral desde el suelo—. Los niños buenos no se pelean en Navidad.

Sin embargo, no pudo resistirse a la cercanía de Mary y la agarró por el tobillo. Su hermana se derrumbó sobre él con un gritito agudo.

—Cuidado con el fuego —dijo la señora Stanton con el tono de la costumbre.

—¡Ay! —se quejó Will al recibir un puñetazo de su hermana en el estómago.

El muchacho rodó sobre sí mismo hasta quedar fuera de su alcance. Mary se detuvo y se sentó a su lado, mirándolo con curiosidad:

—¿Por qué demonios llevas tantas hebillas en el cinturón?

Will tiró rápidamente del jersey para taparse, pero ya era demasiado tarde; todos lo habían visto. Mary se acercó a él y le subió el jersey de nuevo.

—¡Qué cosas más raras! ¿Qué son?

—Sólo adornos —justificó Will con brusquedad—. Los hice en la clase de manualidades.

—Jamás te vi trabajando en eso —objetó James.

—Entonces es que no te fijaste bien.

Mary acercó un dedo hacia el primer círculo del cinturón de Will y lo retiró con un grito.

—¡Me he quemado!

—No me extraña —dijo la madre—. Will ha estado echado junto al fuego; y los dos vais a caer dentro si seguís rodando por el suelo de esta manera. Venga. Habéis tomado la bebida de Nochebuena, habéis comido los pastelitos de Nochebuena y ahora ha llegado aquel momento de la Nochebuena en que todo el mundo se va a la cama.

—Voy a recoger mis regalos mientras se me enfría el chocolate —dijo Will, poniéndose en pie con una sensación de alivio.

—Yo también —dijo Mary, siguiéndolo—. Esas hebillas son preciosas. ¿Me harás una en forma de broche el próximo trimestre? —dijo Mary mientras subía las escaleras.

—A lo mejor sí —contestó Will, sonriéndose. La curiosidad de Mary no era gran cosa de temer; siempre conducía al mismo sitio.

Entraron ruidosamente en sus respectivos dormitorios, y bajaron cargados de paquetes que añadieron al montículo creciente del árbol. Will se había esforzado lo indecible por no mirar ese montón mágico desde que habían regresado a casa, pero era durísimo, sobre todo desde que había visto una caja gigantesca con un nombre que sin lugar a dudas empezaba por W. ¿Quién más de la familia tenía un nombre que empezaba por W?... Se obligó a ignorar su existencia y con gran determinación apiló sus paquetes en un lugar que encontró junto al árbol.

—¡James! ¡Estás mirando! —chilló Mary a sus espaldas.

—No es verdad —replicó James—. Bueno... En realidad, sí, creo que sí estaba mirando. Lo siento —terminó por decir, contagiado quizá del espíritu de la Navidad.

Mary se quedó tan perpleja que depositó sus regalos en silencio, incapaz de encontrar palabras.

En Nochebuena Will siempre dormía con James. Las dos camas seguían en la habitación del hermano mayor a pesar de que Will ya se había trasladado a la buhardilla de Stephen. La única diferencia ahora era que James había destinado la antigua cama de su hermano a *chaise longue*, y la había llenado de cojines estilo *op-art*. Ambos sentían que la Nochebuena era mejor pasarla acompañados; así siempre había alguien a quien hablarle en susurros en esos momentos íntimos y maravillosos, casi de ensueño, que transcurrían desde que colgaban el calcetín vacío a los pies de la cama y se sumían en el dulce olvido que habría de florecer en la mañana del día de Navidad.

Mientras se oía el ruido que hacía James al dejar correr el agua del baño, Will se quitó el cinturón, lo volvió a abrochar para que los tres signos quedaran sujetos y lo colocó debajo de la almohada. Parecía una medida prudente, aunque estaba absolutamente seguro de que nadie ni nada le molestaría esa noche, ni a él ni a su hogar. Esa noche, y quizá por última vez, Will volvía a ser un niño normal.

De abajo les llegaban retazos de música y el murmullo apagado de las voces. Con la solemnidad de un ritual Will y James colgaron sus calcetines navideños a los pies de la cama: eran

175

unos calcetines marrones sin gracia alguna, aunque muy queridos por ellos, de una lana gruesa y suave que su madre había llevado hacía mil años, y que servían para colocar los obsequios de Navidad desde que eran pequeños. Al llenarlos, no podían seguir colgados por el peso, y entonces los muchachos los descubrían atravesados a sus pies, con su presencia magnífica.

—Te apuesto lo que quieras a que adivino lo que te han regalado mamá y papá —dijo James, bajito—. Te apuesto a que es...

—¡No te atrevas a decírmelo! —lo amenazó Will, y su hermano se hundió bajo las mantas, riendo.

—Buenas noches, Will.

—Buenas noches. Feliz Navidad.

—Feliz Navidad.

Se repetía la misma escena de todos los años; Will yacía arrebujado en la cama, calentito y cómodo, mientras se prometía que permanecería despierto, hasta que... Hasta que se despertó con la tenue luz de la mañana, que penetraba en el dormitorio, abriéndose paso entre las cortinas de la ventana. Will no vio ni oyó nada durante los instantes mágicos de la espera. Tenía todos los sentidos concentrados en un peso que notaba sobre los pies cubiertos por las mantas, y que adivinaba a través de los bultos, los ángulos y las formas raras que no estaban ahí cuando se durmió. Había llegado el día de Navidad.

EL DÍA DE NAVIDAD

Arrodillado junto al árbol de Navidad y mientras rompía el vistoso papel que envolvía la caja gigante con el nombre de Will, lo primero que el muchacho descubrió fue que no se trataba de una caja, sino de un cajón de madera. Un coro navideño entonaba unos alegres y lejanos gorgoritos en la radio de la cocina. Era el momento que precedía al desayuno familiar, justo después de haber encontrado los calcetines llenos. Entonces cada uno de los miembros de la familia abría sólo un regalo del árbol. El resto de la flamante pila de obsequios tendría que esperar hasta después de la cena, tentadoramente dispuesto.

Al ser Will el hermano menor, le tocaba abrir primero su obsequio. Se fue directo a la caja, en parte por sus inmensas proporciones y en parte, también, porque sospechaba que era el regalo de Stephen. Descubrió que habían quitado los clavos de la tapa de madera para que pudiera abrirlo con facilidad.

—Robin extrajo los clavos, y Bar y yo pusimos el papel —dijo Mary detrás de él, muerta de curiosidad—. Pero no creas que hemos mirado dentro, ¿eh? Venga, Will, ¡ábrelo ya!

El chico sacó la tapa.

—Está lleno de hojas secas... O son cañas o...

—Hojas de palma —dijo su padre, mirando hacia el interior—. Supongo que será el embalaje. Cuidado con los dedos, los bordes están afilados.

Will sacó montones y montones de crujientes hojas, hasta que empezó a aparecer el primer objeto duro. Era una forma delgada, extrañamente curvada, de color marrón y suave, como una rama. Era un asta, similar en parte a las astas de los ciervos. Will se detuvo súbitamente. Le había asaltado una fuerte sensación, absolutamente inesperada, al tocar la cornamenta. Era una sensación distinta a todas las vivencias que había tenido en su entorno familiar; era la mezcla de excitación, seguridad y deleite que se apoderaba de él siempre que se encontraba junto a un Ancestral.

Vio que del paquete sobresalía un sobre, junto al asta, y lo abrió. En el papel estaba el logotipo del buque de Stephen.

Querido Will:

Feliz cumpleaños... y feliz Navidad. Siempre me había jurado que nunca aprovecharía las dos fiestas juntas. ¡Ya ves! En realidad tengo una razón, que no sé si comprenderás; sobre todo después de ver mi regalo. Pero es posible que sí. Siempre has sido un poco distinto a los demás; ¡y no me refiero a que seas bobo!, tan sólo diferente.

Así es como ocurrió todo. Me encontraba en la parte vieja de Kingston durante los carnavales. Estas fiestas son muy especiales en las islas: todo el mundo se divierte, y la música suena sin cesar por las calles. Sin saber muy bien cómo, me vi arrastrado por una procesión de gente que iba riendo y desfilando al son de las bandas de percusión caribeñas, mientras unos bailarines vestidos de manera extraña evolucionaban entre el gentío. Entonces conocí a un anciano.

Era un hombre que impresionaba, con su piel tan oscura y el pelo tan blanco. No sé de dónde salió, pero me cogió del brazo y se alejó conmigo. Jamás le había visto antes; era un completo desconocido, estoy seguro. Sin embargo, me miró y me dijo: «Tú eres Stephen Stanton, de la Marina Real. Tengo algo para ti. Bueno, no es para ti en realidad, sino para tu hermano menor, el séptimo hijo. Este año se lo enviarás como regalo de cumpleaños y de Navidad, combinados ambos en un solo obsequio. Será como si se lo regalaras tú, y él sabrá lo que tiene que hacer con él a su debido tiempo, aunque tú no llegarás a saberlo jamás».

Todo era tan inesperado que la situación escapó a mi control y solo acerté a preguntarle quién era y de qué me conocía. El anciano se limitó a mirarme con unos ojos oscuros y penetrantes que parecían ver en mi interior y adivinar el futuro. Entonces dijo: «Te habría reconocido en cualquier lugar. Tú eres el hermano de Will Stanton. Los Ancestrales tenemos una mirada especial, y nuestras familias también la han heredado».

Eso fue todo, Will. No dijo nada más. Ya sé que esto último no tiene ningún sentido, pero eso es lo que dijo. Luego se metió en el desfile de Carnaval y volvió a salir, transportando eso (bueno, en realidad llevando) que encontrarás dentro de la caja.

Ésta es la razón de que te envíe este extraño objeto. Hice lo que me dijo. Parece una locura, y además sé que hay miles de cosas que te habrían gustado más que esto; pero tengo que entregártelo. Había algo extraordinario en ese anciano, y me vi como obligado a hacer lo que me pedía.

Espero que te guste esta aberración de regalo, colega. Pensaré en ti, ambos días. ·

Un abrazo.

STEPHEN

Will dobló la carta con cuidado y la devolvió al sobre. «Los Ancestrales tenemos una mirada especial...» Por lo tanto, el círculo abarcaba todo el mundo, a lo largo y a lo ancho. Claro, no podía ser de otro modo, pensó el muchacho, no tendría sentido. Estaba contento de que Stephen formara parte del entramado; y, de algún modo, sentía que eso era lo correcto.

—¡Oh!, ¡Venga, vamos, Will! —exclamaba Mary con el camisón al vuelo a causa de los saltitos que daba, muerta de curiosidad—. ¡Ábrelo! ¡Ábrelo!

De repente Will cayó en la cuenta de que los miembros de su familia, de mentalidad tradicional, estaban ahí plantados, esperando inmóviles y armándose de paciencia durante los cinco minutos que había estado leyendo la carta. Sirviéndose de la tapa del cajón como si fuera una bandeja, empezó a extraer sin más demora gran cantidad de hojas de palma del embalaje hasta despejar finalmente el objeto que había en el interior. Tiró de él y el regalo apareció ante sus ojos. No cabía en sí de estupor mientras lo sopesaba, y un grito ahogado escapó de las gargantas de los presentes.

Era una gigantesca cabeza de Carnaval, brillante y grotesca, de unos colores vivos y primarios. Sus rasgos aparecían trazados de manera vigorosa y eran fácilmente reconocibles. Estaba hecha de un material suave y ligero, como papel maché o una especie de contraplacado. No representaba una cabeza humana. Will no había visto nada parecido en toda su vida. El cráneo del que partían las ramificadas astas tenía forma de venado, pero las orejas que había junto a los cuernos eran de perro o lobo. El rostro sí era humano, aunque con unos ojos redondos y bordeados de plumas como los de los pájaros. La nariz, también humana, era firme y recta, igual que la boca, la cual esbozaba una ligera sonrisa. El resto no podría calificarse de humano. La máscara llevaba una barbita en el mentón que, al margen de su semblante masculino, bien hubiera podido confundirse con la de una cabra o un ciervo. Si hubiera de buscarse una palabra con la que definir la máscara la elección recaería sobre «terrorífica», porque cuando todos lanzaron un grito ahogado, el sonido que Mary procuró disimular fue más bien el de un chillido. Sin embargo, Will presentía que el efecto que causaba el objeto dependía de quién lo estuviera contemplando. La apariencia no era relevante. La máscara no era fea ni bonita, espeluznante o divertida. Era algo construido para despertar reacciones profundas en la mente. Sin duda, se trataba de un objeto característico de los Ancestrales.

—¡Cielo santo! —exclamó su padre.

—¡Qué regalo más curioso! —dijo James.

Su madre permaneció en silencio. Mary no abrió la boca, pero se apartó un poco.

—Me recuerda a un conocido mío —dijo Robin con una sonrisa franca.

Paul se quedó mudo. Gwen no encontraba palabras.

—¡Mirad los ojos! —se asombró Max.

—Pero... ¿para qué sirve esto? —preguntó Barbara.

Will recorrió con los dedos la extraña y gigantesca cara. Tardó sólo unos instantes en descubrir lo que buscaba; era casi invisible, a menos que uno supiera lo que estaba buscando, y esta-

181

ba grabado en la frente, entre los cuernos. Era la marca del círculo, cuarteado por una cruz.

—Es una cabeza amerindia para los carnavales —informó Will—. Es antigua y muy especial. Stephen la encontró en Jamaica.

James se situó junto a él y escrutó el interior del objeto.

—Hay una especie de dispositivo de alambre que se coloca en los hombros; y una abertura en el hueco de la boca. Me imagino que hay que mirar por ahí. Venga, Will, póntela.

Levantó la cabeza por detrás de Will para colocársela por los hombros, pero Will se apartó tal y como le dictaba en silencio su pensamiento.

—Ahora no. Que el siguiente abra su regalo.

Mary se olvidó de la cabeza y de la reacción que ésta le había provocado al descubrir con alegría que le tocaba elegir un paquete. Se zambulló entre el montón de regalos del árbol y dieron comienzo de nuevo las agradables sorpresas.

Un regalo cada uno; casi habían terminado, y estaba llegando ya el momento de empezar a desayunar, cuando oyeron que alguien llamaba a la puerta principal. La señora Stanton, a punto de recoger su paquete siguiendo el ritual, abandonó el gesto y levantó la mirada con una expresión desconcertada.

—¿Quién puede ser a estas horas?

Se miraron los unos a los otros, y luego clavaron la vista en la puerta, como si ésta pudiera hablar. Era algo absolutamente fuera de lugar, como una frase musical que cambiara en plena melodía. Jamás había llamado nadie a estas horas el día de Navidad; no formaba parte de la ceremonia habitual.

—Me pregunto si no será... —dijo el señor Stanton, aventurando una conjetura.

Se calzó bien las zapatillas y se levantó para ir a abrir la puerta. Los muchachos oyeron el roce de las bisagras pero no pudieron ver al visitante, porque la espalda de su padre llenaba todo el marco. Sin embargo, su tono de voz denotaba una alegría sincera.

—¡Querido amigo! ¡Qué detalle por su parte...! ¡Entre, entre, por favor!

Al volver a la sala de estar, llevaba en la mano un paquetito desconocido que sin duda debía de haberle entregado la esbelta figura erguida en el umbral y que ahora entraba en la sala siguiendo sus pasos. El señor Stanton sonreía complacido y se afanaba en hacer las presentaciones.

—Alice, cariño, éste es el señor Mitothin. Ha sido muy amable al recorrer todo este camino la mañana de Navidad sólo para entregarnos... Quizá debiera haber cogido... Mitothin, éste es mi hijo Max, mi hija Gwen..., James, Barbara...

Will escuchaba las fórmulas de cortesía sin prestar atención; sólo cuando oyó la voz del desconocido, levantó la mirada. Había algo familiar en esa voz profunda y ligeramente nasal, con algo de acento, que iba repitiendo cumplidamente los nombres de todos.

—Mucho gusto, señora Stanton. Les deseo unas felices fiestas a todos, Max, Gwen...

Will vio entonces los rasgos de la cara, el pelo rojizo y largo, y se quedó helado. Era el Jinete. El señor Mitothin, el amigo que su padre debía de haber conocido en un lugar cualquiera, era el Jinete Negro, que había viajado a través del tiempo.

Will cogió lo más próximo que tenía a mano, un retal de tela de brillantes colores, que era el regalo que Stephen enviaba desde Jamaica a su hermana Barbara, y lo tiró con rapidez sobre la cabeza de Carnaval para ocultarla. Cuando volvió a darse la vuelta, el Jinete dominaba ya toda la estancia con la mirada, y entonces lo vio. Clavó los ojos en Will con triunfante desafío y una sonrisa imperceptible en los labios. El señor Stanton le hizo un gesto con la mano.

—Will, ven un momento, por favor. Éste es mi hijo menor, señor...

En ese mismo instante Will se convirtió en un Ancestral furioso, con una furia que le impedía detenerse a pensar en lo que debía hacer. Sentía la rabia penetrarle en todos los poros de la piel, y esa misma cólera le hacía crecerse hasta triplicar su altura. Extendió los dedos de la mano derecha señalando a su familia y congeló todos sus movimientos, deteniendo el tiempo. Los Stanton se quedaron rígidos e inmóviles como figuras de cera diseminadas por la habitación.

—¿Cómo te atreves a entrar aquí? —le gritó al Jinete.

Estaban cara a cara, en dos extremos opuestos de la estancia, y eran los únicos seres, entre todos los objetos, que seguían con vida; no se movía ningún ser humano, las manecillas del reloj que había sobre la repisa de la chimenea tampoco avanzaban, y aunque las llamas del fuego seguían bailando, los troncos de la lumbre no se consumían.

—¿Cómo te atreves? ¡En Navidad, la mañana de Navidad! ¡Fuera de aquí!

Era la primera vez en su vida que sentía una rabia incontrolable, y era una sensación muy poco placentera. Le indignaba que las Tinieblas hubieran osado interrumpir el ritual familiar más preciado para él.

—Contrólate —dijo en voz baja el Jinete. Al hablar en el idioma de los Ancestrales, su acento resultaba mucho más marcado. El malévolo personaje sonrió a Will sin que sus fríos y azules ojos experimentaran el más mínimo cambio—. Puedo cruzar el umbral de vuestra casa, estimado amigo, y pasar junto a tu florido brezo porque me han invitado. Tu padre, de buena fe, me ha pedido que entrara. Él es el dueño de esta casa, y eso tú no lo puedes remediar.

—Sí puedo —replicó Will.

Sin perder de vista la sonrisa confiada del Jinete, el chico concentró todos sus poderes en un esfuerzo por penetrar en su mente y descubrir sus intenciones. No obstante, se dio de bruces contra un oscuro e impracticable muro de hostilidad. El muchacho no comprendía que era una empresa imposible, y notó una sacudida. Enojado, rebuscó en su memoria para recordar las palabras con las cuales, y tan sólo como último recurso, un Ancestral puede romper los hechizos de las Tinieblas. El Jinete Negro se rió.

—No, Will Stanton. No va a servirte de nada —dijo con confianza—. Aquí no puedes emplear esta clase de armas, a menos que desees arrasarlo todo y que tu familia desaparezca en el tiempo.

El Jinete se quedó mirando sin disimulo a Mary, quien permanecía inmóvil a su lado con la boca entreabierta, congelada su expresión mientras intentaba decirle algo a su padre.

—Eso sería una pena —dijo el Jinete—. ¡Serás estúpido! ¿Acaso crees que con los poderes de la gramática mistérica puedes controlarme? —vociferó, mirando de nuevo a Will. De su rostro se borró la sonrisa y el odio se reflejó en sus pupilas—. Has de saber cuál es tu sitio. Todavía no eres un maestro. Puedes esforzarte en hacer varias cosas, pero el sumo poder no está todavía a tu alcance; y tampoco al mío.

—Tienes miedo de mis maestros —dijo de súbito Will sin saber muy bien a qué se refería, pero con la certeza de estar diciendo la verdad.

El pálido rostro del Jinete se ruborizó.

—Las Tinieblas resucitarán, Ancestral —dijo en voz baja—. Esta vez nada se interpondrá en su camino. Ha llegado el momento de nuestra resurrección, y en estos doce meses siguientes veréis consolidarse nuestro imperio. Díselo a tus maestros. Diles que nada nos detendrá. Diles que todos los amuletos del poder que esperan conseguir les serán arrebatados, el grial, el arpa y los signos. Romperemos vuestro círculo antes de que podáis juntarlo. ¡Y nada podrá evitar la resurrección de las Tinieblas!

Las últimas palabras fueron como un atronador y triunfante lamento, y Will se quedó temblando de miedo. El Jinete lo miró con detenimiento, con sus ojos claros centelleando, y con absoluto desprecio, extendió sus manos hacia los Stanton. La familia recobró la vida y el bullicio de la Navidad volvió a presidir la sala. Will no podía hacer nada.

—¿... sirve esa caja? —preguntó Mary.

—Mitothin, le presento a nuestro hijo Will —dijo el señor Stanton, poniéndole una mano en el hombro.

—Mucho gusto —dijo Will con frialdad.

—Te deseo unas felices fiestas, Will —replicó el Jinete.

—Yo le deseo lo mismo que usted me desee —apostilló Will.

—Es lógico —concluyó el Jinete.

—Es rimbombante, la verdad —intervino Mary, moviendo el pelo—. Este chico a veces tiene unas salidas... Papá, ¿para quién es la caja que ese señor ha traído?

—El señor Mitothin, no «ese señor» —corrigió automáticamente su padre.

—Para tu madre. Es una sorpresa —aclaró el Jinete—. Es algo que ayer por la noche no estaba terminado y tu padre no pudo llevarse a casa.

—¿Es de usted?

—Supongo que será de papá —dijo la señora Stanton, sonriendo a su marido—. ¿Se quedará a desayunar con nosotros, señor Mitothin? —le preguntó al Jinete.

—No puede quedarse —atajó Will.

—¡Will!

—Se ha dado cuenta de que tengo prisa —dijo con afabilidad el Jinete—. No, gracias, señora Stanton, pero quiero continuar mi camino. Me esperan unos amigos para pasar el día. Debo marcharme.

—¿Adónde va? —preguntó Mary.

—Al norte... ¡pero qué pelo más largo tienes, Mary! Es precioso.

—Gracias —dijo Mary con petulancia, echándose la larga melena suelta a la espalda.

—Permíteme —dijo cortésmente el Jinete, alargando una mano y quitándole con delicadeza un pelo suelto de la manga.

—¡Siempre está presumiendo!— informó James con serenidad, mientras Mary le sacaba la lengua.

—¡Qué magnífico árbol! ¿Es de aquí? —preguntó el Jinete tras echar un vistazo de nuevo a la sala.

—Es un árbol de los Bosques de la Corona —aclaró James—. Del Gran Parque.

—¡Venga a verlo! —le ofreció Mary, agarrándolo de la mano y tirando de él.

Will se mordió la lengua y, deliberadamente, apartó de su mente la imagen de la cabeza de Carnaval, concentrándose con todas sus fuerzas en lo que iba a tomar para desayunar. Estaba seguro de que el Jinete podía leerle los pensamientos superficiales, pero quizá no conseguiría interpretar los más profundos.

La situación, sin embargo, no revestía peligro alguno. A pesar de que el enorme cajón vacío y el montón de embalaje exótico estaban justo a su lado, el Jinete, en compañía de los Stanton, tan sólo se dedicó a contemplar y admirar los adornos del árbol. Parecía absorto en las diminutas iniciales talladas que habían sacado de la caja del granjero Dawson.

—Muy bonito —opinó, dando la vuelta con aire ausente a las dos hojas gemelas en forma de M que conformaban el nombre de Mary y que, según le pareció advertir a Will, colgaban del revés—. De verdad; tengo que marcharme —les dijo a sus padres—. Así podrán ustedes desayunar. Will parece muy hambriento.

Se miraron con un deje malicioso, y Will tuvo la certeza de no haberse equivocado respecto a la capacidad limitada de las Tinieblas para interpretar el pensamiento.

—Le estoy profundamente agradecido, señor Mitothin —dijo el señor Stanton.

—No ha sido ninguna molestia. Su casa me quedaba de camino. Felices fiestas a todos —dijo, y se marchó por el sendero, repartiendo saludos a modo de despedida. Will lamentó que su madre cerrara la puerta antes de tener la oportunidad de oír encenderse el motor del coche, porque, en realidad, el muchacho no creía que el Jinete hubiera venido en automóvil.

—Bueno, amor mío... —dijo el señor Stanton, dándole un beso a su esposa y entregándole la cajita—. Éste es tu primer regalo del árbol. ¡Feliz Navidad!

—¡Oh! —exclamó su madre al abrirlo—. ¡Oh, Roger!

Will se escabulló entre sus parlanchinas hermanas para echar un vistazo. Reposando sobre terciopelo blanco, y en una caja con el nombre de la tienda de su padre, vio el anticuado anillo de su madre; el anillo precisamente que el muchacho viera revisar a su padre unas semanas antes para saber si las piedras preciosas estaban sueltas, el mismo anillo que Merriman había visto en la imagen que captó en el pensamiento de Will. Sin embargo, había algo más dispuesto en el paquete a modo de circunferencia: un brazalete que reproducía exactamente el anillo, aunque de mayor tamaño, y que iba a juego con él. Era una banda de oro, con tres diamantes colocados en el centro y tres rubíes a cada lado, y unos extraños motivos de círculos, líneas y curvas grabados en ambos extremos. Will se lo quedó mirando, preguntándose por qué el Jinete deseaba tenerlo en sus manos. Estaba claro que esa debía ser la razón oculta de su visita matutina; ningún señor de las Tinieblas necesitaba entrar en las casas para ver lo que había en su interior.

—¿Lo has hecho tú, papá? —preguntó Max—. Es una pieza preciosa.

—Gracias —dijo su padre.

—¿Quién era ese hombre que te la ha traído? —preguntó con curiosidad Gwen—. ¿Trabaja contigo? ¡Tiene un nombre tan extraño...!

—¡Oh, no! Es un comerciante —aclaró el señor Stanton—. Trata sobre todo en brillantes. Un tipo raro, pero muy agradable. Hace unos dos años que lo conozco. Les compramos muchas piedras preciosas; éstas son de ellos —dijo, cogiendo delicadamente con un dedo el brazalete—. Ayer tuve que marcharme pronto del trabajo, y como el joven Jeffrey seguía montando las piedras, el señor Mitothin, que se encontraba en ese momento en la tienda, se ofreció a pasar por aquí para evitarme el viaje. Ya ha dicho que, de todos modos, le venía de camino. Aun así, ha sido todo un detalle por su parte; no tenía por qué haberse ofrecido.

—Un bonito gesto —dijo su esposa—, pero el tuyo es mejor. Creo que es magnífico.

—Tengo hambre —dijo James—. ¿Cuándo vamos a comer?

Sólo cuando hubieron dado cuenta del beicon y los huevos,

las tostadas y el té y la mermelada y la miel, y hubieron tirado los papeles y lazos de los primeros regalos que abrieron esa Navidad, Will se dio cuenta de que la carta de Stephen no aparecía por ninguna parte. Buscó por la sala de estar, miró todas y cada una de las pertenencias de los demás, se metió de gatas bajo el árbol, removiendo entre el montón de regalos que todavía esperaban para ser abiertos, pero todo fue en vano. Sin duda era posible que la hubieran echado al cubo de la basura sin querer, confundida entre los demás envoltorios; esa clase de cosas ocurrían a menudo en los días de Navidad tan multitudinarios de la familia Stanton.

No obstante, Will creyó saber lo que le había ocurrido a su carta; y se preguntaba si, a fin de cuentas, había sido la posibilidad de estudiar el anillo de su madre lo que había traído al Jinete a su casa..., o bien si el ser maligno estaba buscando algo más.

No tardaron en percatarse de que volvía a nevar. Suave e inexorablemente los copos revoloteaban sin cesar. Las pisadas del señor Mitothin, que resultaban visibles desde la puerta hasta el camino, pronto se borraron, como si jamás hubieran existido. Los perros, *Raq* y *Ci*, que habían querido salir antes de que empezara a nevar, rascaban la puerta trasera con humildad.

—Nunca me cansaré de decir que las Navidades blancas me encantan —dijo Max, mirando ocioso por la ventana—, pero esto es ridículo.

—Es extraordinario —replicó su padre, echando un vistazo por encima de su hombro—. Jamás había visto algo así en Navidad. Si sigue cayendo más nieve, tendremos problemas graves con el transporte en todo el sur de Inglaterra.

—Estaba pensando en lo mismo —intervino Max—. Tengo que marcharme a Southampton pasado mañana para ir a ver a Deb.

—¡Oh, pobre de mí! ¡Pobre de mí! —se burló James, cruzando las manos sobre el pecho.

Max le lanzó una mirada asesina.

—Feliz Navidad, Max —le dijo James.

Paul entró en la sala de estar con ruido de botas y abrochándose el chaquetón.

—Tanto si nieva como si no, yo me marcho. Las viejas campanas de la robusta torre no esperan a nadie. ¿Alguien de este hatajo de paganos quiere venir a la iglesia esta mañana?

—Los ruiseñores te acompañarán —terció Max, mirando a Will y James, los cuales constituían un tercio del coro de la escuela—. Con eso ya te bastará, me imagino.

—Si hicieras una buena acción, como toca en Navidad, y te encargaras de algo útil como pelar patatas —dijo Gwen, pasando junto a ellos—, entonces quizá mamá también podría ir. Ya sabes que le gusta ir a misa cuando puede.

Un grupo bien enfundado en ropas de abrigo salió de la casa y empezó a abrirse camino entre la nieve espesa: Paul, James, Will, la señora Stanton y Mary, la cual, según observó James con crudeza, aunque no sin tino, estaba posiblemente más interesada en escapar de las tareas domésticas que en cumplir con sus deberes religiosos. Caminaron con lentitud y dificultad por la carretera mientras los copos arreciaban, cayendo como agujas en sus mejillas. Paul se había adelantado para unirse a los otros campaneros, y no tardaron en llegar hasta ellos los dulces tañidos de las seis campanas antiguas, que en lo alto de la pequeña torre cuadrada lanzaban sus notas al grisáceo y arremolinado mundo que las rodeaba, confiriéndole todo el esplendor de la

Navidad. Will se animó un poco al oír los sones, pero no mucho; la sólida insistencia de la nieve que iba cayendo le preocupaba. No podía apartar de sí la sospecha creciente de que era una premonición, y que esa tormenta la enviaban las Tinieblas, como antesala de lo que habría de venir. Hundió las manos en los bolsillos de su pelliza y las puntas de los dedos se le enredaron en la pluma de grajo, olvidada en el fondo de su chaquetón desde la terrible noche anterior al solsticio de invierno, antes de su cumpleaños.

En la carretera nevada había cuatro o cinco coches delante de la iglesia; por lo general, solía haber más vehículos las mañanas de Navidad, pero eran pocos los lugareños que a pesar de residir lejos de la iglesia, hubieran elegido desafiar ese torbellino de blanca niebla. Will observó que los gruesos copos blanquecinos yacían con determinación y sin fundirse en la manga de su chaqueta; hacía mucho frío. Incluso dentro de la pequeña iglesia los copos de nieve seguían conservando la forma de manera obstinada y tardaban mucho en derretirse. El muchacho fue avanzando con James y unos cuantos componentes del coro por el estrecho corredor de la sacristía, chocando entre sí por el grosor de las pellizas, y cuando las campanas sonaron al unísono al principio del servicio, desfilaron hacia el altar hasta subir a la reducida sillería, al fondo de la nave de planta cuadrada. Desde ahí podían ver a todos los feligreses. Era evidente que esa Navidad la iglesia de Santiago el Menor no estaría abarrotada, sino tan sólo medio llena.

La orden de la plegaria matutina, «celebrada en esta iglesia de Inglaterra, bajo los auspicios del Parlamento, durante el segundo año del reinado del rey Eduardo VI», abrió solemne la liturgia de Navidad con la voz de barítono bajo, descaradamente teatral, del rector.

—«¡Oh, vosotros, escarcha y frío! Adorad al Señor, alabadlo y magnificadlo para siempre» —cantó Will, pensando que el señor Beaumont demostraba poseer un sentido muy particular de la ironía al haber escogido ese cántico—. «¡Oh, vosotros, hielo y nieve! Adorad al Señor, alabadlo y magnificadlo para siempre.»

De repente, sintió que temblaba, y no por las palabras que acababa de pronunciar o porque sintiera frío. Le zumbaba la cabeza y tuvo que aferrarse a la barandilla del coro. Durante unos breves segundos la música le pareció espantosamente discordante, y que esa discordancia le estallaba en los oídos. Luego los horribles sones desaparecieron, y todo volvió a ser como antes. Will temblaba y sentía el cuerpo helado.

—«¡Oh, vosotros, Luz y Tinieblas!» —cantó James, mirándole fijamente—. ¿Te encuentras bien? Siéntate. «... y magnificadlo para siempre.»

Sin embargo, Will sacudió la cabeza con impaciencia, y durante el resto del servicio permaneció de pie, cantó, se sentó y se arrodilló con un esfuerzo de voluntad, convenciéndose de que todo era normal, salvo esa vaga sensación de debilidad que se había apoderado de él, causada quizá por lo que sus hermanos mayores llamaban una «sobreexcitación». Entonces volvió a asaltarle una idea extraña, y tuvo la certeza de que algo iba mal, como si la discordancia se apoderara del ambiente. Fue una sola vez, casi al final del servicio. El señor Beaumont decía con su vozarrón la plegaria de san Juan Crisóstomo:

—... el cual prometió que cuando dos o tres fieles se reunieran en Su nombre, el Señor atendería sus plegarias...

De súbito un ruido penetró en la mente de Will, sustituyendo las familiares cadencias por un lamento agudo y espantoso. No era la primera vez que lo oía. Era el acoso de las Tinieblas, el mismo sonido que parecía asediar la sala de la mansión, donde se había reunido con Merriman y la Dama en un siglo incierto. Will intentaba razonar, presa de la incredulidad. El hecho de estar en una iglesia y formar parte del coro anglicano tendría que impedirle notar esa presencia. Por desgracia cayó en la cuenta, en su faceta de Ancestral, de que todas las iglesias, fueren de la religión que fuesen, eran vulnerables a su cerco, porque esa clase de lugares estaban destinados a que los hombres reflexionaran sobre cuestiones que implicaban a la Luz y las Tinieblas. El sonido volvió a arremeter contra él, y en un reflejo Will escondió un poco la cabeza. Luego desapareció, y la voz del rector se impuso como antes.

Will echó un rápido vistazo a su alrededor, pero estaba claro que nadie más se había dado cuenta de que algo anormal estaba sucediendo. Pasó la mano entre los pliegues de su blanca sobrepelliz y se aferró a los tres signos que llevaba en el cinturón, pero sus dedos no notaron ni frío, ni calor. Los signos deben de perder su poder de advertencia aquí, conjeturó el muchacho, porque una iglesia es una especie de tierra de nadie. De hecho, el mal, en cualquiera de sus formas, no puede penetrar entre sus muros, y, por lo tanto, tampoco es necesario que los signos nos avisen de su presencia. Sin embargo, si ese mal acechara en el exterior...

El servicio había terminado ya, y todos entonaban a pleno pulmón *Ven a nosotros, Señor, guía a tu rebaño*, contagiados de la alegría de la Navidad, mientras el coro bajaba de la sillería para dirigirse hacia el altar. Con su voz resonando por toda la iglesia, el señor Beaumont bendijo entonces a todos los miembros de la congregación:

—... con el amor de Dios y en compañía del Espíritu Santo...

Sin embargo, esas palabras no lograron traer la paz a Will,

porque el muchacho sabía que algo extraordinario ocurriría, puesto que las Tinieblas se cernían en torno a ellos, aguardando entre la nieve, y que cuando llegara el momento, su misión sería enfrentarse a ellas, solo, sin el apoyo de nadie.

Will observaba a la gente salir en fila, sonriendo y saludándose los unos a los otros. En la entrada cogían sus paraguas y se levantaban el cuello del abrigo para protegerse de los remolinos de nieve. Vio al jovial señor Hutton, el director jubilado, haciendo sonar las llaves del coche y ofreciendo con cortesía a la diminuta señorita Bell, la anciana maestra, acompañarla a su casa; tras ellos, la alegre señora Hutton, semejante a un galeón y con las pieles desplegadas como un velamen, invitaba también a la señorita Bell, la encargada de la oficina de Correos que era coja. Varios niños del pueblo salieron disparados por la puerta, escapando de sus madres, las cuales lucían sus mejores sombreros, para lanzarse bolas de nieve mientras se deleitaban pensando en el pavo de Navidad. La lúgubre señorita Horniman, ocupada en pronosticar fatalidades, caminaba ruidosamente junto a la señora Stanton y Mary. Will vio que su hermana intentaba controlar una risita nerviosa y se giraba para saludar a la señora Dawson, su hija casada y el nieto de cinco años, que iba haciendo cabriolas, feliz con sus nuevas y flamantes botas de vaquero.

Los miembros del coro, bien embutidos en abrigos y bufandas, también empezaron a salir, repartiendo felicitaciones y despidiéndose del vicario hasta el domingo. El señor Beaumont sólo tenía pensado dar un servicio en la iglesia del pueblo ese día, y después repartirse entre las demás parroquias. El rector, hablando de música con Paul, sonrió y les saludó con la mano. La iglesia empezó a vaciarse mientras Will esperaba a su hermano. Tenía los pelos de punta, como presintiendo esa electricidad que impregna el ambiente antes de que estalle una tormenta colosal. Notaba que esa energía lo envolvía todo, y cargaba incluso el mismo aire de la iglesia. El rector, sin dejar de charlar, levantó una mano de manera mecánica y apagó las luces interiores de la iglesia. El lugar quedó sumido en una fría y grisácea oscuridad, interrumpida apenas junto a la puerta, por donde se infiltraba el reflejo de la blancura de la nieve. Will percibió que alguien se movía hacia la puerta, saliendo de las sombras, y se dio cuenta de que la iglesia no estaba vacía del todo. Junto a la pequeña pila bautismal del siglo XII vio al granjero Dawson, y al viejo George y su hijo John, el herrero, con su silenciosa mujer. Los Ancestrales que pertenecían al círculo lo aguardaban, ofreciéndole su apoyo para enfrentarse al peligro exterior, cualquiera que fuese. Durante unos breves instantes Will se sintió desfallecer, al notar que lo inundaba una sensación de alivio en una oleada cálida y potente.

—¿Estás preparado, Will? —preguntó el rector cordialmente, poniéndose el abrigo—. Desde luego, coincido contigo en que el concierto doble es uno de los mejores —siguió diciéndole a Paul con semblante preocupado—. ¡Ojalá hubiera grabado las suites de Bach sin acompañamiento! Le oí tocarlas en una iglesia de Edimburgo una vez, en el marco del festival. ¡Fue maravilloso!

—¿Te ocurre algo, Will? —dijo Paul, a quien no se le escapaba ni una.

—No... —contestó Will—. No, la verdad es que no.

El joven pensaba desesperadamente en la manera de conseguir que los dos salieran de la iglesia antes de que él se acercara a las puertas de entrada... antes de que sucediera lo que tenía que suceder. Junto a esas mismas puertas podía ver a los Ancestrales formar un grupo compacto de apoyo mutuo. Podía sentir la intensidad de la fuerza, una fuerza cercana que lo rodeaba, imponiéndose en el lugar; fuera de la iglesia reinaba la destrucción y el caos, el reino de las Tinieblas, y Will no acertaba a actuar para invertir la situación. Cuando el rector y Paul doblaron por el pasillo central de la nave, vio que ambas siluetas se detenían en el mismo instante, levantando la cabeza como los ciervos salvajes olisquean el peligro. Era demasiado tarde; la voz de las Tinieblas era tan atronadora que incluso los humanos podían notar su influjo.

Paul se tambaleó, como si alguien le hubiera dado un empujón en el pecho, y se apoyó en un banco, aferrándose a él.

—¿Qué ha sido eso? —dijo con voz ronca—. ¿Rector? ¿Qué puede haber sido eso?

El señor Beaumont estaba lívido y tenía la frente perlada de sudor, a pesar de que en la iglesia volvía a hacer mucho frío.

—Quizá... Creo... creo que eso escapa de las cosas terrenas —dijo el cura—. ¡Que Dios me perdone!

El párroco avanzó a trompicones hacia la puerta de entrada, como un hombre que lucha encarecidamente contra las olas del mar, e inclinándose un poco hacia delante hizo el signo de la Cruz.

—Defiende a estos tus humildes servidores de los embates de nuestros enemigos —dijo, tartamudeando—. Haz que con la confianza que depositamos en Ti no temamos el poder de los adversarios...

—No, rector —se alzó la voz firme y serena del granjero Dawson desde el grupo que había reunido junto a la puerta.

El rector parecía no oírlo. Tenía los ojos muy abiertos, y miraba fijamente la nieve; estaba paralizado, temblaba como si tuviera fiebre y unas gotas de sudor le resbalaban por las mejillas. Consiguió levantar a medias un brazo y señaló hacia atrás.

—... la sacristía... —pronunció en voz ahogada—, ...el libro, sobre la mesa... exorcismo...

—¡Pobre bienaventurado! —exclamó John Smith en el idioma de los Ancestrales—. Esta batalla no podrá librarla. Él cree que está a su alcance, por supuesto, porque nos encontramos en su iglesia.

—Tranquilo, reverendo —dijo su esposa en inglés; su voz era suave y amable, y tenía un fuerte acento campesino.

El rector se la quedó mirando como un animal asustado, pero por entonces sus capacidades de habla y movimiento ya le habían abandonado.

—Ven aquí, Will —dijo el granjero Dawson.

Avanzando a tientas entre la oscuridad, Will caminaba con paso lento, y al pasar junto a Paul, lo tocó en el hombro. Al ver que su hermano tenía la mirada confundida, torva e indefensa como la del rector, dijo con cariño:

—No te preocupes; pronto lo arreglaremos todo.

Los Ancestrales lo cogieron con delicadeza cuando penetró en el círculo, como si así lo introdujeran en él, y el granjero Dawson lo asió por el hombro.

—Hemos de hacer algo para proteger a esos dos, Will, o sus mentes van a extraviarse. No podrán soportar la presión, y las Tinieblas los volverán locos. Solo tú tienes el poder de hacerlo; nosotros, no.

Por primera vez Will se percató de que podía hacer cosas distintas al resto de los Ancestrales, pero no tuvo tiempo de maravillarse; con el poder de la gramática mistérica encerró las mentes de su hermano y el rector tras una barrera que ningún otro poder podría romper. Era una empresa peligrosa, puesto que quien tendía el muro era el único ser capaz de derribarlo, y si algo le ocurría a él, sus dos protegidos quedarían en estado vegetativo, incapaces de comunicarse durante toda la eternidad. Sin embargo, tenía que correr el riesgo; no le quedaba otra alternativa. Los ojos de los dos humanos se cerraron, como obedeciendo a un sueño plácido; y permanecieron de pie, muy quietos. Al cabo de un momento volvieron a abrirlos, pero su mirada era tranquila y vacua, inconsciente.

—Muy bien —declaró el granjero Dawson—. ¡Ahora!

Los Ancestrales seguían junto a la entrada de la iglesia, con los brazos unidos. Nadie pronunció una sola palabra. Un fragor y una turbulencia espeluznantes iban cobrando fuerza en el exterior; la luz menguó, el viento aullaba y rugía, la nieve entraba en remolinos y les azotaba el rostro con blancas esquirlas de hielo. De repente, los grajos se posaron en la nieve, cientos de ellos, en una ráfaga negra de maldad, graznando y gañendo, lanzando un ataque ensordecedor y en picado hacia el porche para elevarse de nuevo y perderse de vista. Las aves no conseguían acercarse lo bastante para arañar y rasgar su presa; era como si un muro invisible les hiciera retroceder a unos centímetros de sus objetivos. No obstante, eso duraría tan sólo mientras la fuerza de los Ancestrales siguiera actuando. Bajo una cruda tormenta en blanco y negro las Tinieblas atacaban, intentando zaherir sus mentes y sus cuerpos, y dirigiendo todo su encono contra Will, el Buscador de los Signos. El muchacho tuvo la certeza de que de hallarse solo en la lucha, su mente, aun protegida por todos sus poderes, no habría resistido el embate. Era la fortaleza del círculo de los Ancestrales lo que ahora lo sostenía.

Sin embargo, y por segunda vez en su vida, ni siquiera el círculo era capaz de mantener a raya el poder de las Tinieblas por sus propios medios. Ni siquiera los Ancestrales, uniendo sus fuerzas, conseguían alejarlas; y, por supuesto, ya no contaba con esa ayuda inestimable, de un orden superior, que hubiera podido proporcionarle la Dama. Will, desesperado, volvió a caer en la cuenta de que un Ancestral era un ser que maduraba prematuramente, porque el miedo que empezaba a sentir en esos momentos era peor que el terror ciego que había experimentado en la cama de su buhardilla, y peor incluso que el espanto en que le sumieron las Tinieblas cuando se hallaba en la gran sala. Ahora también era adulto su miedo, y se alimentaba de la experiencia, la imaginación y el sufrimiento por los demás; y ese terror era el peor de todos. Con la misma certeza supo también que sólo en su interior, en Will mismo, encontraría la única manera de superar su miedo. El círculo se fortalecería y podrían expulsar a las Tinieblas.

¿Quién eres?, se preguntó a sí mismo. Eres el Buscador de los Signos, dijo a modo de respuesta. Posees tres signos, la mitad del círculo que conforman los instrumentos del poder. Ha llegado el momento de utilizarlos.

Ahora el sudor le perlaba a él la frente, como le había ocurrido al rector, el cual seguía sonriendo en paz junto a Paul, impertérritos ambos ante todo lo que estaba sucediendo. Will podía leer el cansancio en los rostros de los demás, sobre todo en el del granjero Dawson. Con lentitud movió sus manos hacia dentro, obligando a sus compañeros a acercar las suyas; la mano izquierda de John Smith se tocaba casi con la derecha del granjero Dawson. Entonces las unió, quedándose él fuera del círculo. Durante unos instantes de pánico volvió a agarrarse a ellas, como si estuviera comprobando un nudo. Luego las soltó, y se quedó solo.

Sin la protección del círculo, aunque escudado tras él, se bamboleó bajo el impacto de la rugiente maldad que se cernía sobre ellos, fuera de la iglesia. Luego, con movimientos deliberados, se desabrochó el cinturón con su preciosa carga y se envolvió el brazo con él; sacó del bolsillo la pluma de grajo y la trenzó en el signo central: el círculo cuarteado de bronce. Entonces asió el cinturón con ambas manos, sosteniéndolo en alto, y lentamente se desplazó hasta quedar solo en el porche de la iglesia, frente a la oscuridad gélida y ululante que se abría ante él y a un coro de graznidos ensordecedores. Jamás se había sentido tan solo. No actuó, y dejó el pensamiento en blanco. Siguió de pie y dejó que los signos hicieran su trabajo.

De súbito se hizo el silencio. Desapareció el revoloteo de aves y el viento dejó de aullar. El terrible y enloquecedor zumbido que gobernaba el aire y perforaba los oídos cesó. Todos los nervios y los músculos del cuerpo de Will se relajaron, libres ya de tensión. Fuera seguía cayendo la nieve en silencio, pero los copos eran más pequeños. Los Ancestrales se miraron entre sí y rieron.

—El círculo completo cumplirá bien su función —dijo el viejo George—, pero con la mitad, parece que ya nos arreglamos, ¿eh, Will?

Will miró los signos que seguía sosteniendo en la mano, y movió la cabeza con un gesto de asentimiento, todavía acusando los efectos de la sorpresa.

—Es la primera vez en toda mi vida, desde la desaparición del grial, que veo imponerse la mente de uno de los maestros y hacer retroceder a las Tinieblas. Usando los instrumentos, en esta ocasión. Utilizaron muy bien nuestra voluntad, y su actuación ha sido soberbia. ¡Tenemos otra vez los instrumentos del poder! Hacía muchísimo tiempo que eso no sucedía.

—Esperad —dijo Will con aire abstraído mientras continuaba mirando los signos, como si estos ejercieran algún magnetismo en él—. No os mováis. Quedaos quietos un momento.

—¿Ocurre algo malo? —preguntó el herrero mientras los demás se detenían sobresaltados.

—Mirad los signos —dijo Will—. Les pasa algo raro. Están... ¡Es como si brillaran!

Se dio la vuelta con cuidado, sosteniendo el cinturón con los tres signos igual que antes, hasta que su cuerpo ocultó la luz grisácea que provenía del exterior y sus manos se tendieron hacia la penumbra de la iglesia. Los signos brillaban cada vez más, y cada uno de ellos refulgía con una extraña luz interior.

Los Ancestrales se quedaron mirando la escena.

—¿Es éste el poder que ha vencido a las Tinieblas? —preguntó la esposa de John Smith con su tono de voz suave y cantarín—. ¿Había algo dormido en ellos que ahora empieza a despertar?

—Creo que es un mensaje; tiene algún significado... —aventuró Will, esforzándose sin éxito en percibir lo que los signos intentaban decirle—. No consigo comprenderlo.

Los tres signos despedían haces de luz, iluminando con sus destellos la mitad de la oscura y pequeña iglesia; era como la luz del sol, cálida y fuerte. Con nerviosismo Will tocó con un dedo el círculo que tenía más cerca, el Signo de Hierro, pero no estaba frío, ni caliente.

—¡Mirad ahí arriba! —exclamó el granjero Dawson.

Levantó el brazo y señaló hacia lo alto de la nave, en dirección al altar. Justo al volverse, los Ancestrales vieron lo mismo que él: otra luz que centelleaba en el muro, con el mismo resplandor que emitían los signos. Era como un haz de luz que surgiera de una enorme antorcha.

—Ésa es la razón —dijo Will con alegría, comprendiendo finalmente de qué se trataba.

Caminó hacia esa otra fuente de brillo, llevando consigo el cinturón y los signos, y las sombras de los bancos y las vigas del techo iban cambiando a su paso. A medida que las dos fuentes de luz se acercaban, parecían refulgir con mayor intensidad. Con la figura alta y robusta de Frank Dawson irguiéndose a sus espaldas, Will se detuvo en medio de un rayo que salía del muro. Parecía como si a través de un ventanuco en forma de ranura se colara la luz procedente de una estancia magníficamente iluminada. Vio que los destellos los causaba algo muy pequeño, de la misma medida que uno de sus dedos, colocado en el mismo orificio.

—Debo recogerlo rápido, ¿sabes?, mientras la luz siga brillando. Cuando se apague, no podremos encontrarlo —dijo con seguridad al señor Dawson.

Puso el cinturón con los tres signos, el de hierro, el de bronce y el de madera, en las manos de Frank Dawson, avanzó hacia el muro ligeramente hendido y colocó los dedos en la diminuta fuente del mágico haz de luz. El centelleante objeto salió sin dificultad de la pared por un resquicio en el estucado que dejaba al descubierto el pedernal de las Chiltern. Se lo puso en la palma de la mano: era un círculo cuarteado por una cruz, pero no estaba cincelado. A pesar de la luz que desprendía, Will pudo admirar la suave redondez de sus lados, muestra de que el pedernal era natural y se había formado entre la pizarra de las Chiltern hacía quince millones de años.

—El Signo de Piedra —dijo el granjero Dawson con una voz afable que denotaba admiración mientras sus oscuros ojos permanecían inescrutables—. Tenemos ya el cuarto signo, Will.

Regresaron juntos, sosteniendo los deslumbrantes instrumentos del poder, hacia donde se encontraban los demás. Los tres Ancestrales observaban la escena en silencio. Paul y el rector se encontraban sentados en un banco, tranquilos como si durmieran. Will llegó junto a sus iguales, cogió el cinturón y deslizó en él el Signo de Piedra hasta ponerlo junto a los otros tres. Tuvo que apartar la vista y entrecerrar los ojos para evitar que el fulgor lo cegara. Cuando el cuarto signo se halló en su lugar, junto a los demás, la luz que emitían se extinguió. Los instrumentos del poder habían perdido el brillo y, como si no hubieran sufrido cambio alguno, mostraban su apariencia anterior. El Signo de Piedra era un bello objeto, suave al tacto, y mostraba esa superficie de un blanco roto que caracteriza al pedernal intacto. La negra pluma del grajo seguía hacia el Signo de Bronce. Will la sacó porque ya no la necesitaba.

Cuando la luz procedente de los signos se apagó, Paul y el rector se movieron. Abrieron los ojos, atónitos al encontrarse sentados en un banco cuando hacía un momento (o al menos eso les pareció a ellos) estaban de pie. Paul se levantó de un salto, por instinto, y miró hacia los lados en busca del terrorífico lamento.

—¡Ha desaparecido! —dijo, mirando a Will con una expresión especial en el rostro, mezcla de desconcierto, sorpresa y pavor—. ¿Qué ha ocurrido? —preguntó, desviando los ojos hacia el cinturón que Will sostenía en la mano.

El rector se puso en pie, su suave y regordeta cara contraída en el esfuerzo de dar sentido a lo incomprensible.

—Sí, es cierto. Ha desaparecido —dijo, paseando la mirada por la iglesia—. Fuere lo que fuese... esa influencia. ¡Alabado sea Dios! —exclamó, observando asimismo los signos del cinturón de Will; luego levantó la mirada y sonrió, con una sonrisa casi infantil de alivio y deleite—. Eso fue lo que nos salvó, ¿verdad? La cruz. No la que tenemos en la iglesia... pero fue una cruz cristiana, de todos modos.

—Son muy antiguas estas cruces, rector —intervino inesperadamente el viejo George con voz firme y clara—. Las hicieron mucho antes de que apareciera el cristianismo. Mucho antes de la venida de Cristo.

—Pero no son anteriores a Dios —respondió con sencillez el rector, dirigiéndole una sonrisa franca.

Los Ancestrales se quedaron mirándolo sin decir nada. La respuesta le habría ofendido y, por consiguiente, ninguno de ellos intentó rebatir su comentario. Sin embargo, Will intervino al cabo de unos segundos:

—En realidad no existe el antes y el después, ¿verdad? Todo aquello que en realidad cuenta se sitúa fuera del tiempo; de él procede y a él va.

—Te refieres a la eternidad, me imagino, muchacho —dijo el señor Beaumont, volviéndose hacia él con sorpresa.

—No del todo —respondió el Ancestral que había en Will—. Me refiero a esa parte de nosotros, y de todas las cosas en que creemos, que nada tienen que ver con el pasado, el presente o el futuro, porque pertenecen a otro orden distinto. El ayer sigue presente en ese orden; también el mañana. Podemos trasladarnos al pasado y al futuro; y todos los dioses se encuentran en ese nivel distinto, junto con las cosas que siempre han defendido... Y también todo lo contrario, claro —concluyó con un asomo de tristeza.

—Will —dijo el rector, mirándolo con detenimiento—. No estoy muy seguro de tener que exorcizarte u ordenarte, pero tarde o temprano habremos de hablar, largo y tendido.

—Sí, hemos de hacerlo —dijo Will con ecuanimidad.

El joven se abrochó el cinturón, que pesaba ya bastante con su preciosa carga. Intentaba pensar rápido, concentrándose mientras terminaba de ponérselo. La imagen que le obsesiona-

205

ba no eran los débiles preceptos teológicos del señor Beaumont, sino la cara de Paul. Había visto cómo su hermano lo miraba con una especie de extrañamiento y temor, y la escena le dolió como un latigazo. No podía soportarlo. Sus dos mundos no debían encontrarse tan pronto. Reuniendo todos sus poderes, irguió la cabeza y señaló con los dedos extendidos de ambas manos las figuras de su hermano y el rector.

—Lo olvidaréis todo —dijo en voz baja, en el idioma de los Ancestrales—. Olvidad. Olvidadlo todo.

—... en una iglesia de Edimburgo una vez... ¡Fue maravilloso! —le decía el rector a Paul, mientras hacía el gesto de abrocharse el botón superior del abrigo—. La zarabanda de la quinta suite me hizo llorar, literalmente. Es el mejor violoncelista del mundo, sin duda alguna.

—¡Sí, sí! —coincidió Paul—. Desde luego es el mejor. ¿Ha pasado ya mamá, Will? —preguntó a su hermano, arrebujándose en el abrigo—. ¡Eh, señor Dawson! ¡Hola! ¡Feliz Navidad! —exclamó, sonriendo y saludando con la cabeza a los demás mientras todos se dirigían hacia el porche de la iglesia y salían fuera, bajo los escasos copos de nieve que iban cayendo.

—Feliz Navidad, Paul. Señor Beaumont... —respondió el granjero Dawson con semblante serio—. Un bonito sermón, señor; muy bonito.

—¡Ah! Es el ambiente de la Navidad, Frank —dijo el rector—. ¡Una época magnífica! Nada nos impedirá decir la misa de Navidad, ni siquiera toda esta nieve.

Entre risas y charlas salieron al exterior, donde la nieve se acumulaba sobre las invisibles tumbas y los campos blanquecinos se extendían hasta el Támesis, que se había congelado. No se oía sonido alguno, nada perturbaba la tranquilidad, sólo el rumor ocasional de algún coche que pasaba por la lejana carretera de Bath. El rector se desvió para ir a buscar su motocicleta. Los demás fieles siguieron caminando, desperdigados en alegres grupos que enfilaban el camino de sus respectivas casas.

Dos grajos negros se posaron sobre la entrada techada del camposanto cuando Will y Paul se acercaban. Las aves levantaron el vuelo despacio, casi saltando, como unas incongruentes formas negras recortándose sobre la blanca nieve. Uno de ellos pasó junto a los pies de Will y dejó caer algo, mientras lanzaba un graznido despectivo. Will lo recogió; era una reluciente castaña de Indias del Bosque de los Grajos, madura como si acabara de caer del árbol. Con su hermano James siempre iban al bosque a recoger estas castañas a principios de otoño, y así en la escuela podían jugar con ellas a romperlas, atadas a una cuerda, pero jamás había visto un ejemplar tan grande y redondo como ése.

—¡Ya ves! —dijo Paul divertido—. Ahora resulta que este amigo te trae otro regalo de Navidad.

—Quizá viene en son de paz —dijo inexpresivamente Frank Dawson a sus espaldas con su grave acento de Buckinghamshire—, aunque no es seguro, claro. Feliz Navidad, muchachos. Disfrutad de la cena —dijo mientras los Ancestrales se marchaban por la carretera.

—¡Qué cosa más rara! —dijo Will, recogiendo la castaña.

Cerraron la verja de la iglesia con un golpe, y una nube de nieve se desprendió de los lisos barrotes de hierro. A la vuelta de la esquina los rugidos de la motocicleta sonaron como un acceso de tos, mientras el rector iba dándole al pedal para que su corcel cobrara vida. Unos metros más lejos, allí donde la nieve ya estaba pisoteada, el grajo volvió a descender. Caminaba con obstinación, adelante y atrás, sin perder de vista a Will.

—Crrr, crrr, crrr —graznaba con suavidad a pesar de ser un grajo.

El animal dio unos pasos hacia la valla del cementerio, se encaramó de un salto y entró en el camposanto para desandar luego su camino. La invitación era tan obvia que costaba ignorarla.

—Crrr, crrr... —seguía graznando el grajo, más fuerte todavía.

Los oídos de un Ancestral saben que el lenguaje de las aves no reviste la precisión de las palabras, sino que comunica emociones. Esas emociones se dividen en varias clases y jerarquías, y existen muchísimas maneras de expresarlas, incluso para un pájaro. Sin embargo, aunque Will adivinó que el grajo deseaba que lo siguiera sin ningún género de duda, no podía saber si el animal obedecía órdenes de las Tinieblas. Se detuvo un instante, valorando el papel que los grajos habían desempeñado en toda esa historia; luego tocó con los dedos la flamante castaña marrón que tenía en la mano.

—De acuerdo, grajo —dijo—. Sólo echaré un vistazo.

Regresó hacia la verja, y el grajo, graznando como una desvencijada puerta batiente, caminaba torpemente delante, enfilando el sendero de la iglesia hasta dar la vuelta a la esquina. Paul observaba todo eso sonriendo. Entonces vio que Will se sobresaltaba al doblar la esquina; desaparecía un instante y luego volvía a aparecer.

—¡Paul! ¡Ven rápido! ¡Hay un hombre tendido en la nieve!

Paul llamó al rector, quien ya había llegado a la carretera empujando su motocicleta y se disponía a darle al pedal de arranque. Ambos corrieron hacia donde se encontraba Will. El muchacho estaba arrodillado junto a una figura encorvada que yacía en el ángulo formado entre el muro de la iglesia y la torre; no se movía, y la nieve, con sus plumosos y fríos copos, ya había cubierto más de un centímetro la ropa del hombre. El señor Beaumont con delicadeza apartó a un lado a Will y se arrodilló. Giró la cabeza del desconocido y le buscó el pulso.

—¡Está vivo! ¡Gracias a Dios! Pero tiene muchísimo frío, y el pulso no es muy regular. Debe de llevar aquí tanto tiempo que muchos hombres en su situación ya habrían muerto por congelación. ¡Fijaos en cuánta nieve hay! Entrémoslo.

—¿Dónde? ¿En la iglesia?

—¡Pues claro!

—Llevémoslo a casa —dijo Will en un impulso—. Sólo hay que llegar hasta el recodo del camino. Hay calefacción y estará mucho mejor, al menos hasta que llegue una ambulancia o algún médico.

—Es una idea estupenda —dijo agradecido el señor Beaumont—. Vuestra madre es una buena samaritana, lo sé. Podría esperar allí al doctor Armstrong... En realidad, no podemos abandonar a este pobre infeliz. No parece tener nada roto. Seguramente se tratará de una ligera insuficiencia cardíaca.

Colocó sus gruesos guantes de motorista bajo la cabeza del hombre para guarecerlo de la nieve, y entonces Will vio su rostro por primera vez.

—¡Es el Caminante! —dijo alarmado.

—¿Quién? —le preguntaron, volviéndose hacia él.

—Un viejo vagabundo que va dando vueltas por ahí... Paul, no podemos llevarlo a casa. ¿No podríamos ir a la consulta del doctor Armstrong?

—¿Con este tiempo? —dijo Paul, señalando vagamente un cielo cada vez más encapotado; la nieve se arremolinaba en torno a ellos, más densa, y el viento soplaba con fuerza.

—¡Pero no podemos llevarlo con nosotros! ¡Al Caminante,

no! Traerá con él... —de repente se calló, ahogando un grito—. ¡Ah! Claro, no puedes acordarte —dijo sin poder contenerse.

—No te preocupes, Will, a tu madre no le importará socorrer a un pobre hombre in extremis... —dijo el señor Beaumont mientras se afanaba con el cuerpo. Con la ayuda de Paul cargó con el Caminante en dirección a la verja, como si éste fuera un montón de ropa vieja. Al final consiguió arrancar la motocicleta y, mal que bien, se las arreglaron para colocar el cuerpo inerte sobre ella. Medio empujando el vehículo y a trechos montados en él, el extraño grupito se dirigió hacia la casa de los Stanton.

Will se volvió un par de veces, pero el grajo no se veía por ningún lado.

—¡Bueno! —dijo Max con fastidio, bajando al comedor—. Ahora sí que puedo decir que he conocido a alguien guarro de verdad.

—Olía fatal —dijo Barbara.

—¡Qué me vas a contar! Papá y yo lo hemos bañado. ¡Dios!, hubieras tenido que verlo. Bueno, no, mejor no. Te habría revuelto el estómago. Ahora está más limpito que un bebé. Papá incluso le lavó el pelo y la barba; y mamá quemará esa horrible ropa vieja que llevaba cuando se haya asegurado de que no hay nada de valor.

—No creo que debas sufrir por eso —dijo Gwen, saliendo de la cocina—. Cuidado con el brazo; el plato está caliente.

—Deberíamos guardar bajo llave toda la plata —dijo James.

—¿Qué plata? —dijo Mary en tono mordaz.

—Bueno, pues entonces las joyas de mamá; y los regalos de Navidad. Esos vagabundos siempre roban.

—Éste tardará mucho tiempo en volver a robar —dijo el señor Stanton, ocupando su lugar habitual en la cabecera de la mesa mientras descorchaba una botella de vino—. Está enfermo; y profundamente dormido. Ronca como un camello.

—¿Has oído roncar a algún camello? —preguntó Mary.

—Sí —respondió su padre—, y he montado en uno. Por eso lo digo. ¿Cuándo vendrá el doctor, Max? ¡Pobre hombre! Siento interrumpir su cena.

—No has interrumpido nada —dijo Max—. Ha salido para atender un parto y en su casa no saben cuándo volverá. La señora esperaba gemelos.

—¡Señor...!

—En fin..., si duerme, señal de que ese mozalbete se encuentra bien. Me imagino que sólo necesita descanso; aunque debo decir que parecía delirar, farfullando todas esas cosas raras...

Gwen y Barbara trajeron más platos de verdura. De la cocina salía un ruido impresionante: su madre luchaba a brazo partido con el horno.

—¿Qué cosas raras? —inquirió Will.

—Quién sabe... —dijo Robin—. Fue al principio, cuando lo subíamos. Era como un lenguaje desconocido, como si no fuera humano. Igual este hombre viene de Marte.

—¡Ojalá! —exclamó Will—. Así podríamos devolverlo al lugar de donde ha venido.

Sin embargo, unos gritos de aprobación saludaron la entrada de su madre, quien sonreía con una bandeja en las manos, presentando un crujiente pavo. Nadie se dignó a escuchar su comentario.

En la cocina tenían la radio encendida mientras lavaban los platos.

Fuertes nevadas están cayendo en el sur y el oeste de Inglaterra

—decía una voz impersonal—. *La ventisca que desde hace doce horas azota el mar del Norte tiene inmovilizados todos los puertos de las costas surorientales. Los muelles londinenses cerraron esta mañana por cortes en el suministro eléctrico y problemas en el transporte, originados por las fuertes nevadas y las bajas temperaturas, que alcanzan incluso los cero grados. Varios pueblos de zonas apartadas han quedado aislados por los ventisqueros y las carreteras están bloqueadas. Los Ferrocarriles Británicos han desplegado sus operativos para hacer frente a las numerosas bajadas de tensión y los descarrilamientos ocasionales que la nieve ha provocado. El portavoz de la compañía ha declarado esta mañana que no es aconsejable viajar en tren, salvo en casos de emergencia.*

Se oyó un sonido como el crujir del papel, y la voz siguió diciendo:

Las espantosas tormentas que llevan azotando con intermitencia el sur de Inglaterra durante los últimos días no disminuirán hasta después de las vacaciones navideñas, según apunta un informe matutino de los servicios meteorológicos. El sureste del país empieza a acusar la escasez de combustible. Por consiguiente, se ruega encarecidamente a todos los usuarios que no utilicen la calefacción eléctrica desde las nueve de la mañana hasta el mediodía y desde las tres hasta las seis de la tarde.

—¡Pobrecito Max! —dijo Gwen—. No hay trenes. Tendrá que hacer autoestop.

—¡Silencio! ¡Escuchad!

Un portavoz de la Asociación Automovilística ha declarado que viajar por carretera resulta extremadamente peligroso, salvo en las autopistas principales. Los motoristas atrapados en una tormenta de nieve deberán permanecer junto a sus vehículos en la medida de lo posible, hasta que la nieve cese. Según este mismo portavoz, es aconsejable que los conductores que no estén absolutamente seguros de dón-

de se encuentran y desconozcan si pueden encontrar ayuda en un radio de diez minutos de donde se hallen estacionados, no abandonen bajo ningún concepto el automóvil.

La voz siguió con su discurso, salpicado de exclamaciones y silbidos, pero Will se alejó; ya había oído lo que le interesaba. Los Ancestrales no podrían detener esas tormentas sin completar el poder del círculo de los signos; y precisamente ésa era la estrategia de las Tinieblas. Estaba atrapado; las Tinieblas resucitaban, amenazadoras, no sólo dificultando su búsqueda, sino influyendo también en el mundo cotidiano. Desde el momento en que el Jinete había invadido su intimidad navideña esa misma mañana, Will había visto que el peligro iba en aumento; sin embargo, no pudo prever esta amenaza aún mayor. Llevaba días intentando sortear el peligro que le atenazaba, y no se había dado cuenta del riesgo que corría el mundo exterior. Ahora la nieve y el frío representaban una seria amenaza para muchísima gente: los niños, los ancianos, los débiles, los enfermos... Esa noche el médico no podría visitar al Caminante, de eso estaba seguro. Por suerte, al menos no estaba muriéndose...

¿Por qué había ido a parar a su casa el Caminante? Sin duda debía haber algún significado oculto. Quizá sencillamente el hombre rondaba por ahí cuando las Tinieblas atacaron la iglesia y, del impacto, salió despedido; pero entonces, ¿por qué el grajo, embajador de las Tinieblas, lo guió hasta él para que pudiera salvarlo de morir congelado? ¿Quién era el Caminante, a fin de cuentas?, y ¿por qué todos los poderes de la gramática mistérica no le eran útiles a la hora de descifrarlo?

En la radio volvían a sonar los villancicos. Feliz Navidad a todo el mundo, pensó Will con amargura.

—Anímate, Will. Dejará de nevar esta noche y mañana podrás hacer el tobogán. Venga, ha llegado la hora de abrir los regalos. Si dejamos que Mary espere mucho más, reventará.

Will se unió a su alegre y ruidosa familia; y durante unos instantes, en el acogedor e iluminado espacio de la sala de estar, con el fuego encendido y el árbol deslumbrante, revivieron unas Navidades perfectas, como las que solían celebrar. Su madre, su padre y Max le habían hecho un regalo entre los tres: una bicicleta nueva, con un manillar de carreras y un cambio de once marchas.

Will nunca tuvo la certeza de que lo que ocurrió esa noche no fuera tan sólo un sueño. Cuando todo estaba más oscuro, durante esas frías horas de madrugada que anuncian la llegada del nuevo día, Will se despertó, y vio a Merriman a su lado, erguido junto a la cama e iluminado por una luz tenue que parecía proceder de su interior; su cara permanecía en sombras, inescrutable.

—Despierta, Will. Despierta. Hemos de asistir a una ceremonia.

El muchacho se puso en pie de inmediato; descubrió que estaba completamente vestido, y que llevaba puesto el cinturón con los signos. Se dirigió con Merriman hacia la ventana. Estaba medio cubierta de nieve, y los copos seguían cayendo en silencio.

—¿Podemos hacer algo para detener esto? —preguntó de súbito, desolado—. Están congelando el país, Merriman, y la gente morirá.

—El poder de las Tinieblas cobrará fuerza a partir de hoy y hasta el Duodécimo Día —dijo Merriman apesadumbrado, con un leve movimiento de su blanca melena—. Se están preparando. Su resistencia es fría, y la alimenta el viento. Quieren destruir el círculo para siempre, antes de que sea demasiado tarde. No tardaremos en enfrentarnos todos a una dura prueba. Sin embargo, no todo marcha según su voluntad. Hay mucha magia sin explotar en los caminos de los Ancestrales; y quizá tengamos motivos para la esperanza dentro de unos instantes. Ven.

La ventana se abrió de golpe hacia fuera, esparciendo toda la nieve. Frente a ellos se extendía un sendero débilmente iluminado, como una ancha cinta que se perdiera en el aire tamizado de nieve; al mirar abajo Will divisó los perfiles cubiertos de nieve de los tejados, las vallas y los árboles. Sin embargo, la senda además era real. De una sola zancada Merriman se había plantado en ella tras salir por la ventana, y avanzaba a gran velocidad, deslizándose de un modo fantasmagórico hasta desaparecer en la noche. Will saltó tras él y el extraño sendero también lo arrastró hacia la oscuridad, sin que sintiera la velocidad o el frío. La noche era oscura y densa; no se veía nada, excepto el resplandor del aéreo Camino de los Ancestrales. De repente se encontraron dentro de una especie de burbuja del tiempo, suspendidos en lo alto, escorados en el viento tal y como el muchacho había aprendido del águila que salía en *El libro de la gramática mistérica*.

—Observa —dijo Merriman, y su capa envolvió a Will como si quisiera protegerlo.

Will escrutó en el cielo encapotado, o quizá en su propia mente, y vio un grupo de árboles sin hojas irguiéndose sobre un seto desnudo, una escena invernal en la que sólo faltaba la nieve. Entonces oyó una música débil y extraña, como un sonido de gaitas destacándose entre el golpeteo constante de un tambor que tocaba sin cesar una única melodía nostálgica. De la negra y fantasmal espesura salió una procesión.

Era una procesión de muchachos vestidos con ropa muy antigua, túnicas y medias burdas; llevaban el pelo a la altura del hombro y unas gorras extrañas, parecidas a un fardo. Eran mayores que Will; tendrían unos quince años. Su expresión era algo forzada, como la de aquellos que toman parte en una payasada y procuran mantener el tipo para que la risa no los delate. Abrían el desfile unos chicos con palos y haces de ramitas de abedul, y lo cerraban otros muchachos tocando la gaita y el tambor. Entre ambos grupos seis jóvenes transportaban una especie de plataforma de juncos y ramas entrelazados, con un ramo de brezo atado en cada esquina. Es como una camilla, pensó Will, salvo por el hecho de que la sostienen a la altura del hombro. Al principio creyó que sólo se trataba de eso, y que el aparejo estaba vacío; luego vio que encima se hallaba otra cosa. Algo muy pequeño. Sobre un cojín de hojas de hiedra situado en el centro de las entrelazadas andas se hallaba el cuerpo de un pájaro minúsculo: un ave de un color pardo polvoriento, con el pico muy abierto. Era un carrizo.

—Es la caza del carrizo, que se celebra cada año durante el solsticio, desde tiempos inmemoriales —dijo en voz baja Merriman por encima de su cabeza, saliendo de la oscuridad—. Este año es especial, sin embargo, y seremos testigos de muchas más cosas, si todo sale bien. Que ése sea tu más íntimo deseo, Will, y ruega para que podamos ver muchas más cosas.

A medida que los chicos avanzaban entre los flamígeros árboles al son de la triste música, sin que parecieran moverse, Will contuvo el aliento al ver que en lugar del pajarito, los tenues contornos de una forma distinta empezaban a dibujarse sobre las andas. Merriman asió a Will por el hombro, con una mano que parecía un cepo de acero, aunque no dijo palabra. Sobre el lecho de hiedra adornado con las cuatro matas de brezo ya no había un pájaro diminuto, sino una mujer menuda, huesuda y delicada, muy anciana, frágil como un pajarillo y vestida de azul. Llevaba las manos dobladas sobre el pecho y en uno de sus dedos refulgía un anillo con una enorme piedra de color rosáceo. En ese mismo instante Will vio su rostro, y supo que era la Dama.

—¡Dijiste que no estaba muerta! —gritó abrumado.

—Y ya no lo está —respondió Merriman.

Los muchachos avanzaban con la música, y las andas con su silenciosa forma se acercaron para luego alejarse de nuevo, hasta que finalmente se desvanecieron con la procesión en la noche, mientras la triste melodía de las gaitas y el ruido de los tambores se apagaba tras ellos. Justo antes de desaparecer los tres chicos que tocaban se detuvieron, dejaron sus instrumentos y se volvieron hacia Will, mirándolo de modo inexpresivo.

—Will Stanton; vigila con la nieve —dijo uno de ellos.

—La Dama regresará, pero las Tinieblas se están alzando —dijo otro.

El tercer muchacho, con voz ligera y cantarina, entonó algo que Will reconoció de inmediato con sólo oír las primeras notas:

Cuando las Tinieblas se alcen, seis las rechazarán:
tres desde el círculo, tres desde el sendero.
Madera, bronce, hierro; agua, fuego y piedra.
Cinco serán los que regresen, y uno solo avanzará.

No obstante, el muchacho no se detuvo, a diferencia de Merriman, y siguió cantando:

Hierro por el cumpleaños, bronce traído desde lejos;
madera de la quema, piedra nacida de la canción;
fuego en el anillo de las velas, agua del deshielo;
seis signos en el círculo, más el grial ya desaparecido.

Entonces y sin un porqué se levantó un viento huracanado, y tras una ráfaga de copos de nieve y oscuridad los chicos desaparecieron, como si se los llevara un remolino. Will también notó que retrocedía vertiginosamente, remontando el tiempo y el Camino esplendente de los Ancestrales. La nieve barrió su rostro. La noche le escocía en los ojos. Entre la oscuridad oyó la grave voz de Merriman que lo llamaba con apremio, aunque en ella asomaba ahora la esperanza:

—El peligro aumenta con la nieve, Will; ten cuidado con la nieve. Sigue los signos, y sobre todo, ten cuidado...

Will volvía a estar en su dormitorio, en la cama, y mientras se dormía resonaba en su cabeza un augurio, una única palabra, como el tañido de la campana más grave de la iglesia, desafiando la creciente nieve.

—Ten cuidado... ten cuidado...

Tercera parte

La prueba

LA LLEGADA DEL FRÍO

Al día siguiente la nieve siguió cayendo sin interrupción; y también al otro.

—¡Ojalá parara! —dijo Mary triste, mirando las blancas y obturadas ventanas—. Es horrible ver cómo nieva y nieva, sin parar... ¡Lo odio!

—No seas idiota —dijo James—. Es sólo una tormenta más larga que las demás. No es necesario que te pongas histérica.

—Esto es distinto. Es espeluznante.

—Tonterías. Sólo es nieve.

—Nadie había visto jamás tanta nieve. Mira cuánto ha subido; si desde que empezó a nevar no hubiéramos limpiado la parte de atrás, ahora no podríamos salir por la puerta. Nos sepultará a todos, eso es lo que sucederá. Nos empuja... incluso ha roto una ventana de la cocina, ¿lo sabías?

—¿Qué? —preguntó con aspereza Will.

—La ventanita de atrás, la que está más cerca de los quemadores. Gwennie bajó esta mañana y la cocina estaba helada, y había nieve y trozos de cristal en la esquina. La nieve ha em-

221

pujado el cristal hasta romperlo; se ha roto por el peso de la nieve.

—No es el peso lo que empuja —dijo James con un suspiro de resignación—. Lo único que ocurre es que la nieve ha formado un ventisquero en ese lado de la casa.

—No me importa lo que digas; es horrible —dijo a punto de llorar—. Es como si la nieve estuviera intentando entrar.

—Vamos a ver si el Cami... si el viejo vagabundo se ha despertado —dijo Will antes de que Mary se acercara más a la verdad.

¿Cuántas personas en todo el país estarían tan asustadas como ella por las nevadas? Pensó en las Tinieblas con rabia, y deseó con toda su alma saber qué hacer. El Caminante había dormido todo el día, sin apenas moverse, salvo para murmurar de vez en cuando algunas palabras sin sentido y proferir una o dos veces un grito breve y ronco. Will y Mary subieron a su habitación con una bandeja en la que habían puesto cereales, una tostada, leche y mermelada.

—¡Buenos días! —dijo Will con voz firme y alegre mientras entraba en el dormitorio—. ¿Le apetece desayunar?

El Caminante abrió ligeramente un ojo y escrutó su figura, la cara cubierta de un pelo enmarañado y gris que, ahora que estaba limpio, parecía mucho más largo e indomable que antes. Will le ofreció la bandeja.

—¡Fu! —gruñó el Caminante, y parecía que hubiera escupido.

—¡Muy bonito, hombre! —dijo Mary.

—¿Desea alguna otra cosa? —preguntó Will—, ¿o bien es que no tiene hambre?

—Quiero miel.

—¿Miel?

—Pan con miel. Pan con miel. Pan con...

—Vale, vale —lo atajó Will, llevándose la bandeja.

—Ni siquiera ha dicho «por favor» —comentó Mary—. ¡Qué hombre más maleducado! Yo no vuelvo a subir.

—Como quieras —dijo Will.

Cuando se quedó solo, rebuscó en la despensa hasta dar con un bote de miel casi terminado. A pesar de estar bastante cristalizada por los bordes, la esparció generosamente sobre tres pedazos de pan. Llenó un vaso de leche y volvió a subir al dormitorio del Caminante. Cuando el vagabundo vio la comida, se sentó en la cama con glotonería y engulló todos los alimentos sin dejar ni una miga. No era un espectáculo demasiado agradable.

—¡Está muy bueno! —dijo, intentando limpiarse un poco de miel de la barba—. ¿Sigue nevando? ¡A que sigue cayendo nieve! —exclamó, chupándose el dorso de la mano y espiando a Will.

—¿Qué hacías ahí fuera en la tormenta?

—Nada —respondió el Caminante con un tono hosco—. No me acuerdo. Me golpeé en la cabeza —se lamentó mientras entornaba los ojos con astucia y se señalaba la frente.

—¿Recuerdas dónde te encontramos?

—No.

—¿Recuerdas quién soy yo?

—No —respondió con vehemencia, haciendo un gesto de negación.

—¿Recuerdas quién soy yo? —volvió a decir Will en voz baja, pero esta vez en el idioma de los Ancestrales.

El greñudo rostro del Caminante seguía inexpresivo, y Will empezó a creer que posiblemente había perdido la memoria. Se inclinó sobre la cama para llevarse la bandeja con el plato y el vaso vacíos cuando, de repente, el vagabundo dejó escapar un terrible grito y se apartó de él de un salto, encogiéndose de miedo en el otro extremo de la cama.

—¡No! —dijo en un alarido—. ¡No! ¡Márchate! ¡Aléjalos de mí!

Con los ojos abiertos como platos y presa del terror miraba fijamente a Will con aversión. Will se quedó estupefacto durante unos segundos; luego se dio cuenta de que se le había subido el suéter al levantar el brazo, y que el Caminante había visto los cuatro signos que llevaba en el cinturón.

—¡Apártalos de mí! —se lamentaba a gritos el anciano—. ¡Me queman! ¡Sácalos de aquí!

Para no tener memoria, reacciona como un poseso, pensó Will. El muchacho oyó unos pasos preocupados subiendo las escaleras y salió de la habitación. ¿Por qué le asustaban tanto los signos al Caminante cuando había llevado uno durante tantísimo tiempo?

Sus padres estaban serios. Las noticias de la radio iban empeorando a medida que el frío atenazaba el país y aumentaban las restricciones. Gran Bretaña estaba batiendo todos los récords de temperatura; ríos que jamás se habían helado ahora eran de hielo sólido, y a lo largo de toda la costa las aguas de los puertos estaban capturadas bajo un grosor de hielo. Tan sólo cabía esperar a que dejara de nevar, pero la nieve seguía cayendo.

Los Stanton llevaban una vida enclaustrada y se sentían inquietos.

—Es como si fuéramos hombres primitivos, parapetados en nuestra cueva durante el invierno —observó el padre de familia.

Se iban pronto a la cama para ahorrar leña y combustible. Llegó el día de Año Nuevo, y pasó sin pena ni gloria. El Caminante estaba en cama, revolviéndose entre las sábanas, murmurando y negándose a comer otra cosa que no fuera pan y leche, la cual a esas alturas ya era en polvo, de esa que se mezcla con agua. La señora Stanton observó con su buen carácter habitual que el vagabundo parecía estar recobrando sus fuerzas. Will se mantenía alejado de él. La desesperación iba haciendo mella en el muchacho a medida que el frío recrudecía y la nieve flotaba sobre el paisaje; sentía que si no salía pronto de casa, se encontraría con que las Tinieblas lo habían vencido para siempre. Su madre, al fin, fue quien le procuró una escapatoria. Se había quedado sin harina, azúcar y leche en polvo.

—Sé que nadie puede salir de casa salvo en caso de extrema urgencia —dijo con angustia—, pero es que esto es una emergencia... ¡Necesitamos comprar alimentos si queremos comer!

Los chicos tardaron dos horas en abrir un paso hasta la carretera con ayuda de unas palas. La máquina quitanieves se había encargado de excavar una especie de túnel sin techo del diámetro de la máquina. El señor Stanton les había anunciado que sólo le acompañaría Robin al pueblo, pero durante las dos horas que Will estuvo cavando y jadeando no dejó de rogarle que lo llevara con ellos, y al final, la oposición de su padre había cedido tanto que el hombre ya no pudo negarse.

Llevaban bufandas anudadas en las orejas, guantes gruesos y tres suéteres bajo los respectivos chaquetones. Cogieron también una linterna. A pesar de ser media mañana, la nieve seguía cayendo, incansable, y nadie sabía cuándo podrían volver a casa. De los inclinados márgenes que habían quedado al limpiar la única carretera del pueblo partían diminutos e irregulares senderos que los habitantes habían abierto con palas y pisoteando la nieve para acceder a las pocas tiendas del lugar y a la mayoría de las casas del centro. Por las huellas que vieron dedujeron que alguien habría traído caballos de la granja de los Dawson para ayudar a despejar el camino hacia casitas de gente como la señorita Bell y la señorita Horniman. Ellas jamás habrían podido hacerlo solas. En la tienda del pueblo el perrito de la señorita Pettigrew estaba hecho un ovillo gris y temblaba en una esquina, con un aspecto más mustio y desamparado que nunca; su obeso hijo, Fred, que la ayudaba a llevar la tienda, se había hecho un esguince en la muñeca al caer en la nieve, y llevaba un brazo en cabestrillo. Su madre tenía un ataque de nervios. Cotorreaba sin cesar, presa de la angustia, le caían las cosas al suelo, buscaba el azúcar y la harina en lugares equivocados y se desesperaba al no encontrarlos. Al final, se sentó de golpe en una silla, como una marioneta a quien le han aflojado las cuerdas, y rompió a llorar.

—¡Oh! —sollozaba—. Lo siento mucho, señor Stanton; es por culpa de esta nieve horrorosa. Estoy muy asustada, no sé qué pasará... Sueño que nos quedamos aislados y nadie puede encontrarnos...

—Ya estamos aislados —dijo su hijo con aire lúgubre—. En toda la semana no ha pasado ni un solo coche. No vienen los proveedores y todo el mundo está terminando sus existencias; no hay mantequilla, ni siquiera leche en polvo. La harina tampoco durará mucho; sólo quedan cinco sacos contando éste.

—Y nadie tiene combustible —dijo resollando la señorita Pettigrew—. El bebé de los Randall está enfermo y tiene fiebre, y la pobre señora Randall no tiene ni una pizca de carbón; Dios sabe cuánta gente debe de estar...

La campanilla de la entrada vibró al abrirse la puerta, y con el gesto automático tan habitual en los pueblos, todos se volvieron para ver quién entraba. Un hombre muy alto, ataviado con un sobretodo negro muy voluminoso, casi como si fuera una capa, se sacó un sombrero de ala ancha que dejó al descubierto una mata de pelo blanco; sus ojos, sumidos en profundas sombras, los observaban tras la fiera nariz aguileña.

—Buenas tardes —dijo Merriman.

—¡Hola! —contestó Will, sonriendo abiertamente al ver iluminarse su mundo.

—Buenas tardes —dijo la señorita Pettigrew, sonándose la nariz—. Señor Stanton; ¿conoce usted al señor Lyon? Trabaja en la mansión —añadió, tapándose la boca con el pañuelo.

—Encantado —dijo el padre de Will.

—Soy el mayordomo de la señorita Greythorne hasta que el señor Bates vuelva de vacaciones —dijo Merriman, inclinando la cabeza con cortesía—. Es decir, cuando deje de nevar. Por el momento, desde luego, yo no puedo marcharme, y Bates tampoco puede volver.

—No parará jamás —gemía la señorita Pettigrew, volviendo a sollozar.

—¡Venga ya, mamá! —exclamó Fred disgustado.

—Tengo unas noticias que le interesarán, señorita Pettigrew —dijo Merriman en un tono firme y reconfortante—. Hemos oído por la radio, en una emisora local (porque el teléfono no funciona, claro, igual que el de ustedes), que lanzarán un cargamento de combustible y alimentos en los terrenos propiedad de la mansión. Parece ser que con esta nieve es el lugar que ofrece una mejor visibilidad desde el aire. La señorita Greythorne me ha pedido que le pregunte a la gente del pueblo si quiere trasladarse a la casa mientras dure esta emergencia. Seremos muchos, desde luego, pero no pasaremos frío; y quizá nos sintamos más cómodos. El doctor Armstrong también vendrá; de hecho, creo que ya está en camino.

—Es una idea ambiciosa —dijo el señor Stanton, reflexionando—. Casi feudal, diría yo.

—Pero no es ésa la intención —atajó Merriman, dirigiéndole una mirada suspicaz.

—No, no... Eso ya lo sé.

—¡Qué idea más fantástica, señor Lyon! —dijo la señorita Pettigrew, dejando de llorar—. ¡Oh, cielo! ¡Qué alivio estar con otras personas!, sobre todo de noche...

—Yo también soy una persona —protestó Fred.

—Sí, cariño, pero no es lo mismo.

—Iré a buscar unas mantas; y luego empaquetaré algunas cosas de la tienda —dijo Fred con aire imperturbable.

—Bien pensado —dijo Merriman—. La radio dice que la tormenta arreciará esta noche. Cuanto antes nos reunamos todos, mejor.

—¿Quiere que le ayude a decírselo a los demás? —se ofreció Robin, levantándose ya el cuello de la chaqueta.

—Magnífico. Eso sería magnífico.

—Le ayudaremos todos —dijo el señor Stanton.

Will se había dado la vuelta para mirar por la ventana cuando mencionaron la tormenta, pero la nieve que flotaba en el encapotado y grisáceo cielo parecía no haber variado de intensidad. Los cristales estaban tan empañados que era difícil ver a través de ellos, aunque creyó divisar algo que se movía fuera. En la carretera que partía la nieve y recorría todo el trazado del Camino de Huntercombe había alguien. Lo vio con claridad tan sólo un segundo: al fondo, una figura atravesaba el sendero de los Pettigrew, y un solo segundo fue todo lo que necesitó para reconocer al hombre que se mantenía enhiesto sobre un gran caballo negro.

—¡Acaba de pasar el Jinete! —dijo con rapidez y sin rodeos en el idioma de los Ancestrales.

Merriman se giró con brusquedad; luego se controló y se colocó el sombrero en la cabeza con un gesto pausado:

—Agradeceré muchísimo toda la ayuda que me puedan prestar.

—Pero ¿qué diantre has dicho, Will? —dijo Robin con aire ausente, mirando a su hermano.

—¿Yo? Nada —dijo Will, que ya se dirigía hacia la puerta y hacía ver que le costaba abrocharse la pelliza para disimular—. Me ha parecido ver a alguien fuera.

—Es que has dicho algo rarísimo...

—¡Pues claro que no! Sólo he preguntado quién era ese de ahí fuera, pero no había nadie.

—Era parecido a lo que decía el vagabundo... —siguió comentando Robin sin apartar la mirada de él—. Toda esa cháchara sin sentido que iba repitiendo mientras le metíamos en cama. Bueno, no importa —acabó diciendo para cambiar de tema, al ser un muchacho poco dado a las conjeturas y de espíritu práctico.

Merriman se las arregló para situarse justo detrás de Will al salir de la tienda de los Pettigrew. El grupo se repartiría para avisar al resto de los habitantes del pueblo.

—Consigue que el Caminante vaya a la mansión, si puedes. Rápido; o será él quien impida tu salida. Puede que el orgullo de tu padre te cause algún que otro problema —dijo en voz baja y en el idioma de los Ancestrales.

Cuando los Stanton llegaron a casa, tras haber dado la vuelta al pueblo luchando contra la ventisca y la nieve, Will casi había olvidado lo que Merriman le había dicho de su padre. Estaba demasiado ocupado intentando solucionar cómo llevaría al Caminante a la mansión sin tener que cargar con él. Recordó, sin embargo, sus palabras cuando oyó al señor Stanton hablando en la cocina, mientras se sacaban los abrigos y dejaban las provisiones.

—¡Qué amable, la buena mujer, ofreciendo su casa a todos! Desde luego tienen muchísimo espacio, y varias chimeneas. Esas viejas paredes son tan gruesas que ahí se mantiene a raya el frío como en pocos lugares. Es lo mejor que pueden hacer los que viven en las casitas del pueblo: la pobre señorita Bell no habría durado mucho... Claro que nosotros ya estamos bien aquí. Disponemos de todo lo suficiente. No tiene ningún sentido convertirnos en una carga adicional para los de la mansión.

—¡Pero papá! —exclamó Will de manera impulsiva—. ¿No crees que nosotros también tendríamos que ir?

—Creo que no —dijo su padre con esa seguridad insensata que Will adivinaba más difícil de minar que cualquier otra idea obsesiva.

—Sin embargo, el señor Lyon dijo que la situación será más peligrosa esta noche, porque la tormenta va a empeorar.

—Creo que puedo sacar mis propias conclusiones sobre el tiempo que va a hacer, Will, sin la ayuda del mayordomo de la señorita Greythorne —dijo el señor Stanton en tono amical.

—¡Vaya, vaya! —dijo Max, ironizando—. Maldito esnob... ¡Habráse visto!

—Venga... Ya sabéis que no lo digo con esa intención —dijo su padre, tirándole una bufanda mojada—. Es más bien lo contrario del esnobismo. En realidad no veo por qué tenemos que obedecer las órdenes de la señora de la mansión y aceptar su limosna. Aquí estamos la mar de bien.

—Estoy de acuerdo —dijo la señora Stanton con brusquedad—. Venga, ahora salid todos de la cocina. Quiero hacer pan.

Will comprendió que la única esperanza que le quedaba era el Caminante. Se escabulló y subió a la diminuta habitación de invitados donde el vagabundo tenía su refugio.

—Quiero hablar contigo.

—Muy bien —dijo el hombre, volviendo de lado la cabeza que tenía en la almohada. No le apetecía hablar y se sentía desgraciado.

—¿Estás mejor? —preguntó Will, sintiendo lástima por él—. Me refiero a si estás enfermo en realidad o sólo te sientes algo débil.

—No estoy enfermo —dijo el Caminante con desgana—. No más de lo habitual.

—¿Puedes andar?

—Quieres echarme de aquí y abandonarme en la nieve, ¿verdad?

—¡Pues claro que no! —protestó Will—. Mamá jamás te dejaría salir con este tiempo, y yo tampoco, aunque, la verdad, mi opinión cuenta poco. Soy el más pequeño de la familia, eso ya lo sabes.

—Eres un Ancestral —dijo el Caminante, mirándole con desagrado.

—Bueno, eso es distinto.

—Eso no tiene nada de distinto. Sólo quiere decir que no te servirá de nada hablarme de ti como sí sólo fueras un niño pequeño. Sé que eres otras cosas.

—Fuiste el guardián de uno de los grandes signos —empezó diciendo Will—. No entiendo por qué pareces odiarnos tanto.

—Lo hice por obligación —respondió el anciano—. Vosotros me cogisteis... me sacasteis... —aventuró a decir con el ceño fruncido, como si intentara recordar algo de un pasado remoto—. Me obligasteis —concluyó, diciendo en tono vago.

—Bueno, mira. Yo no quiero obligarte a nada, pero hay algo que todos debemos hacer. La nieve está empeorando por momentos y la gente del pueblo irá a instalarse en la mansión, como si fuera una especie de hostal, porque es más seguro y hay calefacción.

Mientras hablaba tenía la sensación de que quizá el Caminante supiera lo que iba a decir, pero le resultaba imposible penetrar en la mente del hombre; y cada vez que lo intentaba, se encontraba flotando en una nube, como si hubiera reventado el relleno de un cojín.

—El doctor también estará ahí —siguió diciendo—. Podrías actuar de tal modo que todos creyeran que necesitas un médico; así podríamos ir a la mansión.

—¿Quieres decir que si no, no iréis? —preguntó el Caminante, entornando los ojos de sospecha.

—Mi padre no nos dejará. Pero tenemos que ir... Es más seguro.

—Pues yo tampoco iré —dijo el Caminante, apartando su rostro—. Vete. Déjame solo.

—Las Tinieblas vendrán a buscarte —dijo Will en voz baja y en tono de advertencia.

El vagabundo se quedó inmóvil durante unos instantes. Luego, muy despacio, volvió a ladear la cabeza enmarañada y gris y Will se apartó aterrorizado al ver su cara. En unos segundos su historia se desplegó ante sus ojos, y en ellos el muchacho pudo ver reflejadas las profundidades abismales del dolor y el espanto, mientras las arrugas de su maléfica experiencia se marcaban claras y terribles. Ese hombre había conocido un miedo y una angustia tan atroces que ahora ya nada podía conmoverlo. Sus ojos estaban abiertos por primera vez, y en su mirada podía atisbarse el horror que había conocido.

—Las Tinieblas ya han venido a buscarme —dijo de modo inexpresivo.

—Pero ahora se impondrá el círculo de la Luz —dijo Will, tomando aliento.

El muchacho se quitó el cinturón con los signos y lo sostuvo frente al Caminante. Al verlo, este último se apartó de un salto, haciendo una mueca de disgusto y gimoteando como un animal asustado. Will se sentía asqueado de su actuación, pero no tenía otro remedio. Fue acercando los signos a ese rostro curtido y desencajado hasta que el autocontrol del Caminante se quebró, como un alambre demasiado tensado. Entonces el vagabundo empezó a gritar despavorido, diciendo insensateces mientras se revolcaba pidiendo ayuda. Will corrió en busca de su padre, y casi toda la familia subió a ver lo que ocurría.

—Creo que le ha dado una especie de ataque. Es horrible. ¿No deberíamos llevarlo a la mansión para que lo viera el doctor Armstrong, papá?

—Quizá podríamos hacer venir aquí al médico —dijo el señor Stanton sin saber muy bien lo que hacer.

—Yo creo que estaría mejor allí —dijo su mujer, mirando al Caminante muy preocupada—. El anciano, quiero decir. Tendría el médico a su disposición y podrían cuidarlo mejor que aquí, con más comodidades y dándole una mejor alimentación. Esto se nos escapa de las manos, Roger. Yo ya no sé qué hacer para ayudarle.

El padre de Will cedió a los ruegos de los demás. Dejaron al Caminante en su habitación, el cual seguía agitándose y desvariando, y a Max a su cargo, quien se encargaría de vigilarlo e impedir que se lastimara. Salieron al jardín para convertir el gran tobogán familiar en una camilla portátil. Sólo una cosa intranquilizaba a Will. Debían de ser imaginaciones quizá, pero justo cuando el Caminante desfallecía ante la visión de los grandes signos y enloquecía de nuevo, creyó percibir un destello de triunfo en sus parpadeantes ojos.

El cielo era gris y amenazador, como si estuviera aguardando para descargar más nieve, cuando se marcharon hacia la mansión llevándose con ellos al Caminante. El señor Stanton iba acompañado de los gemelos y de Will. Su esposa los despidió con un nerviosismo nada habitual en ella.

—Espero que con esto termine todo. ¿Crees necesario que Will vaya contigo?

—Siempre va bien llevar a alguien que pese poco con toda esta nieve —dijo su padre, alzando la voz para hacerse oír entre los resoplidos de Will—. No le pasará nada.

—Me imagino que no os quedaréis allí, ¿verdad?

—¡Claro que no! Aquí sólo se trata de llevar a este hombre al médico. Venga, Alice, no actúes como una tonta. Ya sabes que no corremos ningún peligro.

—Supongo que no.

Se fueron tirando del tobogán, con el Caminante sujetado con una correa y tan envuelto en mantas que resultaba invisible, como una gruesa salchicha humana. Will fue el último en partir; Gwen le dio las linternas y un termo.

—Confieso que no lamento en absoluto que os llevéis a tu descubrimiento —dijo—. Me da miedo. Se parece más a un animal que a un anciano.

Parecía que el tiempo había transcurrido muy despacio cuando alcanzaron la verja de entrada de la mansión. Habían retirado la nieve del camino del jardín, y la que quedaba estaba completamente pisoteada. De la puerta principal colgaban dos brillantes lámparas de luminiscencia que iluminaban la fachada delantera. Estaba nevando otra vez, y unas ráfagas de viento gélido empezaban a helarles el rostro. Antes de que Robin llegara a tocar el timbre, Merriman abrió la puerta, y lo primero que hizo fue buscar a Will, aunque nadie advirtió su insistente mirada.

—Bienvenidos.

—Buenas noches —dijo Roger Stanton—. No venimos a quedarnos. En casa estamos bien, pero traemos a un viejo vagabundo que está enfermo y necesita un médico. Hemos sopesado los pros y los contras, y nos ha parecido mejor traerlo aquí en lugar de hacer llamar al doctor. Hemos aprovechado para salir antes de que llegue la tormenta.

—Han llegado justo a tiempo —dijo Merriman, escrutando el exterior.

El mayordomo se agachó para ayudar a los gemelos a transportar al Caminante, una forma inmóvil y envuelta en mantas, hacia el interior de la casa. En el umbral el montón de ropa se agitó de manera convulsiva, y se oyeron los gritos del vagabundo ahogados por las mantas:

—¡No!, ¡no!, ¡no!

—Avise al doctor, por favor —le dijo Merriman a una mujer que estaba cerca y que corrió a buscar al médico.

La inmensa y vacía sala donde habían estado cantando villancicos ahora se encontraba llena de gente y se había transformado en un espacio cálido y animado, irreconocible.

El doctor Armstrong apareció y les dedicó un breve saludo; era un hombre bajito y muy movido, de pelo gris aunque bastante calvo, con esa especie de flequillo que llevan los monjes. Los Stanton le conocían muy bien, igual que todos los habitantes de Huntercombe; había curado todas las enfermedades de

235

la familia desde hacía muchísimos años, más de los que tenía Will. El médico observó con detenimiento al Caminante, quien se estaba retorciendo y protestaba con sordos lamentos.

—Veamos qué tenemos aquí...

—¿Tiene una conmoción, quizá? —preguntó Merriman.

—Se comporta de un modo muy extraño —explicó el señor Stanton—. Lo encontramos inconsciente en la nieve hace unos días... y cuando creíamos que ya se estaba recuperando, ha ocurrido esto.

El portalón principal se cerró con un golpe de viento y el Caminante gritó.

—Humm —murmuró el doctor mientras hacía un gesto a dos jóvenes de complexión fuerte para que lo ayudaran a acomodarlo en una habitación interior—. Déjenlo a mi cargo. Hasta el momento solo teníamos una pierna rota y dos esguinces de tobillo. ¡En la variedad está el gusto! —dijo de buen humor, desfilando tras su paciente.

El padre de Will se giró para atisbar por la ventana en penumbra.

—Mi esposa empezará a preocuparse. Debemos marcharnos.

—Si se van ahora, es posible que no lleguen nunca. A lo mejor dentro de un rato... —dijo con amabilidad Merriman.

—Fíjate, las Tinieblas se están alzando —intervino Will.

—¡Qué poético te has puesto de repente! —dijo su padre con una sonrisa dibujada en los labios—. De acuerdo; esperaremos un poco. Me irá de perlas tomarme un respiro, a decir verdad. Mientras tanto sería conveniente que fuéramos a saludar a la señorita Greythorne. ¿Dónde está, Lyon?

Merriman, con aires de mayordomo servicial, se abrió paso entre la multitud. Era el grupo más extraño que jamás hubiera visto Will. De repente, medio pueblo estaba conviviendo, compartiendo su intimidad y formando una pequeña colonia de camas, maletas y mantas. La gente los saludaba desde los niditos que había esparcidos por toda la enorme estancia, construidos con la ayuda de una cama o un colchón metidos en una esquina o parapetados tras una o dos sillas. La señorita Bell los saludó alegremente desde un sofá. Parecía un hotelucho en el que los clientes hubieran decidido acampar en el vestíbulo. La señorita Greythorne estaba en su silla de ruedas, muy tiesa y compuesta junto al fuego mientras leía *The Phoenix and the Carpet* a un grupo de niños que la escuchaban en silencio. Al igual que todos los que se encontraban en la habitación, se la veía extrañamente radiante y animada.

—Es curioso —observó Will mientras iban sorteando a la gente al pasar—. Estamos viviendo una tragedia y, sin embargo, la gente parece más contenta de lo normal. Miradlos. Están entusiasmados.

—Son ingleses —dijo Merriman.

—Es cierto —replicó el padre de Will—. Magníficos en la adversidad y aburridos cuando se encuentran a salvo. De hecho, nunca estamos contentos. Somos gente bien rara. Usted no es inglés, ¿verdad? —le dijo a Merriman de repente, y una ligera nota de hostilidad en su voz dejó perplejo a Will.

—Soy medio inglés —aclaró Merriman sin interés—. Bueno, en realidad es una larga historia. —Y zanjó el asunto mientras sus profundos ojos escrutaban con intensidad al señor Stanton.

Entonces fue cuando los vio la señorita Greythorne.

—¡Ah! ¡Estaban ustedes ahí! Muy buenas noches, señor Stanton. ¿Cómo estáis, chicos? ¿Qué os parece todo esto? ¿A que es divertido?

La anciana cerró el libro y el círculo de niños se abrió para dejar entrar a los recién llegados, y los gemelos y su padre empezaron a conversar con todos ellos.

—Mira el fuego todo el tiempo que tardas en reseguir las formas de los grandes signos con la mano derecha —dijo Merriman en voz baja a Will, empleando el lenguaje de los Ancestrales—. Mira el fuego. Hazte amigo de él y no apartes la mirada ni un solo segundo.

Con aire interrogante Will avanzó hacia el fuego como si quisiera calentarse e hizo lo que le habían dicho. Mirando fijamente las llamas saltarinas del enorme fuego de leña de la chimenea, recorrió con los dedos el Signo de Hierro, el Signo de Bronce, el Signo de Madera y el Signo de Piedra, con mucha suavidad. Le hablaba al fuego, pero no como ya hiciera en el pasado, cuando tuvo que aceptar el desafío de apagarlo, sino como un Ancestral, utilizando sus conocimientos de la gramática mistérica. Le habló del fuego rojo del salón del rey, del fuego azul que bailaba en los pantanos, del fuego amarillo que encendían en las colinas a modo de faro en Beltane y Halloween; del fuego arrasador, el fuego purificador y el frío fuego de Santelmo; del sol y de las estrellas. Las llamas crecían. Los dedos tocaron el último signo y llegaron al final del recorrido. Entonces levantó los ojos. Miró, y lo que vio...

Lo que vio no era el original batiburrillo de vecinos reunidos en la estancia de techos altos y paredes de madera, iluminada por lámparas eléctricas normales y corrientes, sino el amplio salón de piedra bajo la luz de las velas, con sus tapices colgados y el distante techo abovedado en el que estuviera anteriormente, hacía un siglo. Apartó los ojos del fuego de leña, que era el mismo de antes aunque ahora ardía en una chimenea distinta, y, como en el pasado, vio las dos sillas ricamente labradas, situadas una a cada lado del hogar. A la derecha estaba sentado Merriman, ataviado con su capa, y a la izquierda, la figura que viera por última vez, no hacía ni siquiera un día, postrada en unas andas, como si estuviera muerta. Will se inclinó al instante y se arrodilló a los pies de la anciana dama.

—Señora...

—Will —dijo ella, acariciándole el pelo.

—Siento haber roto el círculo aquella vez. ¿Se encuentra usted bien?... Me refiero a ahora.

—No pasa nada —dijo con su clara y dulce voz—; y no pasará nada en un futuro si podemos ganar la última batalla y conseguir los signos.

—¿Qué debo hacer?

—Anular el poder del frío. Detén la nieve, el frío y el hielo. Libera a este país del acoso de las Tinieblas. Todo eso podrás hacerlo con el siguiente instrumento del círculo, el Signo de Fuego.

—¡Pero yo no lo tengo! —dijo Will con desesperación—. No sé cómo conseguirlo.

—Tú ya tienes uno de los signos de fuego. El otro te aguarda. Cuando lo consigas, vencerás al frío. Sin embargo, antes debemos completar nuestro propio círculo de llamas, que es una réplica del signo; y para eso tendrás que eliminar el poder de las Tinieblas —dijo, señalando el gran candelabro de hierro forjado en forma de anillo que había sobre la mesa, un círculo cuarteado por una cruz.

Cuando la Dama levantó el brazo, la luz se reflejó en el anillo rosáceo de su dedo. El círculo exterior de velas estaba completo, y doce columnas blancas ardían exactamente como cuando Will estuvo por última vez en la sala. Sin embargo, los brazos de la cruz seguían vacíos, y en ellos se abrían nueve agujeros.

Will los miró apesadumbrado. Esa parte de su búsqueda le había causado una terrible desazón. Tenía que sacar de la nada nueve enormes velas encantadas; y eliminar el poder de las Tinieblas. Él ya tenía uno de los signos, sin saberlo; y debía encontrar otro sin saber dónde ni cómo.

—Sé valiente —le dijo la anciana con una voz débil y cansada.

El muchacho la miró y vio que ella también parecía desdibujada, como si no fuera más que una sombra. Levantó la mano preocupado, pero ella apartó el brazo.

—Todavía no... Hay otro trabajo que también debe hacerse... ya ves cómo arden las velas, Will —dijo con una voz apagada que fue cobrando intensidad—. Ellas te enseñarán el modo.

Will miró las ígneas llamas de las velas y sus ojos quedaron atrapados en el elevado anillo de luz. Mientras observaba, notó un extraño sobresalto, como si el mundo entero se hubiera estremecido. Levantó los ojos, y lo que vio...

Lo que vio al levantar los ojos era que había regresado a la mansión de la señorita Greythorne y a su propia época. Las paredes estaban recubiertas de plafones de madera y entre el murmullo de voces, distinguió una que le hablaba al oído. Era el doctor Armstrong.

—... preguntado por ti —estaba diciendo.

El señor Stanton estaba junto a él. El doctor se calló y miró con aire de extrañeza a Will.

—¿Te encuentras bien, jovencito?

—Sí... sí, claro. Estoy bien. Lo siento. ¿Qué me estaba diciendo?

—Decía que tu amigo el vagabundo ha preguntado por ti. «Quiero ver al séptimo hijo», ha dicho en tono lírico; aunque no consigo imaginar de dónde ha sacado tal idea.

—Pero lo soy, ¿no? —dudó Will—. Yo no lo supe hasta el otro día, cuando me enteré de que había tenido un hermanito que murió. Tom.

—Tom, sí —dijo el doctor Armstrong con la mirada nublada durante unos segundos—. Fue el primer bebé. Me acuerdo muy bien. Eso ocurrió hace muchísimo tiempo. Sí, eres el séptimo hijo; y también lo es tu padre, en realidad —concluyó, volviendo a recobrar la compostura.

Will se volvió de golpe al oír esas palabras. Su padre estaba sonriendo.

—¿Tú fuiste también el séptimo, papá?

—Sin duda —dijo Roger Stanton, con la ensoñación pintada en su cara rosada y redonda—. La mitad de la familia murió en la guerra, pero llegamos a ser doce. Tú eso ya lo sabías, ¿verdad? ¡Qué magnífico clan! A tu madre le encantaba, porque ella era hija única. Me atrevería a decir incluso que por esa razón os tuvo a todos vosotros. Es algo inimaginable en esta época de superpoblación. Sí, eres el séptimo hijo de un séptimo hijo; y solíamos bromear con eso cuando eras un bebé. Luego ya no, para que no pensaras que igual tenías el don de la clarividencia o como se llame.

—Ja, ja. Muy gracioso —dijo Will no sin esfuerzo—. ¿Ha descubierto lo que tiene el viejo vagabundo, doctor Armstrong?

—Si quieres que sea sincero, me tiene bastante confundido. Tendría que darle un sedante en su estado, pero tiene el pulso y la tensión sanguínea más bajos que haya visto jamás; así que

241

no sé... No tiene ningún problema físico, por lo que he podido ver. Seguramente está un poco desequilibrado, como la mayoría de estos vagabundos viejos (y no es que en la actualidad se vean muchos; porque casi han desaparecido). De todos modos, sigue pidiendo por ti a gritos, Will, así que si puedes soportarlo, iré contigo. No es un enfermo peligroso.

El Caminante estaba armando un jaleo considerable. Cuando vio a Will, se quedó inmóvil y le lanzó una mirada retadora. Su estado de ánimo había cambiado sin lugar a dudas; volvía a tener confianza en sí mismo, y su rostro arrugado y triangular resplandecía. Miró al señor Stanton y al doctor por encima del hombro de Will y les dijo:

—Váyanse.

—Humm —rezongó el doctor Armstrong, llevándose al padre de Will junto a la puerta para no oír la conversación, aunque sin perderlos de vista.

En el pequeño vestidor que servía de enfermería había otro herido ocupando un lecho (el que se había roto la pierna), pero parecía estar dormido.

—No puedes permitir que me quede aquí —siseó el Caminante—. El Jinete vendrá a buscarme.

—Antes te aterrorizaba el Jinete —dijo Will—. Te vi. ¿Acaso también has olvidado eso?

—Yo no he olvidado nada —dijo con desprecio el Caminante—. Ahora ya no tengo miedo. Lo perdí cuando me deshice del signo. Deja que me marche. Déjame reunirme con los míos —dijo con un curioso y envarado aire formal.

—A tus amigos no les importó dejarte abandonado en la nieve para que murieras. Por otro lado, yo no te retengo aquí. Sólo te traje para que te viera el médico. Aunque no esperes que él te deje marchar en plena tormenta.

—Entonces vendrá el Jinete —dijo el anciano con los ojos encendidos y alzando la voz hasta gritarle a todos los presentes—. ¡Vendrá el Jinete! ¡Vendrá el Jinete!

Will dejó de interrogarlo cuando su padre y el doctor se acercaron precipitadamente a la cama.

—Pero ¿de qué demonios va todo esto? —preguntó el señor Stanton.

El Caminante se había echado hacia atrás y volvía a farfullar enojado mientras el médico se inclinaba hacia él.

—¡Quién sabe! —suspiró Will—. Decía tonterías. Creo que el doctor Armstrong tiene razón; está un poco zumbado. ¿Qué le ha ocurrido al señor Lyon? —preguntó, echando un vistazo a la sala y comprobando que no se veía rastro de él.

—Anda por ahí —dijo su padre sin darle importancia—. Ve a buscar a los gemelos, Will. Yo iré a mirar si la tormenta ha amainado lo suficiente para poder salir.

Will estaba de pie en el bullicioso salón, y la gente iba y venía con mantas y almohadas, con tazas de té y bocadillos que iban a buscar a la cocina y platos vacíos que devolvían a ella. Se sintió raro, distante, como si se encontrara suspendido en medio de este mundo atribulado y, sin embargo, no formara parte de él. Observó la enorme chimenea. Ni siquiera el fragor de las llamas podía ahogar el aullido del viento exterior, ni el azote de la gélida nieve golpeando los cristales.

Las llamas crecieron y captaron la atención de Will. Desde algún lugar al margen del tiempo Merriman le decía mentalmente:

—Ten cuidado. Es verdad. El Jinete vendrá a buscarlo. Por eso quise traerte aquí, porque estamos en un lugar que el tiempo ha fortalecido. Si no, el Jinete habría ido a tu casa, acompañado de todas sus huestes...

—¡Will! —La imperiosa voz de contralto de la señorita

Greythorne resonó en los oídos del muchacho—. ¡Ven aquí!

Will volvió a la realidad y fue hacia ella. Vio a Robin junto a su silla y a Paul que se acercaba con una caja alargada y plana en las manos cuya forma le resultaba familiar.

—Hemos pensado que vamos a dar una especie de concierto hasta que el viento amaine —dijo de modo repentino la señorita Greythorne—. Todos participaremos. Todos aquellos a quienes les apetezca, claro. Haremos un *cailey* o como sea que lo llaman los escoceses.

Will se fijó en que los ojos de Paul irradiaban felicidad.

—Paul tocará esa vieja flauta que tanto le gusta —añadió la señorita Greythorne.

—En el momento adecuado —dijo Paul—, y tú cantarás.

—Muy bien —accedió Will, mirando a Robin.

—Yo me encargaré de coordinar los aplausos —ironizó Robin—. Aquí sí que hay trabajo; parece que somos un pueblo condenadamente artístico. La señorita Bell recitará un poema, por parte de los Dorney tocará un grupo folk que han montado tres de ellos, y dos incluso se han traído la guitarra. El anciano señor Dewhurst hará un monólogo; a ver quién es el guapo que lo impide... La hija de no sé quién quiere bailar. ¡Hay una lista interminable!

—He pensado, Will, que a lo mejor te gustaría ser el primero en actuar —dijo la señorita Greythorne—. Si empiezas a cantar tú... cualquier cosa, lo que más te guste, la gente callará para escucharte y la sala quedará en silencio. Creo que eso es mejor que tocar una campanilla o un timbre cualquiera para anunciar que vamos a empezar el concierto, ¿no crees?

—Supongo que será lo mejor —dijo Will, aunque la idea de abandonarse a la música sosegada estaba muy lejos de su pensamiento en esos momentos.

Pensó un poco y recordó una cancioncilla melancólica que el maestro de música de la escuela había adaptado a su voz el trimestre anterior para hacer una prueba. Will tuvo la sensación de estar presumiendo, pero abrió los labios desde el lugar donde se encontraba y empezó a cantar.

Blanco se extiende el largo camino a la luz de la luna,
y la luna luce virgen en lo alto;
blanco se extiende el largo camino a la luz de la luna
que me separa y aleja de mi amor.

Sus márgenes están quietos, y ni una ráfaga los altera,
quietas, muy quietas también siguen las sombras:
y mis pies sobre el polvo que la luna ilumina
prosiguen su incansable marcha.

Las voces de la gente que charlaba fueron apagándose. Vio que los invitados de la mansión volvían la cabeza hacia él, y casi se saltó una nota al reconocer a las personas que en vano había esperado encontrar. Guardando silencio y de pie al fondo de la sala estaban el granjero Dawson, el viejo George y John Smith y su esposa: todos los Ancestrales preparados para formar el círculo si se terciaba. No muy lejos pudo ver al resto de la familia Dawson y a su padre, el cual se había reunido con ellos.

El mundo es redondo, dicen los viajeros,
y aunque muy recto discurra el sendero
tú avanza, avanza con tesón
y llegarás a buen puerto.
El camino te guiará de vuelta.

245

Por el rabillo del ojo vio con un sobresalto la figura del Caminante. Se había envuelto en una manta a modo de capa, y estaba de pie ante el umbral de la pequeña enfermería, escuchando. Will percibió su cara y lo que vio lo dejó perplejo. La astucia y el terror habían desaparecido de su rostro triangular y envejecido, y sólo eran visibles la tristeza y una añoranza desesperada. Incluso asomaban las lágrimas a sus ojos. Era el rostro de un hombre contemplando algo inmensamente precioso que ha perdido para siempre.

Durante unos breves momentos Will creyó que con su música podría atraer al Caminante hacia la Luz, y mientras cantaba, lo observaba con atención, haciendo que las notas más tristes sonaran seductoras, mientras aquél, sin fuerzas y con amargura, le sostenía la mirada.

Y antes de que el círculo deprisa se cierre
lejos, muy lejos nos ha de llevar;
blanco se extiende el largo camino a la luz de la luna
que me separa y aleja de mi amor.

El público estaba sobrecogido por la emoción, y el muchacho seguía cantando. Su diáfana voz de soprano que no parecía pertenecerle del todo se elevó con un son agudo y remoto, desvaneciéndose en el aire. Se hizo un breve silencio, ese momento tras la actuación que más significaba para Will, y luego hubo una inmensa ovación. Will oía los aplausos de lejos.

—Hemos pensado que para pasar el rato todos aquellos que lo deseen podrían entretenernos con sus actuaciones —dijo en voz alta la señorita Greythorne—. Así apagaremos con nuestras voces el fragor de la tormenta. ¿A quién le apetece apuntarse?

Un murmullo de animación recorrió la sala mientras Paul

empezaba a tocar la flauta antigua de la mansión, muy suave y flojito. Su exquisita dulzura conquistó a los presentes, y Will fue recobrando la confianza a medida que escuchaba la melodía y el recuerdo de la Luz poblaba de imágenes su memoria. Sin embargo, de repente las notas parecieron dejar de inspirarle fuerza. Ni siquiera podía escucharlas. Un escalofrío le recorrió la espalda y los huesos empezaron a dolerle. Entonces supo que algo o alguien se acercaba, maldiciendo todo lo que tenía que ver con la mansión y sus ocupantes, pero, sobre todo, ese influjo maléfico iba dirigido a él.

Nuevas ráfagas de viento azotaban la ventana y hacían temblar los cristales. Alguien golpeó la puerta con todas sus fuerzas. En el otro extremo de la habitación el Caminante se irguió de un salto, con una mueca dibujada en su rostro, expectante. Paul seguía tocando sin inmutarse. Volvió a oírse el mismo estruendo. Entonces Will cayó en la cuenta de que los demás no percibían lo que estaba sucediendo; a pesar de que el viento era casi ensordecedor, los que se habían reunido en la mansión no captaban lo mismo que él, y, por consiguiente, tampoco se enterarían de lo que iba a ocurrir a continuación. Hubo un tercer estrépito, y Will comprendió que tendría que reaccionar. Caminó entre la muchedumbre, la cual hacía caso omiso, y se dirigió a la puerta. Agarró la manilla en forma de gran círculo de hierro, murmuró unas palabras casi sin aliento en el lenguaje de los Ancestrales y abrió la puerta de par en par.

La nieve lo salpicó, la aguanieve bañó su rostro y el viento se coló sibilante en el vestíbulo. En la oscuridad el magnífico caballo negro piafaba, agitando los cascos por encima de la cabeza de Will. Tenía los ojos enloquecidos, y le salía espuma de la quijada. A lomos del animal montaba el Jinete, con sus ojos azules chispeando y su fulgurante y rojiza cabellera ondeando al viento. Will no pudo reprimir un grito, y se protegió el rostro con un brazo de manera instintiva.

El semental negro relinchó de manera salvaje y de un salto escapó con el Jinete hacia la oscuridad. La puerta se cerró de golpe, y los oídos de Will volvieron a llenarse de música, esa suave melodía que Paul tocaba con la flauta antigua. La gente seguía sentada y arrellanada, en la misma actitud tranquila de antes. Will seguía con el brazo encogido, cubriéndose la cabeza. Lentamente recobró su posición habitual, y entonces el muchacho advirtió una cosa que había olvidado por completo. En la cara interna del antebrazo, la parte que había mostrado al Jinete Negro al levantarlo, estaba la cicatriz de la quemadura que se había hecho con el Signo de Hierro. La primera vez que estuvo en ese mismo salón pero en otra época distinta se quemó con el signo cuando las Tinieblas intentaron atacarlo; y la Dama le curó la herida. Will la había olvidado por completo. «Tú ya tienes uno de los signos de fuego...»

Ahora entendía lo que la mujer quiso decirle.

Uno de los signos de fuego había alejado a las Tinieblas, y quizá lo había librado del ataque más feroz. Will se apoyó contra la pared y se abandonó, intentando recobrar el aliento. Sin embargo, al dirigir la mirada hacia la tranquila multitud que escuchaba el concierto, vio un personaje que volvió a infundirle sospechas, y con el rápido instinto de la gramática mistérica supo que había sido víctima de un engaño. Había creído que se enfrentaba al enemigo, y en cierto modo así era, pero al abrir la puerta, había permitido que las Tinieblas se comunicaran con el Caminante y que éste recobrara sus fuerzas de algún modo, recuperando el poder que había estado esperando.

El Caminante seguía de pie, pero ahora se le veía más alto, con los ojos brillantes, la cabeza levantada y la espalda recta.

—Ven, lobo; ven, sabueso; ven tú también, gato —decía con un brazo en alto y una voz potente y clara—. Ven, rata; venid, Held y Holda. Ura, Tann, Coll... ¡yo os invoco a todos!; Quert y Morra, acudid a la llamada; venid, Maestro, ¡yo os dejaré entrar!

Siguió citando nombres, y la lista era larguísima. Will ya la conocía por *El libro de la gramática mistérica*. Nadie de los que estaban reunidos en el salón de la señorita Greythorne era capaz de ver u oír lo que estaba sucediendo. Todos seguían escuchando a Paul igual que antes, y cuando su actuación terminó, el anciano señor Dewhurst empezó su monólogo, imponiendo su voz con determinación. Nadie parecía ver a Will. El muchacho se preguntó si su padre, quien charlaba con los Dawson, no tardaría en darse cuenta de que su hijo menor había desaparecido.

Sin embargo, pronto dejó de preocuparse, porque mientras el Caminante seguía citando más nombres, percibió que la sala empezaba a cambiar con sutileza; el salón antiguo de la Dama afloró en su conciencia y fue absorbiendo paulatinamente la apariencia del presente. Sus amigos y familiares se desvanecieron; solo el Caminante, situado en el extremo opuesto al fuego que ardía en la espaciosa estancia, era igual de visible que antes. Mientras Will seguía mirando el grupo en el que se encontraba su padre, fue testigo, justo en el momento de desaparecer, del proceso de desdoblamiento que utilizaban los Ancestrales para moverse en el tiempo. Frank Dawson salía de sí mismo sin esfuerzo alguno, y su otro yo se desvanecía en el presente. A medida que se acercaba a Will, la segunda forma iba ganando en claridad. Tras él, y del mismo modo, acudió el viejo George, el joven John y la mujer de ojos azules. Will tuvo conciencia entonces de que él también había llegado hasta allí exactamente igual.

Los cuatro personajes se agruparon a su alrededor en medio del salón de la Dama, mirando hacia fuera y formando cuatro esquinas. Mientras el Caminante seguía invocando a las Tinieblas, la sala empezó a cambiar de nuevo. En las paredes oscilaban unas luces y unas llamas extrañas, que oscurecían las ventanas y los tapices. A cada nombre pronunciado se elevaba en el aire un fuego azul, con un silbido, para extinguirse luego. En las paredes contrarias a la chimenea, tres inmensas y siniestras llamas se elevaron hasta el techo sin apagarse después, sino que siguieron bailando y retorciéndose con un fulgor que nada bueno presagiaba, mientras una luz fría lo iluminaba todo.

Ante el hogar y sentado en la colosal silla labrada que había ocupado desde el principio, Merriman permanecía inmóvil. Su posición denotaba una terrible fuerza contenida, y Will contempló sus anchas espaldas con aprensión, igual que hubiera observado un muelle gigantesco a punto de soltarse con un chasquido.

—Ven Utah, ven Truith... —iba recitando en voz alta el Caminante—. Ven Eriu, ven Loth; Hergo, Celmis, ¡a vosotros también os invoco!

Merriman se puso en pie, y su figura era una columna altísima y negra coronada por un penacho blanco. Se había ceñido la capa alrededor del cuerpo. Sólo quedaba al descubierto su cara cincelada como la piedra mientras la luz centelleaba en su masa de cabello cano. El Caminante lo miró y pareció desfallecer. En la estancia los fuegos y las llamas de las Tinieblas silbaban y danzaban, blancos, azules y negros, sin tonalidades doradas, rojizas o anaranjadas. Las nueve llamas más altas se erguían como árboles amenazadores.

Sin embargo, parecía que el Caminante se había quedado

sin voz, Miró de nuevo a Merriman y dio un respingo. Sopesando la mezcla de deseo y temor que le asomaba a los ojos, Will de repente supo quién era.

—Hawkin —dijo Merriman en voz baja—. Todavía estás a tiempo de volver a casa.

EL HALCÓN SE REÚNE CON LAS TINIEBLAS

—No —susurró el Caminante.

—Hawkin —insistió con cariño Merriman—. Todos los hombres tienen una segunda oportunidad, la oportunidad de conseguir el perdón. No es demasiado tarde. Regresa, ven a la Luz.

—No —decía el vagabundo con una voz apenas audible, un mero resuello.

Las llamas ardían quietas y constantes en la sala. Nadie se movía.

—Hawkin —dijo Merriman con un tono de voz que no pretendía imponerse, sino sólo reflejar cariño e implorar su atención—. Hawkin, vasallo mío, abandona las Tinieblas. Intenta recordar. Hubo un tiempo en que entre los dos reinaba el amor y la confianza.

El Caminante lo miró como un condenado, y entonces, en su cara puntiaguda y arrugada, Will pudo ver con claridad los rasgos de Hawkin, el hombrecillo vivaracho que había sido arrancado de su tiempo para entregarle *El libro de la gramática mística*, y que tras la conmoción sufrida al haberse enfrentado a la muerte, había traicionado a los Ancestrales, aliándose con las Tinieblas. Recordó el sufrimiento en los ojos de Merriman mientras ambos revivían esa traición, y la terrible fatalidad con la que había contemplado el sino de Hawkin.

El Caminante seguía mirando a Merriman, pero sus ojos no lo veían. Rememoraba el pasado, y volvía a descubrir todo aquello que había olvidado o apartado del pensamiento.

—Vos pusisteis en peligro mi vida por un libro —dijo despacio y en tono de creciente reproche—. ¡Por un libro! Al buscarme unos maestros más considerados, me enviasteis a mi propia época, pero las cosas habían cambiado. Marcasteis en mi destino el que llevara el signo siempre conmigo —exclamó con la voz rota por el dolor y el resentimiento a medida que iba recordando—. Llevé el Signo de Bronce durante muchísimos siglos. Por vuestra causa dejé de ser un hombre para convertirme en una criatura en perenne huida, siempre a la búsqueda de su destino y acosada. Vos impedisteis que yo pudiera envejecer con decencia en mi propia época, como hacen todos los hombres cuando tras vivir su vida el peso de los años les hace desear abandonarse al sueño de la muerte. Vos me privasteis de mi derecho a morir. Me enviasteis a mi propia época con el signo, hace ya muchísimo tiempo; y me obligasteis a llevarlo conmigo durante seiscientos años, hasta ahora —proclamó, y miró parpadeando a Will con los ojos encendidos por el odio—. Hasta que el último de los Ancestrales naciera y me librara del signo. Eres tú, muchacho; todo confluye en ti. El cambio de época, eso me arrebató mi preciosa vida de ser humano, y todo fue por tu causa. Antes de que tú nacieras y después. Por tu condenado don de la gramática mistérica, perdí todo aquello que siempre había amado.

—Escúchame, Hawkin —imploró Merriman—. ¡Todavía

puedes volver a casa! ¡Decídete! Es tu última oportunidad; podrás volver al seno de la Luz y recuperar tu vida.

Su porte estilizado y orgulloso se inclinó hacia delante, en un gesto de súplica, y a Will le dolió aquella imagen, porque conocía sus sentimientos, y sabía que Merriman atribuía a un error de cálculo la traición de su siervo Hawkin y la vida del desdichado Caminante, convertido en un silbante proyectil a las órdenes de las Tinieblas.

—Te lo ruego, por lo que más quieras, hijo mío... —dijo Merriman con la voz rota.

—No —respondió el Caminante—. Encontré mejores maestros que vos.

El gélido ardor de las nueve llamas de las Tinieblas que cubrían las paredes se intensificó, y el fuego las atizó con una luz azulada y temblorosa. El vagabundo se arrebujó en la manta oscura en la que se había envuelto y miró con ojos enloquecidos la sala.

—¡Maestros de las Tinieblas! ¡Yo os invoco! —gritó desafiante.

Las nueve llamas se apartaron de las paredes y avanzaron hacia el centro de la estancia, acercándose a Will y los cuatro Ancestrales, quienes seguían colocados de cara hacia fuera. El fulgor blancoazulado cegó a Will, y el muchacho dejó de ver al Caminante. A través de las intensísimas luces su voz estridente seguía gritando, llena de una profunda y salvaje amargura:

—¡Arriesgasteis mi vida por el libro! ¡Me obligasteis a transportar el signo! ¡Permitisteis que las Tinieblas me acosaran a lo largo de todos esos siglos sin dejarme morir! ¡Ahora, mi señor, os toca a Vos!

«... a Vos! ...a Vos!», y las paredes devolvieron el eco de sus gritos. Las nueve altas llamas se acercaron todavía más, despacio, y los Ancestrales seguían plantados en el centro mismo de la habitación, mirando cómo se aproximaban. Merriman se alejó de la lumbre y lentamente fue a reunirse con ellos. Will vio que su rostro, con las líneas de expresión muy marcadas, volvía a mostrarse impasible, y su profunda mirada era vacua y sombría. Tuvo entonces la certeza de que pasaría muchísimo tiempo antes de que nadie pudiera leer en él la más mínima emoción que lo delatara. La oportunidad que se le había brindado al Caminante de volver a ocupar el pensamiento y el alma de Hawkin había sido rechazada; y ahora ya era demasiado tarde.

Merriman levantó ambas manos y la capa ondeó como si fuera un par de alas.

—¡Deteneos! —gritó con su grave voz, fustigando el crepitar del silencio. Las nueve llamas se detuvieron, suspendidas en el aire—. En nombre del círculo de los signos, yo os ordeno que abandonéis esta casa —dijo Merriman con voz clara y firme.

La fría luz de las Tinieblas que inundaba la sala y se vislumbraba tras las enormes y erguidas llamas titiló y restalló como la risa; y de la negrura del fondo, surgió la voz del Jinete Negro.

—Vuestro círculo no está completo y carece del poder para echarnos —dijo en son de burla—. Además vuestro vasallo nos ha llamado, invitándonos a esta casa, como ya había hecho antes y puede volver a hacer, si quiere; porque es nuestro vasallo, y no el vuestro, señor. El halcón se ha reunido con las Tinieblas... Vos ya no podéis alejarnos de aquí. No hay llama ni fuerza algunas, ni ninguna suma de poderes que puedan echarnos. Romperemos vuestro círculo de fuego antes de que lo obtengáis, y vuestro círculo jamás se completará. Se destruirá en el frío, señor, en las Tinieblas y en el frío...

Will temblaba. La verdad era que hacía mucho frío en la sala. El aire era como una corriente de agua helada que llegaba de todos lados. El fuego de la chimenea no calentaba, porque su calor era absorbido por las frías y azuladas llamas de las Tinieblas que lo rodeaban. Las nueve llamas volvieron a oscilar, y cuando el muchacho las miró, habría podido jurar que no eran llamas, sino carámbanos gigantescos, del mismo tono blancoazulado pero sólidos, amenazantes, unas imponentes columnas a punto de derrumbarse sobre sí mismas y aplastarlos con todo su peso y su gelidez.

«... y en el frío... y en el frío...», decía el eco del Jinete Negro desde las sombras. Will miró a Merriman alarmado. Sabía que todos y cada uno de los Ancestrales que se encontraban en la estancia habían estado combatiendo la fuerza de las Tinieblas con todos los poderes que tenían a su alcance desde el preciso momento en que el Jinete empezara a hablar; y nada de todo eso había servido.

—Hawkin es quien ha permitido que entren, igual que hizo cuando nos traicionó por primera vez —dijo en voz baja Merriman—. Nosotros no podemos impedirlo. Hubo un tiempo en que gozó de mi confianza, y eso todavía le da un cierto poder, aun cuando esa confianza ya ha desaparecido. Nuestra única esperanza es la misma que teníamos al principio: el hecho de que Hawkin tan solo es un hombre... Porque frente a los hechizos del abismal frío, poco podemos hacer.

Con el entrecejo fruncido contempló el anillo de fuego blanquiazulado que parpadeaba y bailaba. El frío también parecía haber hecho mella en el joven. Tenía mal aspecto y las mejillas hundidas.

—Harán que penetre en la casa el frío glacial —se dijo casi a sí mismo—. El frío del vacío, del espacio negro...

El frío fue apoderándose de él, y no sólo de su cuerpo, sino también de su mente. Sin embargo, las llamas de las Tinieblas parecían disminuir al mismo tiempo, y Will se dio cuenta de que su propio siglo volvía a aparecer en torno a ellos. Habían vuelto a la mansión de la señorita Greythorne... sin lograr liberarse del frío.

Las cosas habían cambiado; el murmullo de animadas voces había cedido paso a un mutismo angustiado, y la sala de altos techos estaba en penumbra, iluminada tan sólo con velas dispuestas en candelabros, tazas y platos, y diseminadas por todos los lugares posibles. Las brillantes lámparas eléctricas se habían apagado y los largos radiadores metálicos que calentaban casi toda la estancia no despedían calor alguno.

Merriman aterrizó a su lado de manera desconcertante, como quien acaba de llegar tras salir a hacer un recado rápido. La capa era algo distinta, y el sobretodo de amplia caída que había llevado unas horas antes se había convertido en un frac.

—No podemos hacer gran cosa ahí abajo, señora —le dijo a la señorita Greythorne—. Por supuesto la caldera se ha apagado. No hay corriente eléctrica. Tampoco tenemos teléfono. He hecho sacar todas las mantas y las colchas de la casa y la señorita Hampton está preparando muchos litros de sopa y bebidas calientes.

—Hicimos bien en conservar los antiguos hornillos de gas —dijo la señorita Greythorne con un rápido gesto de aprobación—. Querían que me deshiciera de ellos, ¿sabe, Lyon?, cuando me pusieron la instalación eléctrica. Yo me negué en redondo. La electricidad... ¡bah! Siempre sospeché que a esta casa tan vieja no le agradaría.

—He hecho que entren la mayor cantidad posible de leña para mantener encendido el fuego —dijo Merriman, pero en ese mismo instante, como burlándose de sus palabras, un gran silbido acompañado de muchísimo vapor salió de la ancha chimenea, y los que estaban cerca se apartaron de un brinco, tosiendo y mascullando. Will divisó a Frank Dawson y al viejo George entre la repentina nube de humo que se había formado en el interior. Intentaban salvar el fuego. No obstante, ese fuego ya se había apagado.

—¡La nieve baja por la chimenea! —anunció el granjero Dawson, tosiendo—. Necesitaremos cubos, Merry, ¡rápido! Esto está hecho un asco.

—¡Voy! —gritó Will, dando un salto para ir a la cocina, contento de tener la oportunidad de moverse.

Sin embargo, antes de que pudiera llegar a la puerta y mientras pasaba junto a los apiñados grupos de gente asustada y muerta de frío, una figura se interpuso en su camino, y dos manos le agarraron los brazos con tanta fuerza que gimió de dolor. Unos centelleantes ojos le traspasaron la mirada, fieros y deslumbrantes de triunfo, y la voz aguda y fina del Caminante chirrió en su oído.

—¡Vaya, vaya! ¡Si tenemos aquí a un Ancestral! ¿Sabes qué va a ocurrirte, Ancestral? El frío está penetrando en la casa, y las Tinieblas te dejarán congelado. Muerto de frío, paralizado; no podréis hacer nada para evitarlo. Nadie podrá proteger los preciosos signos que llevas en el cinturón.

—¡Déjame marchar! —se debatía Will enojado, pero las manos que le asían por la muñeca tenían la fuerza de la locura.

—¿Sabes quién se quedará con los signos, Ancestral? Yo. El pobre Caminante será quien los luzca. Es la recompensa que me han prometido por mis servicios; los señores de la Luz jamás me ofrecieron una recompensa igual... Ni siquiera la más mínima recompensa. Yo seré ahora el Buscador de los Signos, yo; y todo lo que ha sido tuyo ahora será sólo mío.

Intentó aferrarse al cinturón de Will, con el gesto tenso en señal de victoria y la baba cayéndole como espuma por las comisuras de la boca. Will pidió auxilio. De inmediato John Smith acudió junto a él, con el doctor Armstrong a sus espaldas. El fornido herrero sujetó las manos crispadas del Caminante y se las dobló a la espalda. El anciano maldecía y chillaba, con los ojos encendidos por el odio que sentía por Will, y ambos hombres tuvieron que forcejear para reducirlo. Al final consiguieron atraparlo y acallar su agresividad. Entonces el doctor Armstrong se apartó con un suspiro de exasperación:

—Este tipo debe ser lo único que no se ha congelado en este país. Ha ido a escoger un buen momento para volverse loco... Tanto si tiene pulso como si no, voy a dormirlo un rato. Es un peligro para la comunidad y para sí mismo.

Frotándose la magullada muñeca, Will pensó: ¡No sabe usted bien qué clase de peligro representa! Entonces comprendió de repente lo que había querido decir Merriman cuando afirmó que la única esperanza que les quedaba era la misma que tenían al principio: el hecho de que Hawkin tan sólo era un hombre.

—Aguántalo ahí, John, mientras voy a buscar mi maletín —dijo el doctor, desapareciendo entre la sala.

John Smith, con un enorme puño agarrando el hombro del Caminante y el otro enlazando sus muñecas, guiñó un ojo a Will, animándolo a entrar en la cocina con un gesto. Entonces el muchacho recordó lo que había ido a buscar y corrió a cumplir con su recado. Cuando volvió como una exhalación, cargado con dos cubos vacíos balanceándose en cada una de sus manos, vio jaleo en la chimenea; se oían de nuevo los silbidos, y una humareda escapaba del tiro. Frank Dawson retrocedió a trompicones.

—¡No hay nada que hacer! —dijo con furia—. ¡Está todo perdido! Tan pronto como consigues limpiar la chimenea, la nieve vuelve a entrar a destajo; y el frío... Míralos, Will —dijo, observando con desesperación a su alrededor.

En la habitación reinaba la tristeza y el caos: los bebés lloraban, los padres se acurrucaban contra sus hijos para darles calor y aliento. Will se frotó las manos heladas e intentó sentir los pies y el rostro, ateridos de frío. La sala estaba cada vez más fría, y en el helado mundo exterior no se oía sonido alguno, ni siquiera el viento. La sensación de hallarse en dos niveles del tiempo seguía rondándole en el pensamiento, a pesar de que lo único de que era consciente en la antigua mansión, como un inacabable y funesto presagio, era de las nueve inmensas llamas de hielo, lanzando sus inacabables destellos en las paredes lindantes a la chimenea. Cuando descubrió por primera vez que el frío lo había devuelto a su propia época, las velas eran como espectros, apenas visibles, pero a medida que la temperatura bajaba, iban destacándose cada vez más. Will las observó. Comprendió que de algún modo personificaban el poder de las Tinieblas en el cenit del solsticio de invierno; sin embargo, también entendía que formaban parte de una magia independiente que las Tinieblas aprovechaban y que, al igual que muchísimas otras cosas en la larga batalla que libraban contra el reino del mal, la Luz podía apropiarse de ella si lograba actuar correctamente en el momento adecuado. Pero ¿cómo lo conseguiría? ¿Cómo?

El doctor Armstrong volvía a la enfermería con su maletín negro. Quizá después de todo había un modo, solo uno, de detener a las Tinieblas antes de que el frío alcanzara el punto de la aniquilación. Si un hombre, de manera involuntaria, ayudara a otro... Quizá con ese pequeño acontecimiento podrían alejar de sí toda la fuerza sobrenatural de las Tinieblas. Will aguardaba, tenso por la excitación. El doctor se dirigió hacia el Caminante, quien seguía maldiciendo con palabras incoherentes, sometido por la fuerza del herrero John, y le deslizó con destreza una aguja en la piel antes de que el hombre supiera lo que estaba ocurriendo.

—Ya está —dijo con voz amable—. Eso le ayudará. Duerma.

Movido por el instinto, Will se adelantó por si necesitaban ayuda, y vio que Merriman, el granjero Dawson y el viejo George también se aproximaban. El médico y el paciente quedaron encerrados en el anillo que habían formado los Ancestrales, una circunferencia perfecta que los protegía contra las interferencias. El Caminante vio a Will y gruñó como un perro, mostrando unos dientes rotos y amarillentos:

—Morirás congelado.... Morirás... —le espetó— y los signos serán míos, intentes... lo que... intentes...

No pudo terminar la frase y entrecerró los ojos. La voz le flaqueaba a medida que la droga empezaba a amodorrarlo, y cuando la sospecha empezó a asomarle a los ojos, los párpados se le cerraron. Los Ancestrales dieron un par de pasos, estrechando el círculo. El anciano volvió a parpadear, y puso los ojos en blanco durante un horrible segundo. Luego quedó inconsciente. Al cerrar su mente, también se le cerraba a las Tinieblas la entrada a la casa.

De repente la habitación cambió, aliviándose la tensión. El frío no era tan acuciante, la angustia y la preocupación que flotaban a su alrededor como una neblina empezaron a menguar. El doctor Armstrong se puso en pie, con una expresión interrogativa y confusa. Su sorpresa fue mayor cuando se vio dentro del círculo de rostros atentos.

—Pero ¿qué...? —empezó a decir indignado.

Sin embargo, Will no pudo oír el resto de la pregunta, porque Merriman lo llamaba entre la multitud, con premura y en silencio, en el lenguaje mental del que los seres humanos quedaban excluidos.

—¡Las velas! ¡Las velas invernales! ¡Cogedlas, antes de que se desvanezcan!

Los cuatro Ancestrales se precipitaron hacia la sala en distintas direcciones. Los extraños cilindros blanquiazulados seguían suspendidos de manera fantasmagórica, ardiendo con sus gélidas llamas. Avanzaron con prontitud hacia las velas y las agarraron, una en cada mano. Will, al ser más bajo, se subió de un salto a una silla para hacerse con la última. Era fría, suave y pesada al tacto, como hielo sin fundir. En el instante en que la tocó, se sintió mareado, y la cabeza empezó a darle vueltas...

Había regresado a la espaciosa sala del pasado con sus cuatro compañeros, y junto a la chimenea vio a la Dama sentada en la silla de respaldo alto, con la esposa del herrero, de claros ojos azules, descansando a sus pies.

Estaba claro lo que había que hacer. Una vez conseguidas las velas de las Tinieblas, se dirigieron hacia la maciza mesa sobre la cual reposaba el magnífico candelero circular en forma de mandala de hierro. Los Ancestrales depositaron la preciada carga en los nueve orificios todavía vacíos de la cruz central, Las velas cambiaron sutilmente al ocupar su lugar; la llama se adelgazó y estilizó, y pasó de la tonalidad fría e inquietante del azul a la de un dorado blanquecino. Will fue el último en poner la vela. Alargó el brazo y la insertó en el último soporte, justo en el centro del dibujo; y tras su gesto, las llamas de todas las velas salieron despedidas en un círculo triunfante de fuego.

—Ése es el poder que hemos arrebatado a las Tinieblas, Will

Stanton —dijo la anciana con su frágil voz—. Los espectros del mal invocaron a las velas invernales, sirviéndose de una magia neutra, para convertirlas en fuerzas destructoras. Ahora que nos hemos apropiado de ellas con mejores fines, su poder será mayor, y gracias a él podrán entregarte el Signo de Fuego. Fíjate.

Se retiraron y observaron la escena. La última vela que Will había colocado en el centro empezó a crecer. Cuando su llama se elevaba por encima de las demás, fue ganando color, y se tiñó de amarillo, naranja y rojo bermellón. El resplandor siguió creciendo y se convirtió en una rara flor, dotada de un tallo extraño. En la llama ardía una flor curva y de múltiples pétalos, y cada uno de ellos reflejaba una tonalidad distinta de los colores de la llama. Con pausada gracia los pétalos se abrían y caían, flotando y fundiéndose en el aire. Al final, del extremo del largo y curvado tallo de la planta bermeja se desprendió una brillante y redondeada vaina con un grácil movimiento, y luego se abrió con una rápida y silenciosa explosión. Sus cinco lados se desplegaron a la vez, como unos pétalos más consistentes, y en el interior apareció un círculo dorado y rojizo de una forma conocida.

—Cógelo, Will —dijo la Dama.

Will dio dos vacilantes pasos hacia la mesa, y el magnífico y estilizado pedúnculo se inclinó hacia él. Cuando el muchacho acercó su mano, notó que estaba apresando el círculo dorado. De súbito la fuerza de un poder invisible lo sacudió, recordándole la sensación que tuvo al destruirse *El libro de la gramática mistérica*. Trastabilló un poco y recuperó el equilibrio, y entonces vio que la mesa estaba vacía. Con la rapidez de un relámpago todo lo que había encima de ella había desaparecido: la extraña flor, las nueve velas, colosales y llameantes, y el candelabro de hierro en forma de signo que las sostenía. No quedaba nada. Nada, salvo el Signo de Fuego.

Will lo tenía en la palma de la mano, y era cálido al tacto. Jamás había visto algo tan bello. Con gran maestría habían batido varias clases de oro de diferente color hasta darle la forma de una cruz circunscrita en un círculo, y a cada lado habían montado diminutas piedras preciosas: rubíes, esmeraldas, zafiros y diamantes, combinados todos ellos en unos dibujos rúnicos muy originales que le resultaban vagamente familiares. Las gemas resplandecían en su mano, lanzando destellos similares a los de todas las variantes del fuego. Al observarlo más detenidamente, vio que sobre el borde exterior había inscritas unas palabras diminutas:

LIHT MEC HEHT GEWYRCAN

—La Luz ordenó que fuera labrado —tradujo Merriman en voz baja.

Tan sólo les faltaba un signo. Will no cabía en sí de alegría, y levantó el brazo al aire, sosteniendo el signo en alto para que los demás lo vieran. El círculo de oro grabado atrapó el fulgor de todas las luces de la sala, parpadeando como si fuera una auténtica llama. En el exterior resonó un rugido atronador, como un prolongado lamento de rabia que retumbó y bramó sin cesar, en un estertor final. Con el fragor en sus oídos Will regresó a la sala de la señorita Greythorne, y vio todos los rostros familiares de la gente del pueblo vueltos hacia el techo con aire interrogante, preguntándose qué había sido ese gruñido tan espectacular.

—¿Es un trueno? —dijo alguien desconcertado.

Una luz azulada parpadeó en todas las ventanas y el trueno cayó tan ensordecedoramente cerca que todos se sobresaltaron. Volvió la luz, y se oyó de nuevo el bramido sordo. Un niño empezó a llorar, con un llanto fuerte y agudo. No obstante, a pesar de que la multitud esperaba oír el siguiente estruendo, se hizo el silencio. No hubo rayos ni truenos, ni siquiera un murmullo distante, Al cabo de un breve silencio en el que todos contuvieron el aliento y sólo era audible el silbido de las cenizas en la chimenea, empezó a definirse un suave golpeteo en el exterior, que fue creciendo hasta hacerse inconfundible, como un *staccato* mal articulado dirigido contra las ventanas, las puertas y el techo.

—¡Está lloviendo! —dijo la misma voz anónima.

Un murmullo en la sala la coreó con entusiasmo, y las expresiones lúgubres se iluminaron con sonrisas; hubo quien corrió hacia las oscuras ventanas para escrutar el exterior, y desde allí empezó a hacer señas a los demás, saltando de alegría. Un anciano a quien Will no recordaba haber visto nunca se volvió hacia él y le dedicó una sonrisa desdentada.

—¡La lluvia fundirá toda esa nieve! —farfulló—. ¡Se fundirá en un abrir y cerrar de ojos!

—¡Estás ahí! —exclamó Robin, saliendo de la multitud—. ¿Estoy más loco que una cabra o en esta habitación que estaba al borde del colapso ahora empieza a hacer calor?

—Hace más calor —dijo Will, sacándose el jersey y dejando al descubierto el Signo de Fuego, que ahora iba ceñido al cinturón del muchacho, a salvo junto a los demás instrumentos del poder.

—¡Qué raro! Hace un rato hacía un frío del demonio... Me imagino que ahora vuelve a funcionar la calefacción central.

—¡Vamos a ver la lluvia! —chillaron un par de muchachos, pasando junto a ellos como una exhalación para alcanzar la puerta principal. Seguían forcejeando con el pomo cuando una serie de golpes rápidos y fuertes resonó en la madera. En el umbral apareció Max, con el pelo chafado por la suave e insistente lluvia. Al muchacho le faltaba el aliento, y boqueaba para recoger aire y poder articular las palabras.

—¿Está la señorita Greythorne?, ¿y mi padre?

Will notó que alguien le ponía una mano en el hombro y vio a Merriman al lado de él. La preocupación que advirtió en su mirada le hizo comprender que, de algún modo, estaban frente a un nuevo ataque de las Tinieblas. Max vio a su hermano menor y se acercó a él, con la lluvia deslizándose por su rostro.

—Ve a buscar a papá —dijo, sacudiéndose la humedad como un perro—, y al doctor también, si está libre. Mamá ha tenido un accidente. Se ha caído por las escaleras. Sigue inconsciente, y creemos que se ha roto una pierna.

El señor Stanton oyó sus palabras y salió disparado hacia donde se encontraba el doctor. Will miró con tristeza a Max.

—¿Esto es obra de las Tinieblas? —dijo muy asustado, dirigiéndose en silencio a Merriman—. ¿De verdad crees que han sido ellas? La Dama dijo que...

—Es posible —le respondió una *voz* mental—. A ti no pueden hacerte daño, y tampoco pueden destruir a los seres humanos. Sin embargo, saben cómo manipularlos para que sean ellos mismos quienes se expongan al peligro; o bien provocan un trueno ensordecedor e inesperado cuando alguien se encuentra en lo alto de una escalera.

Will no siguió escuchando. Salió por la puerta con su padre, sus hermanos y el doctor Armstrong, y la comitiva se puso en marcha, siguiendo a Max hasta llegar a la casa de los Stanton.

EL REY DEL FUEGO Y EL AGUA

James seguía pálido y descompuesto, incluso después de que el médico hubiera llegado sano y salvo y estuviera ya examinando a la señora Stanton en la sala de estar. Se hizo a un lado con los hermanos que tenía más cerca, que resultaron ser Paul y Will, para que los demás no pudieran oírles hablar.

—Mary ha desaparecido —dijo con un deje de amargura.

—¿Que ha desaparecido?

—Os lo prometo. Le dije que no se marchara. No creí que fuera a hacerlo —dijo con una angustia tal que al estoico James casi se le saltaban las lágrimas de los ojos—. Pensé que le daría miedo salir de casa.

—¿Salir? ¿Adónde? —dijo Paul en un tono seco.

—A la mansión. Se marchó después de que Max fuera a buscaros. Gwennie y Bar estaban en la salita con mamá. Mary y yo preparábamos el té en la cocina. Entonces se puso nerviosísima y dijo que hacía demasiado rato que Max se había marchado y que tendríamos que ir a buscarlo por si le había sucedido algo. Yo le dije que no fuera tonta, y que, desde luego, no deberíamos salir por nada del mundo, pero entonces Gwen me llamó para que me encargara del fuego de la sala, y cuando volví, Mary ya se había ido, con su chaquetón y sus botas. No pude ver su rastro en el camino —siguió diciendo James, resollando—. Empezaba a llover y se habían borrado sus huellas. Me disponía a salir a buscarla sin decir nada a nadie, porque las chicas ya tenían bastantes problemas, pero justo entonces llegasteis vosotros. Creí que la habríais encontrado... ¡Dios mío! —exclamó James desconsolado—. ¡Es tonta de remate!

—No te preocupes —dijo Paul—. No puede haber ido muy lejos. Ve con los demás y espera el momento propicio para explicárselo a papá. Dile que he salido a buscarla, y que me marcho con Will. Ambos llevamos todavía los abrigos puestos.

—Bien —dijo Will, quien se apresuraba a barajar diversos argumentos de peso para acompañarlo.

Cuando ya estaban bajo la lluvia y empezaban a chapotear sobre la nieve grisácea, Paul dijo:

—¿No crees que ya sería hora de que me dijeras de qué va todo esto?

—¿Qué? —exclamó Will perplejo.

—¿En qué lío te has metido? —le preguntó Paul con aire severo y escrutador, mirándolo tras sus gruesas gafas.

—En ninguno.

—Mira: si el hecho de que Mary se haya marchado tiene algo que ver con esto, no tienes más remedio que contármelo.

—¡Vaya!

Will se fijó en la actitud beligerante y decidida de Paul, y se preguntó cómo puede explicarse a un hermano mayor que no se es *exactamente* un chico de once años, sino un ser algo distinto a la raza humana que lucha por su supervivencia. Es absolutamente imposible.

—Creo que es por esto —dijo, mirando con cautela alrededor. Se desabrochó la chaqueta y se levantó el jersey para mostrar los signos a Paul—. Son antigüedades. Unas hebillas que el señor Dawson me regaló por mi cumpleaños, pero creo que tienen muchísimo valor, porque hay dos o tres tipos rarísimos que me siguen a todas partes para hacerse con ellas. Un hombre me persiguió por el Camino de Huntercombe en una ocasión... y ese anciano vagabundo está compinchado con ellos... No sé muy bien cómo. Por eso no quería traerlo a casa el día que lo encontramos en la nieve —terminó diciendo, mientras pensaba lo poco coherente que resultaba su explicación.

—Humm... Ya, ¿y ese hombre de la mansión, el nuevo mayordomo? Lyon, se llama, ¿verdad? ¿También él tiene que ver con esos farsantes?

—¡No, no! —se apresuró a aclarar Will—. Es amigo mío.

Paul lo observó durante unos momentos con aire inexpresivo, Will recordaba la paciencia que su hermano había demostrado la otra noche en su buhardilla, al principio de la historia, y el modo en que tocaba la flauta antigua. Entonces supo que si hubiera tenido que confiar en alguno de sus hermanos, Paul habría sido el más indicado. Ahora bien, eso quedaba absolutamente descartado.

—Está claro que no me cuentas de la misa la mitad, pero con eso me basta de momento. Por lo que me dices, parece que esos buscadores de antigüedades quizá hayan amenazado a Mary y la retengan contra su voluntad, como a una especie de rehén.

Habían llegado al final del camino. La lluvia caía con insistencia sobre los muchachos, copiosamente pero sin ensañarse; corría sobre los montículos de nieve, caía de los árboles y estaba convirtiendo la carretera en lo que parecía ser el comienzo de un arroyo que se desplazaba con rapidez. Miraron hacia ambos lados. Fue en vano.

—Deben de haberla cogido —aventuró Will—. Quiero decir que ella debe de haber ido directa a la mansión y, en cambio, nosotros no la vimos al volver a casa.

—De todos modos iremos hacia allí para comprobarlo —dijo Paul, inclinando la cabeza de repente y observando el cielo con desafío—. ¡Mira que llover ahora! ¡Es ridículo! Así... tan de repente. Con toda esa nieve... Además, ya no hace aquel frío helador. No tiene ningún sentido —dijo, pisando la corriente del arroyo en que se había convertido el Camino de Huntercombe—. Claro que muchas cosas ya han dejado de tener sentido para mí —dijo, dedicando a Will una tímida y perpleja sonrisa.

—Ya. Bueno, no, claro...

Will chapoteaba ruidosamente para ahogar sus remordimientos mientras intentaba vislumbrar alguna señal de su hermana a través de la cortina de lluvia. El ruido ahora era ensordecedor: era el sonido de la espuma del mar crepitando entre los guijarros, del rompiente de las olas, mientras la lluvia, transportada rítmicamente por el viento, corría a raudales entre los árboles. Era un sonido antiquísimo, como si se hallaran frente a la orilla de un océano anterior a la aparición de los seres humanos y de sus antepasados. Los hermanos enfilaron la carretera, escrutando el paisaje y llamando a su hermana con obstinación y una nota de angustia en sus voces. El paisaje se metamorfoseaba a medida que la lluvia dividía la nieve, trazando nuevas lomas y avenidas. Sin embargo, al llegar a un recodo, Will supo con certeza dónde se encontraban.

Vio que Paul se defendía, protegiéndose la cabeza con el brazo. Oyó el graznido áspero y estridente subiendo de tono para desaparecer luego, e incluso a través de la desenfrenada lluvia pudo advertir el aluvión de plumas negras cuando la bandada de grajos pasó en vuelo rasante junto a sus cabezas.

—Pero ¿qué diantre...? —empezó a decir Paul, incorporándose de nuevo y observando los pájaros.

—Cruza la carretera —dijo Will, empujándolo con firmeza hacia un lado—. A veces los grajos se ponen como locos. Ya lo he visto antes.

Otros pájaros descendieron en picado, chillando, y sorprendieron a Paul por detrás. Lo empujaban hacia delante, mientras que los primeros volvían a la carga para arrinconar a Will contra el ventisquero que recorría las lindes de ese bosque ahora sepultado bajo la nieve. Repetían el vuelo sin cesar. Will se preguntaba, esquivando sus picos, si su hermano se daba cuenta de que los grajos los conducían como a un rebaño, forzándolos a dirigirse hacia donde ellos deseaban. Sin embargo, la duda le había asaltado demasiado tarde. La grisácea cortina de lluvia los había separado por completo; no tenía la más remota idea de adónde había ido Paul.

—¿Paul? ¡Paul! —gritó el muchacho presa del pánico.

Sin embargo, el Ancestral que había en él supo controlar la situación y calmar su miedo. Will dejó de gritar. Ésa no era una cuestión que pudieran resolver los seres humanos, ni siquiera los de su propia familia. Tendría que alegrarse por el hecho de estar solo. Ahora sabía que debían de haber cogido a Mary, y que las Tinieblas la retenían. Solo él tenía alguna posibilidad de rescatarla. El muchacho se quedó inmóvil bajo la lluvia torrencial, mirando atentamente a su alrededor. La luz iba bajando con rapidez. Will se desató el cinturón y lo envolvió en su muñeca derecha; luego pronunció una palabra en el lenguaje de los Ancestrales y levantó el brazo. De los signos surgió un sólido sendero de luz, como el haz de una linterna, que iluminó la encrespada agua parduzca, allí donde la carretera se convertía en un río más profundo y rápido.

Recordó que Merriman había dicho, hacía ya mucho tiempo, que el momento de más peligro, el cenit del poder de las Tinieblas, se alcanzaría la Duodécima Noche. ¿Acaso había llegado la hora? Will se había desorientado y no sabía el día que era. En su mente, se agolpaban y confundían unos con otros. Mientras seguía reflexionando, el agua lamió su bota, y el muchacho trepó de un salto a un ventisquero que limitaba con el bosque. Una ola parda que bajaba por la carretera ahora convertida en río dio un gran mordisco a la pared nívea sobre la que había estado. Bajo la luz de los signos el joven vio sucios fragmentos de nieve y hielo cabeceando en el agua, la cual, a lo largo de su curso, había ido debilitando poco a poco los compactos montículos de nieve que la máquina había arrinconado a lado y lado, y ahora arrastraba los trozos desprendidos, como icebergs en miniatura.

El cauce también transportaba otros objetos. Will vio un cubo flotando y algo almohadillado que parecía un saco de heno. El agua debía de haber crecido mucho para apoderarse de los pertrechos que la gente guardaba en el jardín; incluso puede que por ahí flotaran también los de su propia familia. ¿Cómo puede haber crecido tan rápido? A modo de respuesta, la lluvia le martilleó la espalda, y bajo sus pies se desgajó más nieve. Entonces se acordó de que la tierra debía de seguir helada y dura como una piedra, a causa del intenso frío que había paralizado la región antes de que la lluvia la devastara. La tierra no podría absorber ese agua. Para descongelarse, necesitaba mucho más tiempo que el que empleaba la nieve para fundirse; y mientras tanto, el agua del deshielo no tendría dónde ir, ninguna alternativa, salvo la de discurrir sobre la superficie de los campos helados hasta encontrar un río donde desembocar. Los desbordamientos serán terribles, iba pensando el muchacho, eso será lo peor de todo, peor incluso que el frío.

Sin embargo, una voz cortó el aire, un grito destacándose sobre las aguas turbulentas y la lluvia enfebrecida. El muchacho intentó ver a través de la oscuridad, tropezando con los montículos de nieve, cuyos bordes eran ya fangosos. Entonces volvió a oír el grito.

—¡Will! ¡Aquí abajo!

—¿Paul? —llamó con un viso de esperanza, aunque sabía que no se trataba de la voz de Paul.

—¡Aquí! ¡Estoy aquí!

El grito provenía del naciente río y traspasaba la oscuridad. Will sostuvo en alto los signos, y su luz salió despedida sobre las aguas revueltas, mostrándole lo que al principio le parecieron unas nubes de vapor. Entonces se dio cuenta de que esas volutas eran los bufidos de una respiración: un gigantesco caballo plantado en medio del agua iba dando grandes y profundas bocanadas de aire mientras la espuma de unas diminutas olas encabritadas se estrellaba contra sus rodillas. Will vio la ancha testuz, la larga crin color castaño pegada al cuello por efecto del agua, y tuvo la certeza de que se trataba de *Cástor* o *Pólux*, uno de los dos fantásticos caballos percherones de la granja de los Dawson.

La luz de los signos parpadeó con más intensidad; Will vio al viejo George ataviado en un chubasquero negro y encaramado a lomos del sólido caballo.

—Por aquí, Will. Atraviesa el agua antes de que suba demasiado el nivel. Tenemos una tarea que cumplir. ¡Venga!

Nunca había oído hablar al viejo George con un tono de voz imperioso; pero era el Ancestral quien se dirigía a él, y no el amigable y viejo mozo de labranza. Inclinado sobre el cuello del caballo, el anciano obligó al animal a avanzar por el agua para acercarse más al muchacho.

—¡Arre, *Polly*! ¡Arre, *Sir Pólux*!

El gran *Pólux* resolló, y de sus anchas narinas salieron dos bocanadas de vapor. El animal dio unos pasos firmes hacia delante para que Will pudiera tirarse al arroyo y agarrarse a sus patas, inmensas como árboles. El agua le llegaba al muchacho casi a los muslos, pero la lluvia lo había calado hasta los huesos y Will no advirtió la diferencia. *Pólux* no iba ensillado, sólo llevaba una manta empapada; sin embargo, con una fuerza sorprendente el viejo George se agachó y tiró de su mano. Tras denodados esfuerzos, Will consiguió subir a lomos del animal. La luz que despedían los signos atados a su muñeca no tembló con todo ese forcejeo, sino que siguió enfocando sin vacilaciones el camino que debían tomar.

Will resbalaba y se deslizaba sobre la inmensa grupa del caballo, demasiado ancha para que el muchacho se sentara a horcajadas. George lo arrastró y lo acomodó delante de él, sobre la pronunciada curva del cuello del animal.

—*Polly* ha llevado mucho más peso al cuello; no te preocupes —gritó a Will al oído.

Se pusieron en marcha con un balanceo mientras el imperturbable caballo de tiro iba tambaleándose y chapoteando en el crecido cauce, alejándose del bosque de los Grajos y la casa de los Stanton.

—¿Adónde nos dirigimos? —chilló Will, mirando con temor la oscuridad circundante sin lograr ver nada, tan sólo el agua arremolinándose bajo la luz de los signos.

—Vamos a reunir a la cacería —le susurró al oído la cascada y envejecida voz.

—¿La cacería? ¿Qué cacería? George, yo tengo que encontrar a Mary. ¡Tienen a Mary escondida en algún lugar!; además, he perdido de vista a Paul.

—Vamos a reunir a la cacería —dijo con firmeza la voz a su espalda—. He visto a Paul regresando a casa. Ya debe de haber llegado sano y salvo. A Mary la encontrarás a su debido tiempo. Ahora es el momento de buscar al Cazador, Will; el Cazador necesita la yegua blanca, y tú debes llevársela. Eso es lo que nos han encomendado, y tú ni siquiera te acordabas. El río está llegando al valle, y el caballo blanco debe ir al encuentro del Cazador. Entonces veremos lo que tengamos que ver. Debemos cumplir nuestra misión, Will.

La lluvia les golpeaba con más fuerza, y a lo lejos un trueno distante retumbaba en la temprana noche mientras el enorme percherón *Pólux* iba aplastando pacientemente el agua con sus patas, siguiendo el curso del parduzco y creciente río que en el pasado fuera el Camino de Huntercombe.

Era imposible conjeturar dónde se hallaban. Se levantaba el viento, y Will podía oír el sonido de los árboles balanceándose sobre el agua que iban revolviendo los acompasados cascos de *Pólux*. Apenas se veía una luz en el pueblo. El muchacho supuso que la corriente eléctrica debía de seguir cortada, por accidente o por injerencia de las Tinieblas. En cualquier caso, la mayoría de los habitantes de esa parte del pueblo seguían en la mansión.

—¿Dónde está Merriman? —gritó a través de la estrepitosa lluvia.

—En la mansión —vociferó George—. Con el granjero. Están rodeados.

—¿Quieres decir que están atrapados? —dijo Will, paralizado de terror.

275

—Distraen la atención de las Tinieblas para que nosotros podamos trabajar —dijo el viejo George en un susurro casi inaudible—. Además, están muy ocupados intentando controlar las riadas. Mira ahí, chico.

En las agitadas aguas iluminadas por la luz de los signos flotaban desperdigados los objetos más variopintos: un cesto de mimbre, diversas cajas de cartón medio desintegradas, una flamante vela roja y una maraña de cintas de regalo. De repente Will reconoció una cinta que sobresalía del enredo, de un púrpura chillón con cuadros amarillos. Había visto cómo Mary la enrollaba con cuidado al deshacer un regalo el día de Navidad. Su hermana lo acaparaba todo, igual que las ardillas; y eso había ido a parar a sus arcas.

—¡Esas cosas son de mi casa, George!

—Ahí también ha habido inundaciones. Los terrenos son bajos; pero no hay peligro, no temas. Sólo es agua. Agua y barro.

Will sabía que estaba en lo cierto, pero deseaba verlo con sus propios ojos. Estarían todos corriendo de un lado a otro, moviendo muebles y alfombras, guardando los libros y todo lo que pudiera trasladarse. Esos primeros objetos debían de haberse escapado antes de que se dieran cuenta de que el agua se llevaba las cosas.

Pólux tropezó por primera vez, y Will se aferró a la mojada crin color castaño; durante unos instantes estuvo a punto de resbalar y ser arrastrado por las aguas, George tranquilizó al animal con unos sonidos guturales, y el gran caballo suspiró y resopló por la nariz, Will pudo ver unas luces mortecinas que debían de provenir de las casas más grandes, situadas en los altozanos que había al final del pueblo. Eso significaba que debían de encontrarse cerca de los terrenos comunales. Si es que podían seguir llamándose así, porque en realidad se habían convertido en un lago.

Algo empezaba a cambiar. Will parpadeó. El agua parecía más distante, y costaba verla. Entonces se percató de que la luz de los signos, atada todavía a su muñeca, se atenuaba hasta desaparecer por completo. Al cabo de un instante, se encontraron a oscuras. Cuando el último vestigio de luz se hubo extinguido, el viejo George dijo en voz baja:

—¡Sooo, *Polly*!

El enorme percherón se detuvo, salpicándolo todo, y permaneció quieto, surcando el agua con sus patas.

—Aquí es donde debemos despedirnos, Will.

—¡*Oh!* —exclamó el muchacho con tristeza y desamparo.

—Hay una norma que debes cumplir: tienes que llevarle al Cazador el caballo blanco. Podrás hacerlo si no te metes en problemas. Por mi parte, yo puedo darte un par de consejos que te servirán para vencer las dificultades. El primero es que si cuentas hasta cien cuando yo me haya ido, tendrás luz suficiente para ver en la oscuridad. El segundo es que recuerdes lo que ya sabes: el agua que fluye está libre de toda magia —dijo, dándole unos golpecitos de ánimo en el hombro—. Vuelve a colocarte los signos en la cintura, y ahora baja.

Descender del caballo fue todavía más aparatoso que subir a él. *Pólux* estaba tan alto comparado con el nivel del suelo que Will cayó ruidosamente al agua, como una piedra. Sin embargo, no sentía frío; a pesar de que la lluvia seguía golpeándole con insistencia, era suave, y por alguna extraña razón, le impedía enfriarse.

—Voy a reunir a la cacería —dijo de nuevo el viejo George, y sin una palabra de despedida, volvió hacia los campos de las afueras con *Pólux*, chapoteando hasta desaparecer de su vista.

Will se encaramó al ventisquero que había junto a la corriente, encontró un lugar seguro para no caerse y empezó a contar hasta cien. Antes de llegar a setenta, empezó a comprender las palabras del viejo George. Gradualmente el mundo sumido en sombras fue apareciendo bajo un leve resplandor propio. Veía el agua que fluía precipitada, las irregularidades de la nieve y los desolados árboles, bañado todo ello en una luz grisácea y oscura, semejante a la del amanecer. Mientras miraba en torno de él confundido, algo pasó flotando en el rápido arroyo, y eso lo dejó tan perplejo que casi volvió a caerse al agua.

Primero vio la cornamenta, oscilando con pereza hacia delante y hacia atrás, como si la enorme cabeza ensayara repetidos gestos de aprobación. Luego quedaron a la vista los colores, los azules, amarillos y rojos intensos, tal y como los viera por primera vez la mañana de Navidad. Los demás rasgos del extraño rostro, los ojos de pájaro o las orejas puntiagudas de lobo, permanecían invisibles. Sin embargo, no le cupo la menor duda de que se trataba de su cabeza de Carnaval, el regalo incomprensible que el anciano jamaicano le había entregado a Stephen para que se lo regalara a él, su pertenencia más valiosa.

Una especie de sollozo escapó de su boca, y el muchacho saltó desesperado con el objetivo de agarrarla antes de que el agua la arrastrara fuera de su alcance; pero resbaló al saltar, y cuando recuperó el equilibrio, la chillona y grotesca cabeza seguía flotando río abajo y empezaba a perderse de vista. Will empezó a correr por la orilla; era un objeto que pertenecía a los Ancestrales, se lo había regalado Stephen y ahora él lo había perdido. Debía recuperarlo a toda costa. Sin embargo, de repente recordó algo que lo hizo detenerse. «El segundo consejo es que recuerdes lo que ya sabes: el agua que fluye está libre de toda magia», le había dicho el viejo George. La cabeza se encontraba a salvo en la corriente, sólo que muy a la vista. Mientras permaneciera en ella, nadie podría dañarla o utilizarla con fines perversos.

Con reticencia, Will la apartó de su pensamiento. Los campos de las afueras se extendían ante sus ojos, iluminados por un raro reflejo propio. No se movía nada. Incluso las ovejas, que, por lo general, pastaban allí durante todo el año, surgiendo de la nada cual corpóreos fantasmas en los días de niebla, se hallaban entonces bajo cubierto, en las granjas, adonde se habían refugiado de la nieve. Will avanzó con cuidado. El ruido del agua que durante tanto tiempo escuchara sin tregua empezó a variar, y se hizo mucho más intenso. Ante él el torrente que recorría el Camino de Huntercombe se desviaba, juntándose con un riachuelo local que ahora había subido hasta convertirse en un espumoso río que cruzaba los terrenos comunales, alejándose con su abundante caudal. La carretera inundada seguía su trazado sinuoso sin encontrar obstáculos ya, sólida y refulgente. Will creyó adivinar que el viejo George había tomado esa dirección. A él también le habría gustado seguir el camino, pero algo le decía que tenía que permanecer junto al río. El sexto sentido de los Ancestrales le indicaría cómo llevarle el caballo blanco al Cazador.

Sin embargo, lo asaltaban grandes dudas: ¿quién era el Cazador?, y ¿dónde estaba el caballo blanco? Will dio unos pasos tanteando el terreno, apenas sin atreverse a pisar los desiguales montículos de nieve que bordeaban el arroyo caudaloso. Unas hileras de sauces marcaban su curso, retacones y desmochados. De súbito, y destacándose entre los oscuros árboles en fila que había en el extremo más alejado del arroyo, una forma blanca brincó ante sus ojos. Un resplandor de plata iluminó la oscuridad visible, y rociada de mojada nieve, la gran yegua blanca de la Luz se plantó ante Will, con el aliento condensándose entre las rachas de lluvia. Tenía la altura de un árbol, y su crin volaba salvaje al viento.

—¿Me llevarás? —le preguntó Will en el idioma de los Ancestrales, tocándola con suavidad—. ¿Me llevarás como hiciste la otra vez?

El viento aumentó de intensidad al son de sus palabras, y un rayo centelleó, cortando el cielo con su forma puntiaguda, acercándose más. El caballo blanco se estremeció, y levantó la testuz con un rápido movimiento. Luego volvió a relajarse, casi de inmediato, y Will supo por instinto que la tormenta eléctrica que se avecinaba no la provocaban las Tinieblas. Era algo estipulado. Formaba parte de los acontecimientos que ocurrirían a continuación. La Luz resucitaba antes de que pudieran alzarse las Tinieblas.

Se aseguró de llevar bien puestos los signos en el cinturón y, como hiciera antes, levantó los brazos para trenzar sus dedos en el largo y grueso pelo de la yegua blanca. En ese instante la cabeza empezó a darle vueltas y se mareó, mientras a lo lejos oía con claridad esa misma música, como unas campanillas, un hechizo incluso, esa misma frase arrebatadora; hasta que, con una tremenda sacudida, todo empezó a darle vueltas, la música se desvaneció y Will se encontró a lomos de la yegua blanca, rozando las copas de los sauces.

Los rayos refulgían en el firmamento, entre el retumbar del cielo. Los músculos de la enorme espalda que sostenía a Will se tensaron, y el muchacho se agarró a la larga crin cuando el caballo atravesó de un salto los campos de las afueras, los montículos y las quebradas de nieve, con los cascos rasgando la superficie y dejando una estela de hielo pulverizado. Entre las ráfagas de viento y aferrándose al arqueado cuello de la yegua, creyó oír un gañido extraño y agudo, como el sonido de las aves migratorias cuando vuelan en lo alto. El sonido pareció envolverlos, y luego seguir adelante, hasta desaparecer de su alcance.

El caballo blanco dio un salto hacia arriba, y Will se abrazó con más fuerza al atravesar setos, carreteras y muros que emergían de la nieve derretida. Entonces lo ensordeció un sonido más potente que el del viento o el trueno, y el muchacho vio una oscura superficie cristalina y ondulada que brillaba ante ellos. Supo entonces que habían llegado al Támesis.

El río era mucho más ancho que nunca. Durante más de una semana había estado estancado y comprimido, encerrado tras helados muros de nieve. Ahora se había soltado, y rugía espumoso, arrastrando enormes trozos de hielo y nieve que se bamboleaban como icebergs. No era un río, era agua embravecida. Siseaba y aullaba, fuera de toda regla. Ante esa visión Will sintió un terror como jamás había experimentado contemplando el Támesis. El río tenía el aspecto salvaje que tiene todo aquello que forma parte del reino de las Tinieblas, y escapaba a su conocimiento o control. Sin embargo, al ser una de las más antiguas fuerzas desde el principio de los tiempos, sabía que esa agua no formaba parte del mal, sino que su poder se configuraba más allá de la Luz y las Tinieblas. Esas antiguas fuerzas eran el fuego, el agua, la piedra, la madera... y, tras la aparición del hombre, también el bronce y el hierro. El río fluía sin trabas, y seguiría avanzando conforme a su propia voluntad. «El río llegará al valle», había dicho Merriman.

La blanca yegua se detuvo decidida al borde de las aguas frías y embravecidas, luego cogió impulso y saltó. Al elevarse por encima del agitado río, Will vio una isla, una isla donde jamás había existido nada parecido, enclavada en medio del caudaloso torrente y dividida por unos extraños canales argénteos. Cuando el caballo blanco tomó tierra con una sacudida, junto a unos árboles desnudos y tétricos, el muchacho pensó que en el fondo se trataba de una colina, un fragmento de terreno elevado y aislado por el agua. De repente tuvo la certeza de que un peligro terrible lo acechaba. Ése era el lugar donde lo pondrían a prueba; esa isla que no era una isla en absoluto. Volvió a levantar la vista al cielo y en silencio llamó desesperadamente a Merriman; pero Merriman no acudió, ni el más mínimo signo de él, ni siquiera sus palabras acudieron a su mente.

La tormenta todavía no había empezado y el viento se había calmado un poco; el fragor del río lo envolvía todo. La yegua blanca inclinó el largo cuello y Will intentó bajar, no sin torpeza. Pisando la nieve amontonada, que a veces era dura como el hielo y a veces, tan blanda que le llegaba a la altura del muslo, el muchacho comenzó a explorar su extraña isla. Lo que al principio parecía tener forma de círculo resultó ser ovalado como un huevo. En el extremo más elevado de la isla le aguardaba la blanca yegua. Los árboles crecían a sus pies y, por encima de ellos, se abría una nevada pendiente. En lo alto, una única haya, antigua y nudosa, dominaba una extensión de caprichosos matorrales. Entre la nieve y al pie de este magnífico árbol, nacían de modo inexplicable cuatro arroyos que recorrían esa isla en forma de colina, dividiéndola en cuatro cuartos. El firmamento retronó, desplegando una gran tormenta eléctrica. Will trepó a la vieja haya y se quedó mirando la fuente que tenía más cerca, un espumoso chorro que surgía de una raíz enorme, sepultada bajo la nieve. Entonces empezó a oír la canción.

Era una canción sin letra, que la traía el viento. Era un quejido fino, agudo y frío, sin una melodía o un esquema definidos. Era un sonido muy distante, y desagradable también. Sin embargo, lo dejó paralizado, obnubilándole el pensamiento e impidiéndole pensar en cualquier cosa que no fuera la contemplación de lo que tenía a su alrededor. Will notaba que echaba raíces, como el árbol al que se había encaramado. Obsesionado con la canción, vio una ramita que salía de una rama más baja del haya, junto a su cabeza. Ejercía una fascinación tremenda sobre Will, y el muchacho, sin razón aparente, no podía evitar contemplarla, como si en ella estuviera contenido el mundo entero. Estuvo tanto rato mirándola, recorriendo con la vista su diminuta forma, de arriba abajo, que fue como si hubieran transcurrido varios meses; y la curiosa y aguda cancioncilla seguía sonando distante en el cielo. Cuando finalizó, lo hizo de repente, y Will, aturdido, descubrió que estaba con la nariz pegada a una ramita de haya de lo más normal y corriente.

El muchacho comprendió que las Tinieblas tenían su propio modo de recluir incluso a un Ancestral en un tiempo y un espacio concretos, si necesitaban un determinado espacio para emplear su magia. Ante él, junto al tronco de la inmensa haya, estaba Hawkin. El personaje ahora se le parecía mucho más, aunque seguía teniendo la edad del Caminante. Will sintió como si estuviera contemplando a dos hombres a la vez. Hawkin seguía vestido con su chaqueta verde de terciopelo, la cual parecía todavía limpia y planchada, con el blanco lazo anudado al cuello. Sin embargo, la figura que la llevaba ya no era tan pulcra y ágil; era más bajita y encorvada, y la edad la había secado. El rostro estaba arrugado y curtido, enmarcado por un pelo largo con mechones grisáceos. Después de todos esos siglos de penurias, lo único que quedaba del antiguo Hawkin eran los ojos vivarachos y penetrantes, que ahora lo contemplaban con fría hostilidad desde un ventisquero.

—Tu hermana está aquí.

Will no pudo evitar echar un rápido vistazo en torno a la isla, aunque ésta seguía tan vacía como antes.

—No está aquí —dijo con frialdad—. No me engañarás con un truco tan estúpido como éste.

—Eres arrogante —sentenció Hawkin con la mirada teñida de odio—. A pesar de ser un Ancestral que tiene poderes, tú no puedes ver todo lo que existe en el mundo, y tus maestros tampoco. Tu hermana Mary está aquí, en este lugar, aunque tú no puedas verla, y aquí nos hemos reunido precisamente para discutir el único trato que mi señor, el Jinete, te propone: tu hermana a cambio de los signos. Como verás, no tienes demasiada elección. Vosotros sabéis muy bien cómo arriesgar las vidas de los demás —dijo Hawkin en tono acusatorio y con una mueca de amargura—, pero no creo que Will Stanton disfrute contemplando la muerte de su hermana.

—Yo no la veo y, por lo tanto, sigo sin creer que ella esté aquí.

—¿Maestro? —dijo Hawkin sin apartar la mirada del chico, dirigiéndose al aire.

En ese preciso momento la misma música aguda y sin letra que le hechizara antes recomenzó, atrapando a Will en aquella lenta contemplación, cálida y relajada como el sol del verano, y asimismo horrible, por la sensación de estar gobernando su mente. La canción lo iba transformando a medida que la escuchaba; le hacía olvidar la tensión de su lucha en favor de la Luz; y lo sumió en la contemplación de los arabescos que trazaban las sombras y los salientes en una porción de nieve que había junto a sus pies. Se quedó quieto, distendido y relajado, mirando con detenimiento ora un trozo de hielo blanco, ora una oscura hendidura, mientras la canción sonaba como un lamento en sus oídos, igual que el viento penetrando por las rendijas de una casa en ruinas.

La música cesó, y todo quedó quieto. Will se estremeció. Lo

que había visto lo dejó helado. De hecho, no estaba contemplando el dibujo de unas sombras sobre la nieve, sino las líneas y las curvas del rostro de Mary. La muchacha yacía sobre la nieve, vestida con la misma ropa que llevaba la última vez que la vio. Estaba viva, e ilesa, pero lo miraba sin expresión alguna, sin mostrar signos de reconocerlo o de saber dónde se encontraba. Will pensó desesperanzado que él tampoco sabía dónde estaba su hermana, porque aunque le mostraron su apariencia, era del todo improbable que en realidad la muchacha estuviera allí mismo, echada sobre la nieve. Se movió para tocarla y, tal y como había sospechado, la joven se desvaneció. Sobre la nieve sólo quedaron las mismas sombras de antes.

—¡Ya ves! —exclamó Hawkin sin moverse del haya—. Las Tinieblas pueden hacer muchas cosas... muchísimas: cosas que ni tú ni tus maestros sabéis controlar.

—¡Menuda novedad! —le espetó Will—. ¡Ya me dirás si entonces existirían las Tinieblas! Nos limitaríamos a ordenarles que desaparecieran, y ya está. ¡Todo solucionado!

—Las Tinieblas jamás desaparecerán —objetó Hawkin en voz queda, sonriendo y sin alterarse—. Cuando se manifiestan, nada se les resiste. Las Tinieblas siempre existirán, jovencito, y suya será la victoria. Ya ves que tenemos a tu hermana. Ahora, dame los signos.

—¿Darte los signos? —dijo el muchacho con desprecio—. ¿A un gusano que se arrastró para unirse al bando contrario? ¡Jamás!

Vio que el hombre apretaba los puños bajo las mangas de la chaqueta de terciopelo verde; pero ante él tenía a un Hawkin viejo ya y no tan fácil de provocar. Ahora que ya no era el errante vagabundo, sino que formaba parte de las Tinieblas, el hombre que había en él sabía controlarse. Tan sólo en su voz asomaba un ligero deje de rabia.

—Harías bien en tratar con el mensajero de las Tinieblas, muchacho. En caso contrario, invocarás unas fuerzas que lamentarás haber visto.

El cielo relampagueó y retronó. La oscura agua embravecida que los rodeaba se iluminó brevemente, y también resplandecieron a la luz de los rayos el colosal árbol que coronaba la diminuta isla y la figura inclinada y ataviada con una chaqueta verde que había junto a su tronco.

—Eres un ser de las Tinieblas. Elegiste la traición y ahora no significas nada para mí. No trataré contigo —proclamó Will.

Hawkin contrajo el rostro, clavando una mirada venenosa en el muchacho. Entonces miró hacia los oscuros y vacíos campos de las afueras.

—¡Maestro! ¡Maestro!... —iba gritando, muerto de rabia.

Will se quedó quieto, tranquilo, y aguardó. Al otro extremo de la isla vio que la yegua blanca de la Luz, casi invisible entre la nieve, alzaba la testuz, olisqueando el aire y resoplando suavemente. Dirigió una mirada a Will como si quisiera decirle algo; luego dio media vuelta y se fue galopando en la dirección por la que habían venido.

En tan sólo unos segundos algo cambió. Todavía no se advertía ningún sonido, salvo el precipitado correr del río y el sordo fragor de la tormenta que se avecinaba. Esa cosa se acercaba en absoluto silencio. Era enorme, una columna de niebla negruzca parecida a un tornado, arremolinándose a una velocidad increíble y suspendida entre la tierra y el cielo. Sus extremos parecían anchos y consistentes, pero la parte central oscilaba, adelgazándose primero para volver a engrosarse después. Avanzaba haciendo eses, en una especie de danza macabra. Ese espectro negro girando sin parar era un agujero que absorbía el mundo; una muestra visible de la sempiterna vacuidad de las

Tinieblas. La extraña criatura se iba acercando a la isla, oscilando en zigzag, y Will retrocedió sin querer. Todo su cuerpo gritó en silencio, presa del terror.

El negro pilar se balanceó frente a él, cubriendo la isla entera. Su neblina silenciosa y móvil no se alteró, sino que se partió, y en medio apareció el Jinete Negro. Sonrió a Will, con la niebla cubriéndole las manos y la cabeza. Le dedicó una sonrisa fría y triste, coronada por unas espesas y rectas cejas que fruncía en señal de mal agüero. Vestía todo de negro, como siempre, pero su ropa era inesperadamente moderna. Llevaba un chaquetón con un refuerzo impermeable en los hombros negro y grueso, y unos vaqueros oscuros.

Sin dejar de sonreír con ese aire gélido tan característico se hizo a un lado, y de la negra y serpenteante niebla salió su caballo, la inmensa bestia negra de ojos fieros, con Mary montada en su grupa.

—¡Hola, Will! —lo saludó su hermana con alegría.

—Hola —respondió Will, mirándola.

—Supongo que andabas buscándome. Espero no haberos preocupado con mi ausencia. Solo salí a cabalgar un rato, un par de minutos nada más. La verdad es que cuando salí en busca de Max, me encontré con el señor Mitothin, que me dijo que papá lo había enviado a recogerme; y claro, pensé que no habría ningún problema en marcharme con él. Ha sido precioso; este caballo es magnífico... ¡y hace un día tan bonito!

Un trueno restalló en el cielo, tras una sólida nube de un gris antracita. Will se movía inquieto, desesperado. El Jinete, sin dejar de observarlo, dijo en voz alta:

—Aquí tienes un terrón de azúcar para el caballo, Mary. Creo que el animal se lo merece, ¿no? —Y le tendió una mano vacía.

—¡Oh, gracias! —dijo Mary con ímpetu.

La muchacha se inclinó sobre el cuello del caballo y cogió el azúcar imaginario de la mano del Jinete. Luego se agachó hasta la altura de la boca del semental y al ofrecerle la mano, el animal le dio un lengüetazo.

—Eso es —dijo Mary, sonriendo—. ¿Está rico?

El Jinete Negro seguía mirando atentamente a Will, y sonrió un poco más. Abrió la palma de su mano, burlándose de Mary, y Will vio en ella una cajita blanca, de un cristal translúcido como el hielo, con unos símbolos rúnicos tallados en la tapa.

—La tengo aquí dentro, Ancestral —dijo en señal de triunfo el Jinete con su voz nasal y connotada—. Atrapada por las marcas del antiguo hechizo de Lir, escrito hace muchísimo tiempo en un anillo que luego se perdió. Hubieras debido observar más detenidamente el anillo de tu madre: tú, ese artesano de tres al cuarto de tu padre y Lyon, tu despistado maestro. Despistado, sin duda... Gracias a ese hechizo encadené a tu hermana con la magia totémica, y a ti también, puesto que eres impotente para salvarla. ¡Mira!

Abrió la cajita con un chasquido y Will vio en su interior una pieza de madera redonda y finamente tallada, con un frágil hilo dorado a su alrededor. Recordó con tristeza el único adorno que faltaba en la colección navideña que el granjero Dawson había tallado para la familia Stanton, y el dorado cabello que el señor Mitothin, el invitado de su padre, había apartado de la manga de Mary con espontánea cortesía.

—Un signo de nacimiento y un cabello son unos tótems excelentes —dijo el Jinete—. En la antigüedad, cuando las cosas eran menos complicadas, se podía hacer magia incluso a partir de la tierra que hollara el pie de un hombre.

—O del polvo por donde pasara su sombra —intervino Will.

—Pero las Tinieblas no proyectan sombra alguna —dijo el Jinete en voz baja.

—Y los Ancestrales no tienen signos de nacimiento —remató Will.

Vio que una sombra de incertidumbre cruzaba sobre el blanquísimo rostro. El Jinete cerró la caja blanca y la deslizó en su bolsillo.

—Tonterías —dijo en tono cortante.

—Los maestros de la Luz no hacen las cosas sin un motivo, Jinete —dijo Will, mirándolo pensativo—. Incluso aunque esos motivos sean ignorados durante muchísimo tiempo. Hace once años el granjero Dawson, servidor de la Luz, talló cierto signo para regalármelo por mi nacimiento; y si hubiera hecho ese signo con la letra de mi nombre, como mandaba la tradición, quizá hubieras podido utilizarlo en mi contra y someterme bajo tu poder. Sin embargo, lo construyó igual que el signo de la Luz, e hizo un círculo con una cruz inscrita; y sabes muy bien que las Tinieblas no pueden utilizar esa forma en provecho propio. Lo tienen prohibido —dijo Will, levantando los ojos hacia el Jinete—. Creo que está intentando engañarme de nuevo, señor Mitothin. Sí, creo que sí. El señor Mitothin, o lo que es lo mismo, el Jinete Negro que cabalga sobre el caballo negro.

—No olvides que sigues estando indefenso —dijo el Jinete con cara de pocos amigos—. Yo tengo a tu hermana, y tú no puedes salvarla, a menos que me entregues los signos —dijo con la malicia brillándole en las pupilas—. Tu voluminoso y noble libro ya te habrá dicho que no puedo hacer nada contra los que son de la misma sangre que los Ancestrales; pero mírala, ¿quieres? Hará todo lo que yo le ordene. Incluso saltar a las turbulentas aguas del Támesis. Hay ciertos aspectos de la magia que vosotros descuidáis, como es sabido. ¡Es tan sencillo inducir a las personas a que se expongan a los peligros! Como tu madre, por ejemplo. ¡Mira que es patosa!

Volvió a sonreír a Will y el muchacho le sostuvo la mirada con odio. Luego observó la cara risueña y soñadora de Mary y le dolió verla en ese trance. Pensó que todo eso le ocurría por ser su hermana, a causa de él. Sin embargo, una voz silenciosa le dijo mentalmente: «No es a causa de ti, sino de la Luz. A causa de todo aquello que está escrito que debe ocurrir para impedir la resurrección de las Tinieblas». En un arrebato de alegría Will supo que ya no estaba solo. El Jinete había abandonado sus dominios, y Merriman también andaría cerca, dispuesto a prestarle su ayuda si la necesitaba.

—Ha llegado el momento de cerrar el trato, Will Stanton —dijo el Jinete, tendiendo una mano—. Dame los signos.

—No —dijo Will, conteniendo el aliento como jamás había hecho en su vida y soltándolo muy despacio.

La sorpresa era una emoción que el Jinete Negro había olvidado hacía ya mucho tiempo atrás. Sus penetrantes y azules ojos lo contemplaron sin dar crédito a lo que veían.

—¿Acaso no sabes lo que voy a hacer con ella?

—Sí, lo sé, pero no voy a entregarte los signos.

El Jinete lo miró detenidamente, desde la vasta y negra columna de niebla en forma de torbellino. La incredulidad y la rabia se mezclaban en su rostro con una especie de respeto maligno. Luego dio media vuelta y se dirigió hacia donde estaban el caballo bruno y Mary, y profirió unas palabras en voz alta, en un idioma que Will, a juzgar por los escalofríos que le recorrían la espalda, supuso que sería el que las Tinieblas empleaban para los encantamientos y que en muy raras ocasiones pronunciaban en voz alta. El imponente caballo agitó la cabeza, y un brillo escapó de sus blancos dientes. Salió disparado, con la feliz y atontada Mary agarrada a su crin y gorjeando entre risas. El animal fue hasta el ventisquero que, a modo de quebrada, bordeaba el río y se detuvo.

Will apretó los signos del cinturón, desesperado por el riesgo que había elegido correr, y con todas sus fuerzas conjuró el poder de la Luz para que acudiera en su ayuda. El caballo negro dio un estridente y frenético relincho y saltó por los aires, lanzándose al Támesis. En pleno salto hizo un extraño, corcoveando, y Mary gritó de terror, aferrándose como una loca a su cuello. Sin embargo, perdió el equilibrio y cayó. Will creyó que iba a desmayarse en el momento en que ella salió despedida por el aire, y que el riesgo que había asumido culminaría en un desastre; sin embargo, en lugar de zambullirse en el río, su hermana cayó al borde, sobre la blanda y húmeda nieve. El Jinete Negro arremetió hacia donde se encontraba la muchacha, lanzando improperios, pero no llegó a alcanzarla. Justo antes de llegar a ella, un relámpago a modo de flecha surgió de la tormenta, que por entonces ya se estaba incubando sobre sus cabezas, seguido del estallido gigantesco de un trueno, y tras el destello y el bramido, un ardiente y blanco haz se precipitó sobre la isla en dirección a Mary, llevándosela en apenas un segundo, sana y salva. Will entrevió la estilizada figura de Merriman, ataviada con la capa y la caperuza, sobre la blanca yegua de la Luz, junto a la rubia melena de Mary ondeando al viento, en el mismo lugar donde la había recogido. Entonces estalló la tormenta, y el mundo entero ardió en un remolino en torno a su cabeza.

La tierra se estremeció. Durante unos instantes vio el negro perfil del castillo de Windsor recortándose sobre un cielo blanco. Los relámpagos cegaron sus ojos, y un trueno retumbó en su cráneo. Entonces sus aturdidos oídos captaron la canción, y Will oyó un extraño restallido, como un crujido cercano. Se dio la vuelta y a sus espaldas la enorme haya se había hundido por el medio y ardía en llamas, unas llamas descomunales. El muchacho advirtió con alarma que la impetuosa corriente de los cuatro arroyos de la isla iba menguando hasta quedar en nada. Miró temeroso hacia donde se encontraba la negra columna de las Tinieblas, pero no se veía ya en la creciente tormenta; y la extrañeza de los acontecimientos le hizo apartar ese pensamiento de su cabeza.

No sólo se había destruido el árbol, partido en dos mitades. La isla misma estaba transformándose, abriéndose y hundiéndose en el río. Will se quedó absorto, sin palabras, de pie sobre el borde de un fragmento de tierra cubierto de nieve que había quedado al desaparecer los arroyos, mientras a su alrededor la nieve y la tierra se deslizaban en fragmentos hasta precipitarse en el embravecido Támesis. Frente a sus ojos se desarrolló la escena más rara que presenciara jamás. Algo estaba emergiendo a medida que la tierra y la nieve desaparecían. Lo primero que salió por el extremo superior de la isla fue la cabeza toscamente tallada de un ciervo, con la cornamenta apuntando al cielo. Era dorada, de un dorado que incluso arrancaba destellos a la tenue luz. La forma fue haciéndose cada vez más visible y ahora Will podía ver el ciervo entero, una hermosa figura áurea brincando entre la nieve. Luego sobresalió un curioso pedestal curvo que la sostenía a modo de trampolín y tras él, una forma larguísima y horizontal, tan larga como la isla, que en el otro extremo iba coronada también por algo elevado y brillante como el oro, una especie de voluta. De repente Will se dio cuenta de que estaba contemplando un barco. El pedestal era la proa, alta y curva, y el ciervo, su mascarón.

Avanzó con perplejidad hacia la nave, y el río fue cerrándose imperceptible a sus espaldas, hasta que ya no quedó nada de la isla, excepto el largo buque varado en un último círculo de tierra, junto a los restos de un ventisquero irguiéndose a su alrededor. Will se quedó mirándolo con atención. Jamás había visto una embarcación así. Los largos maderos con los que fuera construido se solapaban entre sí como las tablas de una valla, firmes y anchos; parecían ser de roble. No vio mástil alguno, sino los lugares que ocupaban los remeros, dispuestos a lo largo de toda la embarcación. En el centro había una especie de cubierta que convertía el barco casi en un arca de Noé. No era, sin embargo, una estructura cerrada; parecía que sus lados habían sido cortados, y las vigas de las esquinas y el techo le daban un aire de baldaquino. En el interior, bajo ese palio, yacía un rey.

Will retrocedió ante esa visión. El personaje ataviado con un traje de malla yacía absolutamente inmóvil, con la espada y el escudo a su lado, y en torno a él un tesoro se apilaba, refulgiendo con la luz. No llevaba corona. En su lugar un gran casco labrado le cubría el cráneo, y prácticamente toda la cara; y a modo de penacho, llevaba una maciza imagen de plata que representaba un animal con un morro muy largo: una especie de oso salvaje, según pudo advertir el muchacho. A pesar de ir sin corona, ese cuerpo pertenecía sin duda a un rey. Ningún hombre de rango inferior sería digno de poseer la vajilla de plata, los monederos con piedras preciosas incrustadas, el magnífico escudo de bronce y hierro, la decorada funda de la espada, los vasos en forma de cuerno con el borde chapado en oro y los montones de objetos decorativos que ese personaje llevaba en su tumba. Obedeciendo a un impulso, Will se agachó sobre la nieve e inclinó la cabeza en señal de respeto. Al volver a levantar la vista y ponerse en pie, vio sobre la borda del buque algo que le había pasado inadvertido.

El rey sostenía un objeto entre sus manos, las cuales reposaban tranquilamente dobladas sobre su pecho. Era otro adorno, pequeño y rutilante. Al observarlo más de cerca, Will se quedó de piedra, agarrado al borde alto y de roble de la nave. El adorno que yacía entre las inmóviles manos del rey, el morador de ese largo buque, tenía la forma de un círculo cuarteado por una cruz. Estaba cincelado en un cristal iridiscente, decorado con serpientes, anguilas, peces, olas, nubes y diversos seres marinos. Ejercía una atracción silenciosa sobre Will. Sin lugar a dudas, se trataba del Signo de Agua: el último de los seis grandes signos.

Will se encaramó por uno de los lados del inmenso barco y se acercó al rey. Tenía que poner los pies con cuidado para no aplastar las bellas piezas de cuero repujado, los ropajes bordados y las joyas esmaltadas, de *cloisonné* y filigrana de oro. Se quedó observando unos instantes el pálido rostro medio oculto por el trabajado casco, y entonces se inclinó sobre él en actitud reverencial para recoger el signo. Sin embargo, primero tendría que tocar la mano del rey fallecido, y la extremidad tenía la frialdad de las piedras. Will se sobresaltó y dio unos pasos hacia atrás, con la duda pintada en el semblante.

—No le temas —dijo la voz de Merriman con suavidad, no muy lejos de allí.

—Pero... es que... está muerto —dijo Will, tragando con dificultad.

—Lleva quinientos años en este camposanto, aguardando. Cualquier otra noche del año no habría aparecido. Sería tan solo polvo. Sí, Will, la parte de él que ves está muerta. El resto de su persona desapareció en el tiempo, hace muchísimos años.

—Pero despojar a los muertos de sus pertenencias está mal.

—Se trata del signo. Si no hubiera sido así, y tú no fueras el destinatario, Buscador de los Signos, él no habría venido a entregártelo. Tómalo.

Will se inclinó sobre el venado y liberó el Signo de Agua del abrazo inerte de esas manos frías y sin vida. A lo lejos se oyó el murmullo de esa música tan familiar, susurrándole al oído, y luego desapareció. El muchacho se dio la vuelta hacia un lado del buque. Ahí se encontraba Merriman, a lomos de la yegua blanca; iba vestido con una capa azul marino, con el rebelde y blanco pelo a la vista. Su cara huesuda aparecía sombría, con los rasgos marcados por la tensión, pero la alegría brillaba en sus ojos.

—Muy bien hecho, Will.

Will admiraba el signo, que ahora ya estaba en su poder. Su pátina tenía la iridiscencia del mejor nácar, del arco iris; la luz bailaba en él como baila en el agua.

—Es precioso —dijo el muchacho, desabrochándose sin ganas el cinturón para pasar el objeto hasta colocarlo junto al Signo de Fuego.

—Es uno de los más antiguos —explicó Merriman—; y el más poderoso. Ahora que te has hecho con él, el reino del mal ya no tendrá ningún poder sobre Mary. Nunca más. Se ha roto el hechizo. Venga, debemos irnos.

Su voz tenía un deje de preocupación. Había visto que Will corría a agarrarse a un travesaño mientras el largo barco se inclinaba hacia un lado de modo súbito e inesperado. Luego se equilibró, se balanceó un poco y se ladeó a popa. Will advirtió, trepando por uno de los costados, que el nivel del Támesis había subido bastante desde que lo viera por última vez. El agua lamía el contorno del barco y casi lo ponía a flote. El rey fallecido no tardaría mucho en abandonar esa tierra que antes fuera una isla.

La yegua dio media vuelta y se dirigió hacia él, resoplando en señal de bienvenida. Se repitió ese mismo momento mágico en que sonaba la música encantada, y Will subió a la grupa del caballo blanco de la Luz, colocándose a horcajadas delante de Merriman. El barco se ladeó y osciló, completamente a flote sobre las aguas, y el caballo blanco se apartó de su camino para detenerse cerca y observar, con el agua del río rompiendo en olas contra sus robustas patas.

Entre crujidos y chasquidos la vasta nave cedió al ímpetu de la corriente del Támesis. Era una embarcación demasiado grande para inundarse, y gracias a su peso se mantuvo firme incluso en esas aguas tan turbulentas, una vez logró equilibrarse. El misterioso rey seguía yaciendo con la misma dignidad, rodeado de sus armas y su luciente tributo. Will divisó por última vez esa cara lívida, parecida a una máscara, mientras el magnífico barco se deslizaba corriente abajo.

—¿Quién era? —preguntó por encima del hombro.

—Un rey inglés, de la Edad de las Tinieblas —respondió Merriman con la seriedad reflejada en su rostro mientras veía alejarse la larga nave—. Será mejor que no digamos su nombre. No en vano por algo se la llamó la Edad de las Tinieblas. Fue una época muy lúgubre, un tiempo en que los Jinetes Negros cabalgaban sin trabas por nuestras tierras. Solo los Ancestrales y unos cuantos hombres valientes y nobles como él conservaron viva la Luz.

—Y fue enterrado en un barco, como los vikingos —dijo Will, absorto en la contemplación del reflejo de la luz en el dorado ciervo de proa.

—Era medio vikingo —aclaró Merriman—. En el pasado

hubo tres barcos funerarios cerca de este Támesis que consideras tan tuyo. Uno lo descubrieron en una excavación del siglo pasado, cerca de Taplow, pero los procedimientos que emplearon para recuperarlo solo aceleraron su destrucción. Otro era este barco del reino de la Luz, cuyo destino no lo conocerá jamás el hombre, y el último era el mayor de todos ellos, el que perteneció al más grande de todos los reyes; no lo han encontrado todavía, y quizá nunca lo hallen. Descansa en paz —sentenció Merriman, deteniéndose en seco mientras el caballo blanco, obedeciendo a un movimiento de su mano, giraba y se disponía a abandonar el río de un salto, en dirección al sur.

No obstante, Will se sentía impelido a observar el largo buque, y parte de su tensión pareció comunicarse al caballo y al maestro también. Se detuvieron. En ese momento un extraordinario haz de luz azul apareció por el este como una exhalación, y no provenía del cielo, sino de los terrenos comunales. La luz dio de lleno en el barco, y una enorme y silenciosa ráfaga de llamas brotó de él, sobre el ancho río y sus escarpadas y blanquecinas orillas; y de proa a popa el barco real fue pasto de las llamas. Will ahogó un grito inarticulado, y el caballo blanco se agitó intranquilo, pateando la nieve.

—Están dando rienda suelta a su desprecio porque saben que ya es demasiado tarde —dijo la voz poderosa y grave de Merriman a sus espaldas—. Siempre ha sido muy fácil predecir los movimientos de las Tinieblas.

—Pero el rey... y todos sus preciados tesoros...

—Si el Jinete se hubiera detenido a pensar, Will, sabría que esa explosión de rabia no ha hecho más que otorgar el final más justo y adecuado a ese insigne barco. Cuando murió el padre de ese rey, también lo instalaron en un barco funerario, rodeado de sus más valiosas pertenencias, pero no enterraron la nave. No era el procedimiento habitual. Los hombres del rey le prendieron fuego y dejaron que surcara el mar, quemándose en soledad, como una tremenda pira funeraria marina. Fíjate que eso es lo que hace ahora nuestro rey, el portador del último signo: navega entre el fuego y el agua para descansar en paz, siguiendo la corriente del mayor río de Inglaterra hasta llegar al mar.

—Descanse en paz —apostilló el muchacho en voz baja, apartando la mirada al fin del infierno de llamas.

El resplandor de la larga nave, quemándose y emblanqueciendo una parte del oscuro y tormentoso firmamento, seguía siendo visible mucho después, fueren donde fuesen.

LA CACERÍA PARTE AL GALOPE

—¡Ven! —apremió Merriman—. No podemos perder más tiempo.

La yegua blanca dio media vuelta y se alejó del río con sus jinetes, elevándose en el aire, casi rozando el agua espumosa para cruzar el Támesis en la vertiente donde termina Buckinghamshire y comienza Berkshire. Saltaba veloz y desesperada y, sin embargo, Merriman seguía apremiándola. Will conocía la razón. A través de los pliegues ondulados de la capa azul de Merriman había entrevisto la inmensa y negra columna en forma de tornado de las Tinieblas, que ahora se había reagrupado y vuelto más colosal que antes, tendiendo un puente entre la tierra y el cielo, girando en silencio bajo el resplandor del barco ardiendo. El espectro les seguía, y se movía muy deprisa.

Un viento del este empezó a azotarlos con fuerza, y la capa envolvió del todo a Will, como si el muchacho y Merriman se encontraran encerrados en una inmensa tienda azul.

—Éste es el momento álgido —le gritó Merriman al oído con todas sus fuerzas, aunque Will apenas entendió sus palabras con el aullido creciente del viento—. Tienes los seis signos, pero todavía no los hemos juntado. Si las Tinieblas se apoderan de ellos ahora, se llevarán consigo todo lo que necesitan para hacerse con el poder. Ahora es cuando pondrán todo su empeño en conseguirlo.

Siguieron galopando hacia delante, pasando casas, tiendas y gente que, sin apercibirse de nada, luchaba contra las riadas. Dejaron atrás tejados y chimeneas, sobrevolaron setos, campos y árboles, sin jamás perder de vista el suelo. La imponente columna negra los perseguía, tronando al viento, y en su interior cabalgaba el Jinete Negro sobre su negro corcel con la quijada en llamas, espoleándolo para que les diera alcance, en compañía de los señores de las Tinieblas, cabalgando a sus espaldas como una nube lóbrega girando sobre sí misma.

La yegua blanca volvió a elevarse, y Will miró hacia abajo. Había árboles por todas partes; robles y hayas inmensos y aislados se extendían en el campo abierto, para dar paso a unos bosques muy tupidos, atravesados por avenidas largas y rectas. Sin duda pasaron a galope tendido por encima de uno de esos paseos, sobre inquietantes abetos que soportaban el peso de la nieve, hasta salir de nuevo a la campiña. Unos rayos relampaguearon a su izquierda, escapando de las profundidades de un nubarrón, y bajo esa luz el muchacho vio erguirse junto a ellos la opaca masa del castillo de Windsor. Pensó que si habían llegado hasta el castillo, debían de encontrarse en el Gran Parque.

Por otro lado, empezó a albergar la sensación de que no estaban solos. Ya había oído dos veces un extraño y agudo gañido en el firmamento, pero ahora esos quejidos se repetían sin cesar. Por allí, por algún lugar cercano de ese parque atestado de árboles, rondaban seres de su misma especie. El plúmbeo y denso cielo también se adivinaba lleno de vida, aunque poblado por unas criaturas que no pertenecían a las Tinieblas y tampoco a la Luz, y que se movían por todos lados, agrupándose y separándose, acumulando un inmenso poder. La blanca yegua había vuelto a posarse sobre la nieve, y sus cascos resonaban con una determinación desconocida en los senderos helados, fangosos y flanqueados por ventisqueros. De inmediato Will se dio cuenta de que el animal no reaccionaba siguiendo las órdenes de Merriman, tal y como había creído, sino que seguía alguna especie de instinto propio.

Un rayo volvió a parpadear en torno de ellos y el cielo tronó.

—¿Conoces el roble de Herne? —le dijo Merriman junto al oído.

—Sí, claro —respondió en el acto Will, quien conocía la leyenda local desde pequeño—. ¿Es ahí donde vamos? ¿Al gigantesco árbol del Gran Parque donde... —y se calló asustado: ¿Cómo no había pensado en ello? ¿Por qué *El libro de la gramática mistérica* le había enseñado tantas cosas prescindiendo, en cambio, de ésta?—... donde Herne el Cazador cabalgará la víspera de la Duodécima Noche? ¿Herne, has dicho? —preguntó a Merriman, girándose y mirándolo con ojos temerosos.

«Voy a reunir a la cacería», había dicho el viejo George.

—Por supuesto —afirmó Merriman—. Esta noche la cacería saldrá al galope; y como has cumplido muy bien tu papel, esta noche y por primera vez desde hace más de mil años la cacería irá en pos de una presa.

La yegua blanca aflojó el paso, olisqueando el aire. El cielo se abría a causa del viento; navegando entre las nubes asomó en lo más alto una media luna y luego se desvaneció. Los rayos bailoteaban en seis lugares distintos a la vez y las nubes gruñían y retumbaban. El negro pilar de las Tinieblas, que avanzaba a toda velocidad hacia ellos, se detuvo, girando sobre sí mismo y ondulándose, suspendido entre la tierra y el cielo.

—Hay un Camino Ancestral que rodea el Gran Parque, el camino que atraviesa la Cañada del Cazador —dijo Merriman—. Tardarán un rato en encontrar el modo de franquearlo.

Will se esforzaba por divisar algo entre la opacidad de la noche. Bajo la luz intermitente pudo adivinar la forma de un roble solitario, que desde un tronco tremendamente corto extendía sus colosales brazos. A diferencia de los demás árboles, no presentaba el más mínimo rastro de nieve; y a sus pies había una sombra de la altura de un hombre.

La blanca yegua vio la sombra en ese preciso momento, resolló con fuerza y pateó el suelo.

—El caballo blanco debe reunirse con el Cazador, se dijo el muchacho a sí mismo, muy bajito.

Merriman le tocó en el hombro, y deslizándose con una facilidad mágica, bajaron al suelo. La yegua inclinó la testuz y Will posó su mano sobre el rudo y suave cuello blanco.

—Ve, amiga —dijo Merriman, y el caballo dio unos pasos vacilantes y trotó con alegría hacia el enorme y solitario roble para reunirse con la misteriosa sombra que se ocultaba ahí inmóvil. El poder del ser que proyectaba esa sombra era tan inmenso que Will se sobresaltó al notarlo. La luna volvió a ocultarse entre las nubes y durante unos instantes los rayos no cruzaron el cielo. Envueltos en una oscuridad completa, vieron que tras el árbol no se movía nada. Solo les llegó un sonido desde la oscuridad: el relincho a modo de saludo de la yegua blanca.

Igual que un eco se oyó otro relincho, más profundo y como un resuello, tras los árboles más cercanos. Will se dio la vuelta cuando la luna volvía a emerger clara detrás de una nube, y entonces vio la gigantesca silueta de *Pólux*, el caballo percherón

302

de la granja de los Dawson, con el viejo George montado en su grupa.

—Tu hermana está en casa, muchacho. Se ve que se perdió y se quedó dormida en un viejo establo. Tuvo un sueño tan raro que prácticamente ya lo ha olvidado.

Will asintió agradecido y sonrió, sin dejar de observar un curioso bulto redondeado que George sostenía bien envuelto frente a él.

—¿Qué es eso? —preguntó con un cosquilleo en la nuca provocado por la cercanía del objeto desconocido.

—¿Va todo bien? —preguntó el viejo George, inclinándose hacia Merriman y sin responder a la pregunta del muchacho.

—Muy bien —contestó Merriman—. Dáselo al chico —dijo, mientras se cubría mejor con la capa para vencer un escalofrío.

Dedicó una dura mirada a Will desde sus ojos hundidos e inescrutables y el muchacho, con aire interrogante, se dirigió hacia el caballo de tiro y se quedó de pie, a la altura de la rodilla de George, mirándolo. Con una rápida sonrisa que más parecía enmascarar una gran tensión, el anciano deslizó hacia él la carga oculta. Medía la mitad de Will, aunque no pesaba demasiado, y estaba envuelta en una tela de saco. Al poner sus manos sobre el objeto, el muchacho supo en el acto de qué se trataba. No podía creérselo, no era posible; escapaba de toda lógica.

El fragor del trueno volvió a envolverlos mientras la voz de Merriman, grave y oculta entre las sombras que había tras él dijo:

—¡Claro que es lo que te imaginas! La corriente la arrastró, sana y salva. Luego, y a su debido tiempo, los Ancestrales la rescataron del agua.

—Ahora debes llevársela al cazador, Ancestral —dijo el anciano George subido a lomos del paciente *Pólux*.

Will se asustó un poco. Sabía que un Ancestral nada debía temer en el mundo. Sin embargo, esa figura sombría que se ocultaba tras el gigantesco roble tenía algo extraño y terrorífico, algo que le hacía a uno sentirse tan innecesario, insignificante y pequeño... El muchacho recobró la compostura. En cualquier caso, la palabra más inadecuada sería «innecesario». Will tenía una tarea que cumplir. Levantó el objeto como si fuera un estandarte, tiró de la tela que lo cubría, y la luminosa y sobrecogedora cabeza de Carnaval que era mitad hombre, mitad bestia emergió igual de desenfadada y alegre como cuando había llegado de su remota isla. Las astas se mantenían orgullosamente enhiestas, y Will cayó en la cuenta de que eran idénticas a las del ciervo dorado, el mascarón de proa del barco funerario del rey. Sosteniendo la máscara delante, caminó con soltura hacia la profunda sombra que había tras el roble, el cual tendía con firmeza sus robustas ramas. Cuando llegó frente a él, se detuvo. Divisaba un retazo de la blanca yegua, la cual se movió con elegancia al reconocerlo, y pudo ver que el animal llevaba un jinete encima, pero eso fue todo.

El personaje que iba a lomos del caballo se inclinó hacia él. No pudo verle la cara, tan solo sintió que le cogía la máscara de las manos, y que éstas caían por su propio peso, aliviadas de haberse desembarazado de su carga, a pesar de que la cabeza desde un buen principio le había parecido muy ligera. Retrocedió unos pasos. La luna surgió de repente, surcando una nube, y durante un instante, al mirar fijamente su blanquecino y frío resplandor, su luz le deslumbró. Luego volvió a desvanecerse, y el caballo blanco salió de las sombras, con la figura subida a su grupa, recortándose contra el cielo en penumbra. La cabeza del jinete era mayor que la de un hombre, y la coronaba una cornamenta de ciervo. La yegua blanca, con ese monstruoso hombre-venado montado en ella, avanzaba de modo inexorable hacia Will.

El muchacho se quedó quieto, esperando, hasta que el magnífico caballo se acercó todavía más y tocó su hombro con el morro, suavemente, por última vez. La figura del Cazador se erguía sobre él. Ahora la Luna lanzaba claros destellos sobre su cabeza, y Will se encontró mirando sus ojos, extraños y leonados, de un color amarillo dorado, insondables, como los ojos de una enorme ave. Escrutó esa mirada, y en el firmamento oyó que el raro y agudo gañido recomenzaba. Esforzándose por escapar al encantamiento, apartó la vista de esos ojos para observar la cabeza, la inmensa máscara con cuernos que había entregado al Cazador para que se la pusiera.

Sin embargo, la cabeza era real. Los áureos ojos parpadeaban, redondos y plumíferos, con el abrir y cerrar pausado de los párpados firmes de un búho; el rostro de hombre que los enmarcaba lo miraba de frente, y la boca tallada con decisión sobre la suave barba se abría en una breve sonrisa. Esa boca lo preocupaba, porque no era la boca de un Ancestral. Sabía sonreír de modo amistoso, pero también se dibujaban en ella otras marcas de expresión. Esas arrugas que en el rostro de Merriman indicaban tristeza y rabia, en el Cazador eran señal de crueldad y de un despiadado instinto por la venganza: claro vestigio de su mitad animal. Las oscuras astas de la cornamenta de Herne se curvaban por encima de la cabeza de Will mientras la luz de la Luna centelleaba sobre su pátina aterciopelada. El Cazador rió para sus adentros. Bajó sus amarillos ojos y miró a Will, con ese rostro que ya no era una máscara, sino una cara viva, y habló con timbre de tenor.

—Los signos, Ancestral. Muéstrame los signos.

Sin apartar los ojos de la figura enhiesta, Will forcejeó con su hebilla y levantó los seis signos cuarteados para que los iluminara la luna. El Cazador los miró e inclinó la cabeza. Cuando volvió a levantarla, despacio, su suave voz entonaba unas palabras a modo de canción, como si declamara. Eran unas palabras que Will ya había oído antes.

Cuando las Tinieblas se alcen, seis las rechazarán:
tres desde el círculo, tres desde el sendero.
Madera, bronce, hierro; agua, fuego y piedra.
Cinco serán los que regresen, y uno solo avanzará.

Hierro por el cumpleaños, bronce traído desde lejos;
madera de la quema, piedra nacida de la canción;
fuego en el anillo de las velas, agua del deshielo;
seis signos en el círculo, más el grial ya desaparecido.

Sin embargo, tampoco él terminó la canción donde Will creía, sino que siguió declamando:

El fuego de la montaña hallará el arpa de oro
y sus tañidos despertarán a los durmientes,
criaturas anteriores a los Ancestrales;
y por el poder de la bruja verde,
perdido en los confines del mar;
todos ellos encontrarán al fin la luz,
plata en el árbol.

Los ojos amarillos volvieron a contemplar a Will, pero ahora no lo veían; se habían vuelto fríos, ausentes, y un fuego helado iba creciendo en ellos hasta devolver a su rostro las arrugas crueles. Sin embargo, Will vio en esa crueldad la obstinada inevitabilidad de la naturaleza. Si la Luz y sus siervos perseguían, y perseguirían por siempre jamás, a las Tinieblas, no era por maldad, sino porque eso estaba escrito en la naturaleza de las cosas.

Herne el Cazador dio media vuelta sobre su blanco y magnífico caballo blanco, alejándose de Will y el roble solitario, hasta que su temible silueta salió a campo abierto, bajo la luna y los nubarrones que todavía se cernían sobre ellos. Levantó la cabeza y lanzó un grito al cielo, como la llamada del cazador cuando toca el cuerno para reunir a los perdigueros. El bramido de ese cuerno de caza pareció redoblarse, poblar el cielo y salir de mil gargantas a la vez.

Eso fue exactamente lo que vio Will, porque desde todos los extremos del parque, tras cada una de las sombras y las nubes y bajo los árboles, saltando por el suelo y el aire, surgió una jauría interminable de sabuesos, ladrando y aullando como hacen los perros de caza cuando localizan un rastro. Eran unos animales enormes y blancos, y su apariencia se adivinaba fantasmagórica bajo esa luz atenuada. Los perros trotaban, daban giros bruscos y saltaban en grupo. No prestaban la más mínima atención a nada que no fuera Herne, montado sobre el caballo blanco. Tenían las orejas rojas, y también los ojos; eran unas criaturas horrendas. Will se apartó con un gesto involuntario mientras pasaban junto a él, y un enorme perro plateado se detuvo y dio unos pasos hacia él para observarlo, con la misma naturalidad como si en lugar de un muchacho se hubiera tratado de una rama caída. Los rojizos ojos destellando en la nívea cabeza eran como llamas, y las orejas coloradas estaban tensas y rectas, mostrando una actitud fiera y temible. Will intentó no imaginarse lo que debería ser escapar del acoso de esos perros.

Los animales aullaban y ladraban alrededor de Herne y la yegua blanca, como un mar bullente de una espuma salpicada de grana. De repente el hombre de la cornamenta se irguió, con las grandes orejas enhiestas como las de los perros de caza, y reunió a los perdigueros con la llamada rápida y apremiante que convoca a la jauría para seguir el rastro de la sangre. La sucesión de inevitables aullidos de esos perros blancos como la harina convirtió la escena en pura locura, y sus lamentos resonaron en todo el firmamento. En ese preciso instante la tormenta eléctrica descargó con toda su bravura. Las nubes, tronando, se abrían para dar paso a los relámpagos, nítidos e irregulares, mientras Herne y el caballo blanco saltaban exaltados hacia la arena celestial, con los perros de ojos bermejos abalanzándose hacia el aire tormentoso en una gran riada blanca.

No obstante, de súbito sobrevino un terrible silencio, como una asfixia que anulara el clamor de la tormenta. Aprovechando desesperadamente su última oportunidad, rompiendo la barrera que las mantuviera alejadas, las Tinieblas acudieron en busca de Will. Tapando el firmamento y la tierra, el pilar mortal avanzaba arremolinándose en su dirección, pavoroso en su energía salvaje y móvil y, sin embargo, profundamente silenciosa. No tuvo tiempo de sentir miedo. Will se quedó de pie, solo. La imponente columna negruzca se abalanzó sobre él y lo engulló, con la presencia de todas las fuerzas monstruosas del reino del mal en su oscilante neblina, y en su centro el fabuloso semental negro, echando espuma por la boca, se levantó sobre sus patas traseras con el Jinete Negro montado sobre él y con un brillante fuego azul incendiándole los ojos. Will invocó en vano todas las fórmulas que conocía para protegerse, pero sus manos, incapaces de obedecer sus órdenes, no lograban alcanzar los signos para pedir ayuda. El chico se quedó inmóvil en el mismo lugar, presa de la desesperación, y cerró los ojos.

Sin embargo, en el silencio inerte que ahogaba el mundo y envolvía al muchacho, destacó un sonido tímido. Era el mismo extraño relincho agudo que ese día había oído tres veces en lo más alto del cielo, un gañido como de gansos migratorios volando en una noche otoñal. Sonaba muy cerca, y el ruido se hizo tan intenso que le hizo abrir los ojos. Entonces vio una escena como jamás había presenciado, y de la que jamás volvería a ser testigo. La mitad del cielo estaba encapotado, y en él se destacaba la imagen aterradora de la furia silenciosa de las Tinieblas y la fuerza de su tornado girando sin parar; pero ahora, cabalgando hacia ellas por el oeste y con la velocidad de un meteorito, se veía a Hernes y a la cacería salvaje. Se hallaban en el momento álgido de su poder, y con un grito desgarrador salieron rugiendo de los inmensos nubarrones plomizos, entre los relámpagos zigzagueantes y las nubes de un gris púrpura, para cabalgar en la tormenta. El cazador, con su cornamenta y los ojos amarillos como ascuas, galopaba con una risa temeraria, entonando la señal de avance que reagrupa a los perros para lanzarlos contra la caza, y su caballo, blanco y destellando como el oro, se precipitaba hacia delante con la crin y la cola al viento.

Como un interminable río ancho y blanco, iban pasando los Sabuesos Gañedores, los Aulladores y los Perdigueros del Destino, con sus purpúreos ojos encendidos en miles de ascuas disuasorias. El cielo se tiñó de blanco con su presencia. Abarcaban todo el horizonte occidental, y seguían llegando más perros, en un flujo inacabable. Al son de miles de hocicos aullando, con un lamento que más parecía un bramido, las Tinieblas, con un ligero temblor, parecieron quebrarse y perder algo de su magnificencia. Will vislumbró al Jinete Negro de nuevo, en lo alto de la tétrica neblina; en su rostro se adivinaba la tensión de la rabia, el miedo y la gélida maldad, y bajo esas emociones, asomaba la conciencia de la derrota. Azuzó con tanta ira su caballo que el ágil semental negro se tambaleó y estuvo a punto de caer. Al tirar de las riendas, el Jinete pareció arrojar algo con impaciencia desde su silla de montar, un objeto pequeño y oscuro que cayó blando y suelto al suelo, y se quedó allí, como una capa desechada.

La tormenta y la enfebrecida cacería salvaje se lanzaron contra el Jinete, el cual cabalgó hasta refugiarse en su negro torbellino. El fantástico tornado, elevándose como una columna, se curvó y dobló, como un látigo o una serpiente agonizante, hasta que al final se oyó un ensordecedor grito en el firmamento, y empezó a huir a una velocidad de vértigo hacia el norte. Escapaba en la dirección del bosque y los terrenos comunales, hacia la Cañada del Cazador. Herne y la cacería fueron en pos de él, en frenética carrera, como la cresta de una larga y blanquecina ola en la tormenta. El aullido de los perros murió en la distancia, y fue el último sonido de la cacería en extinguirse. Sobre el roble de Herne lucía una media luna de plata, flotando en un cielo estriado por retazos desiguales de las nubes.

Will respiró profundamente y miró a su alrededor. Merriman estaba exactamente donde le viera por última vez, alto y erguido, con la capucha puesta, parecido a una estatua inexpresiva. El viejo George había llevado a *Pólux* bajo los árboles, porque ningún animal corriente hubiera podido acercarse tanto al Cazador y sobrevivir.

—¿Ha terminado? —preguntó Will.

—Más o menos —respondió Merriman, con la caperuza tapándole el rostro.

—Las Tinieblas... están... —Y el muchacho no se atrevía a pronunciar las palabras.

—Las Tinieblas, por fin, han perdido este encuentro. Nada puede enfrentarse al Cazador Salvaje. Herne y sus sabuesos persiguen a sus presas sin descanso, hasta los confines del mundo. Por lo tanto, es ahí donde los señores de las Tinieblas tratarán de ocultarse ahora, esperando que les llegue otra oportunidad. Ahora bien, la próxima vez seremos mucho más fuertes, gracias al círculo completo, a los seis signos y al don de la gramática mistérica. El éxito de tu búsqueda nos ha fortalecido, Will Stanton, y pone a nuestro alcance la última y definitiva victoria.

Merriman se bajó la ancha capucha, y su pelo blanco e indomable relució bajo la luz de la luna. Durante unos breves instantes sus ojos sombríos penetraron en los de Will, mostrando un orgullo cómplice que reconfortó al muchacho. Entonces Merriman miró a lo lejos, hacia los prados moteados de nieve del Gran Parque.

—Solo nos queda juntar los signos; pero antes de eso, tenemos que hacer algo más.

Un curioso estremecimiento podía palparse en su voz. Will lo siguió, desconcertado, mientras su maestro daba unas cuantas zancadas hacia el roble de Herne. Entonces vio sobre la nieve, al borde de la sombra que proyectaba el árbol, la estrujada capa que el Jinete Negro había dejado caer cuando se disponía a huir. Merriman se agachó, y luego se arrodilló junto a ella sobre la nieve. Con aire interrogativo Will se acercó para ver mejor, y se sobresaltó al comprender que el montón oscuro de ropa no era una capa, sino un hombre. El personaje yacía con la espalda en el suelo, retorcido en un ángulo fatídico. Era el Caminante. Era Hawkin.

—Aquellos que vuelen alto con los señores de las Tinieblas, desde muy alto caerán —dijo Merriman con una voz profunda e inexpresiva—. Los hombres no aguantan bien esas alturas. Creo que se ha roto la espalda.

Observando el pequeño rostro inmóvil, Will pensó que en esa ocasión había olvidado que Hawkin tan sólo era un hombre normal y corriente. Quizá no muy corriente, a fin de cuentas; ésa no sería la palabra más adecuada para describir a un hombre que había sido utilizado por la Luz y las Tinieblas, había viajado a través del tiempo y se había convertido finalmente en aquel Caminante maltratado por un interminable vagabundeo que había durado seiscientos años. No obstante, era un hombre, y además mortal. El pálido rostro se movió un poco, y el hombrecillo abrió los ojos. El dolor se reflejaba en su mirada, y en ella también se advertía la sombra de un dolor distinto y recordado.

—Me tiró del caballo —dijo Hawkin.

Merriman lo miró sin decir nada.

—Sí, claro —susurró Hawkin con amargura—. Vos sabíais que eso sucedería. —Ahogó un suspiro de dolor al intentar mover la cabeza; y entonces el pánico afloró en su mirada—. Sólo noto la cabeza... Noto la cabeza porque me duele; pero los brazos, las piernas... están... ¡No los siento!

Su arrugado rostro encarnaba la desesperación más terrible y desoladora. Hawkin miró a Merriman desconsolado.

—Estoy perdido. Lo sé. ¿Permitiréis que siga viviendo, ahora que empieza el peor de mis sufrimientos? Un hombre tiene derecho a morir, y vos lo habéis impedido durante todo este tiempo. Me hicisteis vivir durante muchísimos siglos cuando yo deseaba morir con todas mis fuerzas; y todo por una traición que cometí por carecer de la inteligencia de los Ancestrales...

El dolor y la nostalgia de su voz eran intolerables, y Will giró la cabeza.

—Tú fuiste Hawkin, mi hijo adoptivo y mi vasallo, el que traicionó a su señor y a la Luz. Entonces te convertiste en el Caminante, destinado a caminar por la tierra todo el tiempo que la Luz lo precisara. Es cierto. Ésa fue la causa de que vivieras; pero nosotros no te sometimos después, estimado amigo. Cuando el Caminante hubo cumplido su misión, quedaste libre, y hubieras podido descansar para siempre. Sin embargo, tú elegiste escuchar las promesas de las Tinieblas y traicionar a la Luz por segunda vez. Te di la oportunidad de elegir, Hawkin, y no te la quité. No hubiera podido hacerlo. Sigue siendo tuya. Ningún poder de las Tinieblas o de la Luz es capaz de convertir a un hombre en otra cosa superior cuando ya ha desempeñado el papel sobrenatural que se le ha otorgado. Ahora bien, esos mismos poderes de las Tinieblas o de la Luz tampoco pueden arrebatarle sus derechos como hombre. Si eso fue lo que te contó el Jinete Negro, te mintió.

—¿Puedo descansar? —dijo Hawkin con el rostro contorsionado por el dolor y mirándolo con una agonía incrédula—. ¿Puedo elegir terminar con todo y descansar al fin?

—Siempre has tenido la facultad de elegir —dijo Merriman con tristeza.

Hawkin asintió; un espasmo de dolor le cruzó el rostro y luego desapareció. Sin embargo, los ojos que los contemplaban volvían a ser los brillantes y vivarachos ojos del principio, de ese hombrecillo pulcro vestido con una chaqueta de terciopelo verde.

—Usa el don correctamente, Ancestral —dijo Hawkin, dirigiéndose a Will en voz baja.

Luego volvió la mirada hacia Merriman, una mirada prolongada e insondable, íntima, y con voz casi inaudible dijo:

—Maestro...

La luz se esfumó de sus chispeantes ojos, y su persona dejó de existir.

LA UNIÓN DE LOS SIGNOS

Will estaba de pie, dando la espalda a la entrada y contemplando la lumbre de la herrería, aquella forja de techo bajo. El fuego ardía en llamas anaranjadas, rojizas y de un amarillo vivo, casi blanco, mientras John Smith presionaba el largo fuelle. Era la primera vez en todo el día que Will se sentía reconfortado por el calor. No era peligroso para un Ancestral quedar calado hasta los huesos en un río helado, pero se alegraba de volver a sentir calorcillo en todo su cuerpo. Además, eso le ponía de buen humor, y también confería a la estancia un ambiente distendido.

Pero, en realidad, ese fuego no iluminaba exactamente la habitación, porque los objetos que veía Will no tenían una apariencia sólida. El aire titilaba. Sólo el fuego parecía real; el resto hubiera podido ser un espejismo. El muchacho vio que Merriman lo contemplaba, esbozando apenas una sonrisa.

—Vuelvo a tener esa sensación de que no estamos en el mundo real —dijo Will con estupor—. Es lo mismo que sentí ese día, cuando fuimos a la mansión y vivimos en dos tiempos distintos a la vez.

—Sí. Es lo mismo; y ahora también nos encontramos en dos momentos diferentes.

—¡Si estamos en la época de la herrería! —exclamó Will—. Hemos atravesado las puertas.

En efecto. Junto con Merriman y el viejo George, sin olvidar al enorme caballo *Pólux*, Will había atravesado los portones del tiempo. En los mojados y oscuros campos de las afueras, después de que el Cazador Salvaje ahuyentara a las Tinieblas desde el firmamento, el grupo de Ancestrales había atravesado las puertas para llegar a la época de la que procedía Hawkin, seiscientos años atrás; la misma época en la que Will había caminado la quieta y nevada mañana de su cumpleaños. Habían devuelto a Hawkin a su mundo por última vez, cargándolo a lomos de *Pólux*. Cuando todos hubieron atravesado los portones, el viejo George condujo al caballo en dirección a la iglesia, con el cuerpo de Hawkin en su grupa. Will comprendió que en su propia época, en algún rincón del camposanto de su pueblo, quizá coronado por alguna piedra desmoronada o ilegible, quizá bajo otras sepulturas más recientes, yacía sepultado un hombre llamado Hawkin, fallecido en fecha desconocida durante el siglo XIII, y que descansaba en paz en ese lugar desde entonces.

Merriman lo llevó hasta la parte delantera de la herrería, frente al estrecho sendero de tierra endurecida que atravesaba la Cañada del Cazador: el Camino Ancestral.

—Escucha.

Will observó el camino lleno de baches, flanqueado por densos árboles a ambos lados, y la fría franja grisácea del cielo de madrugada.

—¡Oigo el río! —exclamó Will sorprendido.

—Ya.

—¡Pero si está a kilómetros de distancia, al otro lado de los terrenos comunales!

Merriman ladeó la cabeza hacia el caudaloso y turbulento sonido de las aguas. Sonaba como un río crecido, aunque no desbordado, un río que fluye alimentado por las abundantes lluvias.

—Lo que estamos oyendo no es el Támesis —aclaró Merriman—. Son los ruidos del siglo XX. Verás, Will: John Wayland Smith debe unir los signos en esta forja y en este momento, porque esta herrería fue destruida poco después. Ahora bien; los signos no se juntaron hasta que tú los conseguiste, y eso ocurrió en tu propia época. Por lo tanto, la unión debe hacerse en una burbuja de tiempo situada entre ambos siglos, un espacio en el que los sentidos de un Ancestral puedan percibir las dos épocas a la vez. Lo que oímos no es un río real. Es el agua que baja por el Camino de Huntercombe en tu siglo, descargando la nieve fundida.

Will pensó en la nieve y en su familia, sitiada por las riadas, y de repente se convirtió en un niño que sólo deseaba volver a casa.

—Ya falta poco —lo animó Merriman, mirándolo con compasión.

Oyeron un martilleo a sus espaldas y se volvieron. John Smith había terminado de bombear el fuelle y el fuego estaba al rojo vivo. Ahora se aplicaba en el yunque, con las largas tenazas preparadas frente al resplandor del fuego. El herrero no empleaba su pesado martillo habitual, sino otro que parecía ridículamente pequeño comparado con su desarrollado puño. Era una herramienta delicada, más parecida a las que Will había visto utilizar a su padre en el taller de joyería. Quizá el motivo fuera que el objeto en el que se afanaba era mucho más de-

317

licado que las herraduras de los caballos. Se trataba de una cadena de oro, con grandes eslabones, de donde penderían los seis signos. John había dispuesto los eslabones ordenados en fila, y los tenía a su alcance.

—Casi estoy listo —dijo, levantando la mirada y con el rostro acalorado por el fuego.

—Muy bien —dijo Merriman, y se marchó muy digno por el camino, dejándolos solos en la herrería.

Al cabo de un instante se detuvo, alto e imponente, vestido con su larga y azulada capa, con la caperuza bajada y su espeso y cano pelo brillando como la nieve. Sin embargo, no había nieve en ese paraje, ni siquiera agua, a pesar del sonido torrencial que Will seguía oyendo. El cambio se inició en ese preciso instante. Merriman parecía no haberse movido. Seguía en pie, dándoles la espalda, con las manos caídas a ambos lados de su cuerpo, muy quieto, sin mover ni un solo músculo. Sin embargo, en torno de él el mundo empezaba a transformarse. El aire vibró y se estremeció, los perfiles de los árboles, la tierra y el cielo temblaron y se difuminaron, y todas las cosas visibles parecían flotar y entremezclarse. Will se quedó mirando ese mundo oscilante, sintiendo un ligero mareo, y poco a poco empezó a distinguir el murmullo de muchas voces, destacándose por encima de la carretera inundada, caudalosa e invisible. Como si estuviera bajo los efectos de la reverberación del calor, el tembloroso mundo empezó a definirse y aparecieron visibles los perfiles de los objetos, y el muchacho vio que una muchedumbre inmensa y homogénea ocupaba el camino, los recodos entre los árboles y el patio abierto que había frente a la forja. No eran del todo reales, ni sólidos tampoco; su naturaleza era fantasmal, como si pudieran desaparecer al tocarlos. Sonreían a Merriman, saludándolo desde donde se encontraban, sin dirigir todavía el rostro hacia Will. Apiñados a su alrededor, miraban con deleite la herrería, como un público dispuesto a contemplar una obra de teatro, pero sin percatarse de la presencia de Will y el herrero.

Era una galería interminable de retratos. Había rostros alegres, sombríos, viejos, jóvenes, blancos como el papel, negros como la pez, con todos los matices y tonos comprendidos del rosa al marrón, apenas familiares, o bien absolutamente extraños. Will creyó reconocer algunas caras de la fiesta que la señorita Greythorne había dado en la mansión, esa fiesta celebrada unas Navidades del siglo XIX que habían labrado la desgracia de Hawkin y lo habían iniciado a él en el saber de *El libro de la gramática mistérica*. Entonces lo comprendió todo. Todas esas personas, la interminable multitud que Merriman había congregado de algún modo, eran Ancestrales. Habían acudido de todas partes, venían de todos los países del mundo para ser testigos de la unión de los signos. Will quedó sobrecogido por el espanto, y deseó que se lo tragara la tierra para poder escapar de la mirada de este nuevo y desmesurado mundo encantado, un mundo que era el suyo.

Ésta es mi gente, pensó. Es mi familia, exactamente igual que mi familia auténtica. Son los Ancestrales; y a todos nos une el mismo vínculo: conseguir el objetivo más insigne del mundo. Entonces advirtió una leve agitación entre la muchedumbre, avanzando como una ondulación por el camino, y algunos empezaron a desplazarse y moverse para hacer sitio. En ese momento oyó la música; esa música de viento y percusión, casi cómica en su simpleza, el sonido de los pífanos y los tambores que había oído en su sueño... o quizá no había sido un sueño. Estaba tenso, con las manos agarrotadas, esperando, y Merriman giró sobre sus talones y avanzó a grandes zancadas para ponerse junto a él, mientras la breve procesión, igual que en el pasado, surgía de la multitud para acercarse a ellos.

En ese racimo de personajes, y curiosamente de una textura más sólida que los anteriores, se destacaba aquella breve procesión de muchachos vestidos con túnicas y medias burdas y extrañas, con el pelo a la altura de los hombros y unas gorras raras y fruncidas. Los que abrían el cortejo seguían llevando palos y haces de ramitas de abedul, mientras que los que cerraban la marcha tocaban una única melodía nostálgica y repetitiva, con gaitas y tambores. Entre ambos grupos desfilaban los mismos seis chicos que transportaban en hombros unas andas hechas con ramas gruesas y juncos y decoradas con ramos de acebo en las esquinas.

—La primera vez es por san Esteban, un día después de Navidad, y la segunda, durante la Duodécima Noche. Dos veces al año, si ese año es especial, se celebra la Caza del Carrizo.

Sin embargo, ahora Will podía ver las andas con claridad, y en esa ocasión, no había carrizo alguno, sino esa otra forma delicada y yacente, la anciana Dama vestida de azul, con su exorbitante anillo de color rosáceo en la mano. Los muchachos marcharon hacia la herrería y al llegar, depositaron las andas en el suelo, con gran cuidado. Merriman se inclinó, tendiéndole la mano, y la Dama abrió los ojos y sonrió. La ayudó a ponerse en pie y la mujer, avanzando hacia Will, tomó las manos del muchacho entre las suyas.

—Bien hecho, Will Stanton —dijo, y entre la multitud de Ancestrales que atestaban el camino se elevó un murmullo de aprobación, como el viento cuando canta entre los árboles—. Sobre el roble y el hierro, haced que los signos se unan —concluyó, volviendo el rostro hacia la herrería, donde John aguardaba en pie.

—Ven, Will —dijo John Smith.

Los dos Ancestrales fueron hacia el yunque, y Will depositó sobre él el cinturón en el que había llevado los signos durante toda su búsqueda.

—¿Sobre el roble y el hierro? —susurró.

—El hierro del yunque y el roble de su base —dijo en voz baja el herrero—. La enorme base de madera del yunque siempre es de roble; es la raíz de un roble, que es la parte más fuerte del árbol. ¿No recuerdas que alguien te habló de la naturaleza de la madera hace un rato? —dijo a Will con un brillo en los ojos y volviendo a su trabajo.

El herrero cogía los signos uno a uno, y los iba uniendo entre sí con eslabones de oro. En el centro colocó los signos de fuego y agua; a un lado, los signos de hierro y bronce, y al otro, los signos de madera y piedra. Luego ató en cada uno de los extremos un trozo de cadena de oro macizo. Trabajaba con rapidez y delicadeza, mientras Will lo observaba. Fuera, la reunión multitudinaria de Ancestrales permanecía inmóvil, plantada como la hierba. Aparte de los golpeteos del martillo del herrero y el silbido ocasional del fuelle, no se oía ruido alguno, salvo el correr de las aguas de ese río invisible en que se había convertido la carretera muchos siglos después y cuya presencia, sin embargo, se palpaba cerca.

—Ya está —dijo al fin John.

Con gran ceremonia entregó a Will la resplandeciente cadena de signos, y el muchacho contuvo el aliento ante su belleza. Sostuvo los signos y, de repente, le invadió una sensación extraña y bravía, como si le pasara la corriente: era la confirmación, sólida y arrogante, de su poder. Will estaba desconcertado; si el peligro ya no era inminente y las Tinieblas habían huido, ¿qué propósito tenía todo eso? Caminó hacia la Dama, con la sorpresa pintada en su rostro, le puso los signos en la mano y se arrodilló ante ella.

—¿No ves que son para el futuro, Will? Para eso sirven los signos. Son el segundo de los cuatro instrumentos del poder, que durante muchísimos siglos han estado dormidos y ahora constituyen una parte muy importante de nuestra fuerza. Esos cuatro instrumentos del poder los hicieron varios artesanos del reino de la Luz en distintos momentos del tiempo, esperando que llegara un día en que sirvieran de ayuda. Son un cáliz de oro, al que llaman el grial, el círculo de los signos, una espada de cristal y un arpa de oro. El grial, al igual que los signos, se encuentra a salvo. Los otros dos todavía tenemos que conseguirlos; son otras empresas que se llevarán a cabo en épocas distintas. Sin embargo, cuando hayamos añadido esos dos últimos objetos a los instrumentos que ya tenemos y las Tinieblas resurjan para lanzar su encarnizado ataque final, tendremos la esperanza y la seguridad de poder vencer.

Volvió el rostro hacia la masa innumerable y fantasmal de los Ancestrales.

—«Cuando las Tinieblas se alcen...» —dijo sin expresión en su rostro.

—«... seis las rechazarán» —corearon miles de voces con un murmullo apagado, plagado de presagios.

—Buscador de los Signos —dijo la Dama, mirando de nuevo a Will y arrugando sus intemporales ojos en una muestra de afecto—. Por tu nacimiento, el día de tu cumpleaños tomaste posesión de tu persona, y el círculo de los Ancestrales se completó para siempre. Con el buen uso que hiciste del don de la gramática mistérica lograste llevar a buen puerto tu aventura y demostraste que eras capaz de superar la prueba a la que te habían sometido. Hasta el día en que volvamos a vernos, porque volveremos a encontrarnos, Will, todos te recordaremos con orgullo.

Esa multitud que alcanzaba hasta donde se perdía la vista respondió con un murmullo distinto, ahora más cálido; y la Dama, con sus delgadas y menudas manos, iluminadas por el brillo del magnífico anillo con la piedra rosácea, se inclinó y colocó la cadena de signos en el cuello de Will. Entonces lo besó ligeramente en la frente, y su beso tenía la suavidad del roce del ala de un pájaro.

—Adiós, Will Stanton.

El murmullo de voces se acrecentó, y el mundo giró alrededor de Will en una ráfaga de árboles y llamas, dominada por la cautivadora frase musical, sonando como unas campanillas, más alta y alegre que nunca. Las notas se desgranaban en su cabeza, como una canción, y le embargó una sensación tan maravillosa que cerró los ojos y se abandonó a su belleza. En el intervalo de un segundo comprendió que esa música era el espíritu y la esencia de la Luz. Entonces las notas empezaron a desvanecerse, despacio, y se volvieron distantes, seductoras y un tanto melancólicas, como siempre había sucedido en el pasado, hasta desaparecer en la nada y dejar paso al sonido del torrente. Will lloró con una profunda pena, y abrió los ojos.

Estaba arrodillado en la nieve fría y aplastada, bajo la luz mortecina y gris de la madrugada, en un lugar que no reconoció junto al Camino de Huntercombe. Al otro lado de la carretera unos árboles desnudos se elevaban sobre las clapas de nieve mojada. A pesar de que la avenida volvía a ser una carretera pavimentada, el agua corría furiosa bajo el alcantarillado con un sonido parecido a un arroyo..., o incluso un río. La carretera estaba vacía; no se veía a nadie entre los árboles. La sensación de pérdida le hizo llorar; esa acogedora reunión de amigos, la

323

intensidad, la luz y el aire festivo, e incluso la Dama, todo eso se había esfumado; y él se había quedado solo, desamparado. Se llevó una mano al cuello. Los signos seguían en su lugar.

—Es hora de ir a casa, Will —anunció tras él la voz profunda de Merriman.

—¡Oh! —exclamó Will con un desánimo que le impidió volverse—. Me alegro de que estés aquí.

—Sí, ya lo veo, ya —dijo Merriman de un modo cortante—. Contén tu alegría, por favor.

Sentado sobre los talones, Will lo miró por encima del hombro. Merriman le sostuvo la mirada con aire solemne y clavó en él sus oscuros ojos como un búho. De repente, todas las emociones que atenazaban a Will se desataron en su interior, y el muchacho empezó a reír a carcajadas. Merriman torció ligeramente el gesto. Levantó la mano y Will se apresuró a ponerse en pie, conteniendo apenas la risa.

—Es que me ha dado... —dijo el muchacho, y se detuvo en seco, sin estar muy seguro de si reía o lloraba.

—Es un ligero trastorno —dijo con amabilidad Merriman—. ¿Puedes andar?

—¡Claro que puedo andar! —dijo indignado el chico.

Will miró a su alrededor. En el lugar donde había estado enclavada la herrería se alzaba un atrotinado edificio de obra vista parecido a un garaje, y en torno de la construcción se veían armazones de madera y vidrio para proteger las plantas y los huertos asomando entre la nieve fundida. Miró rápido hacia arriba y vio el perfil de una casa que le resultaba familiar.

—¡Es la mansión!

—Sí. La entrada trasera, la que queda cerca del pueblo y utilizan básicamente los proveedores; y los mayordomos también, por supuesto —dijo Merriman, sonriendo.

—¿De verdad que aquí es donde estaba la antigua herrería?

—En los planos de la vieja casa este lugar se llama la verja del herrero. A los especialistas en historia de Buckinghamshire les encanta especular sobre la razón en sus ensayos sobre Huntercombe, y siempre se equivocan.

—¿Está la señorita Greythorne en casa? —dijo Will, escrutando entre los árboles las altas chimeneas estilo Tudor y los tejados de dos aguas.

—Sí, ahora sí. ¿Acaso no la viste entre el gentío?

—¿El gentío? —preguntó Will, cerrando la boca al percatarse de que la tenía abierta como un tonto—. ¿Quieres decir que ella también es un Ancestral? —preguntó mientras diversas imágenes contradictorias luchaban en su cabeza.

—Vamos, Will. No me dirás que tu instinto no te lo advirtió hace mucho tiempo.

—Bueno, sí. En realidad, sí; pero nunca llegué a saber cuál de las dos señoritas Greythorne era de los nuestros, si la de hoy o la de la fiesta de Navidad. Ya. Bueno, sí... La verdad es que supongo que ya lo sabía —dijo, aventurando una mirada hacia Merriman—. Son la misma persona, ¿verdad?

—Ahora sí has acertado. La señorita Greythorne, mientras tú y Wayland Smith estabais absortos en vuestra labor, me dio dos regalos para que los abrierais la Duodécima Noche. Uno es para tu hermano Paul, y el otro es para ti —dijo, mostrándole dos paquetes con una forma indeterminada y envueltos en lo que parecía una tela de seda. Luego volvió a meterlos bajo la capa—. Creo que el de Paul es un regalo normal. Bueno, más o menos. El tuyo, en cambio, es algo que sólo utilizarás en el futuro, en el momento en que tu buen juicio te diga que puedes necesitarlo.

—La Duodécima Noche... ¿Eso es hoy? —preguntó, mirando el cielo plomizo de la madrugada—. Merriman, ¿cómo te las has arreglado para que mi familia no se preocupara por mí? ¿De verdad que se encuentra bien mi madre?

—¡Claro que sí! Además, tú has pasado la noche en la mansión, durmiendo... Venga, hombre. Todo esto no son más que detalles. Conozco todas las preguntas que nos harán; y tú sabrás las respuestas cuando llegues a casa. Además, de todos modos ya las sabes —dijo, volviendo la cabeza hacia Will y observándolo con unos profundos ojos oscuros que poseían la fuerza arrebatadora de un basilisco—. Venga, Ancestral —dijo en voz baja—. Recuerda tu posición. Ya no eres un niño.

—No. Ya lo sé.

—Sí, pero a veces sientes que la vida sería mucho más agradable si lo fueras.

—A veces sí —dijo el muchacho, sonriendo—, pero no siempre.

Cruzaron a grandes zancadas el pequeño arroyo que bordeaba la carretera y se encaminaron hacia la casa de los Stanton, siguiendo el Camino de Huntercombe.

Clareaba el día, y frente a ellos la luz comenzó a teñir el reborde del cielo, anunciando que el sol no tardaría en salir. Sobre la nieve acumulada a ambos lados de la carretera se veía una neblina suspendida, envolviendo los desnudos árboles y los riachuelos. La mañana prometía, y el cielo, de un pálido tono azulado, esa clase de cielo que no se veía en Huntercombe desde hacía mucho, poseía aquella bruma característica de los días sin nubes. Caminaban como un par de viejos amigos, sin hablar demasiado, compartiendo ese silencio que más que un mutismo es una especie de comunicación callada. Sus pasos resonaban sobre la calzada mojada, y ése era el único sonido en todo el pueblo, salvo la canción de un mirlo y el ruido distante de una pala. Los árboles caducos se cernían sobre uno de los lados de la carretera, y Will advirtió que habían llegado al recodo que pasaba junto al bosque de los Grajos. Miró hacia arriba. Los árboles permanecían silenciosos, y también los grandes y sucios nidos colgados sobre las ramas que asomaban entre la niebla.

—Los grajos están muy callados —dijo el muchacho.

—No están ahí.

—¿Cómo que no están ahí? ¿Por qué no? ¿Dónde están?

—Cuando los Sabuesos Gañedores cruzan el firmamento en pos de su presa, no hay ningún animal, ni en el cielo, ni en la tierra, que resista su visión sin enloquecer de terror —contó Merriman, sonriendo a pesar de todo—. Anoche los maestros no habrían logrado encontrar ninguna criatura suelta en todo el condado, y, por supuesto, tampoco en el camino de Herne y la cacería. Es algo que se sabe desde muy antiguo. Los campesinos de toda la comarca solían encerrar a sus animales la víspera de la Duodécima Noche, por si el Cazador salía de caza.

—¿Qué ha sucedido entonces? ¿Están muertos? —preguntó angustiado Will con la certeza de saber que a pesar del comportamiento maléfico de esas aves, colaboradoras de las Tinieblas, la idea de su destrucción le desagradaba profundamente.

—No, no. Los han desperdigado. Volarán sin orden ni concierto hasta que cada uno de los sabuesos que los persiguen decida que ha llegado el momento de que regresen a su lugar. Los Perdigueros del Destino no son una especie que se dedique a matar a los seres vivos para luego comérselos. Los grajos terminarán por volver. De uno en uno, medio desplumados, cansados y afligidos. Si hubieran sido más inteligentes y no hubieran mantenido tratos con las Tinieblas, anoche se habrían ocultado, parapetados tras las ramas o guarecidos bajo salientes; para que no los vieran. Los animales que así lo hicieron siguen aquí, sanos y salvos. Sin embargo, a nuestros amigos los grajos les llevará un cierto tiempo recuperarse. Creo que no volverán a causarte problemas, Will, aunque en tu lugar yo no volvería a confiar en ellos.

—Mira —dijo Will, señalando al frente—. Aquí hay dos animales en quienes se puede confiar —afirmó con una voz llena de orgullo mientras por el camino se acercaban, corriendo y saltando, los dos perros de los Stanton, *Raq* y *Ci*.

Los animales hacían cabriolas a su alrededor, ladrando y aullando de alegría, lamiéndole las manos con un saludo tan desproporcionado que parecía que el muchacho hubiera estado fuera un mes entero. Will se agachó para hablarles y se sumergió en un mar de meneantes rabos, cálidos jadeos y enormes y mojadas patas.

—¡Largo de aquí, idiotas! —dijo con alegría.

—Ahora, calmaos —dijo Merriman en voz muy baja.

En ese instante los perros se sosegaron y se quedaron quietos, agitando tan sólo la cola con entusiasmo. Volvieron la vista hacia Merriman durante unos segundos y luego se pusieron a trotar afablemente y en silencio junto a Will. Llegaron al sendero que conducía a la casa de los Stanton, y el ruido de las palas fue haciéndose más audible. Al doblar el recodo encontraron a Paul y al señor Stanton, bien enfundados para protegerse del frío y desembozando un desagüe lleno de nieve empapada, hojas y ramas.

—¡Vaya, vaya! —exclamó el señor Stanton, apoyándose en su pala.

—¡Hola, papá! —dijo Will alegremente mientras corría para abrazarlo.

—Buenos días —saludó Merriman.

—El viejo George nos dijo que vendrías pronto —dijo el señor Stanton—, pero no imaginé que se refiriera a una hora tan temprana. ¿Cómo se las arregló para despertarlo?

—Me he despertado solo. Sí. Es el propósito que me he hecho para el Año Nuevo. ¿Qué estáis haciendo?

—Sacando hojas muertas —contestó Paul.

—¡Pues sí que es un Año Nuevo feliz!

—¡Y que lo digas! El deshielo ha empezado tan deprisa que la tierra, como aún está helada, no absorbe nada. Ahora además se están deshelando los desagües, y se ha embozado todo con la porquería que arrastraba la riada. Mira —dijo, levantando un fardo chorreante.

—Iré a buscar otra pala y os ayudaré —se ofreció Will.

—¿No te apetece desayunar primero? —dijo Paul—. Mary ha preparado un poco de desayuno, aunque cueste de creer. Aquí también nos hemos marcado muy buenos propósitos para el nuevo año. Ya veremos lo que durarán.

Will se dio cuenta de repente de que hacía mucho tiempo que no había comido, y sintió un hambre atroz.

—Entre usted también y desayune. Tómese una taza de té o lo que le apetezca —dijo el señor Stanton a Merriman—. A estas horas de la mañana las caminatas lo dejan a uno helado. Quisiera agradecerle el que haya acompañado a mi hijo a casa, y desde luego, el haber cuidado de él esta noche.

Merriman asintió sonriendo y se subió el cuello de una prenda que había cambiado sutilmente y ya no era una capa, sino, por lo que pudo advertir Will, un grueso abrigo del siglo XX.

—Muchas gracias, pero tengo que volver a casa.

—¡Will! —gritó Mary, enfilando a toda prisa el camino. Will fue a su encuentro, y ella se abalanzó sobre su hermano, golpeándolo en el estómago—. ¿Te lo has pasado bien en la mansión? ¿Has dormido en una cama con dosel?

—La verdad es que no. ¿Te encuentras bien?

—Sí, claro que sí. Lo pasé genial montando en el caballo del viejo George, que era uno de esos tan enormes del señor Dawson, los que van a las ferias. Me recogió en la carretera, cuando acababa de salir de casa. Parece que hayan pasado siglos, y no tan solo una noche —dijo, mirando a Will con aire compungido—. Supongo que no hubiera debido salir a buscar a Max de ese modo, pero todo sucedió tan rápido... y además me preocupaba que mamá no tuviera ayuda.

—¿De verdad se encuentra bien?

—El doctor dice que lo superará. Se hizo un esguince, pero no se rompió la pierna. Como se quedó inconsciente, tendrá que descansar durante un par de semanas; pero sigue con su buen humor de siempre, ya lo verás.

Will miró hacia el camino y vio a Paul y a su padre hablando y riendo con Merriman. Pensó que quizá su padre había decidido que el mayordomo Lyon era un buen hombre, a fin de cuentas, y no tan sólo una propiedad de la mansión.

—Perdona por hacer que te perdieras en el bosque. Fue culpa mía. En realidad Paul y tú debíais ir pisándome los talones. Menos mal que el viejo George terminó por localizarnos a todos. El pobre Paul no dejaba de preocuparse porque no sólo me había perdido yo, sino también tú —dijo con una risita nerviosa que intentó controlar poniéndose seria.

—¡Will! —lo llamó Paul, girando sobre sus talones y alejándose precipitadamente del grupo con la excitación pintada en el rostro—. ¡Mira! La señorita Greythorne dice que me lo da a título de préstamo permanente. ¡Dios la bendiga! ¡Fíjate! —exclamó acalorado.

Le tendió el paquete que Merriman llevara consigo, y que ahora estaba desenvuelto, y Will vio que contenía la vieja flauta de la mansión. Su semblante se iluminó con una larga y prolongada sonrisa, y miró a Merriman, quien, con semblante serio, cruzó con él una mirada de complicidad. Entonces sacó el segundo paquete.

—Esto es lo que te envía la señora de la mansión.

Will lo abrió, y vio un pequeño cuerno de caza, bruñido y gastado por los años. Lanzó un vistazo a Merriman y volvió a bajar la vista.

—Venga, Will. Sopla. ¡A ver si se te oye hasta Windsor! ¡Vamos! —decía entre risas Mary, saltando a su lado.

—Más tarde —respondió Will—. Primero tengo que aprender a tocarlo. ¿Dará las gracias de mi parte a la señorita Greythorne? —le preguntó a Merriman.

—Sí, pero ahora debo marcharme —dijo Merriman.

—Quiero decirle que estoy muy agradecido por toda la ayuda que nos ha prestado, todo lo que ha hecho por nosotros, con este tiempo de locos... y por los niños. De verdad que su colaboración ha sido lo más... —Y se quedó sin palabras, pero estrechó la mano de Merriman con tanta energía que Will pensó que jamás iba a soltarla.

El rostro curtido y fieramente cincelado se ablandó, y Merriman pareció complacido y un tanto sorprendido. Sonrió y asintió, sin decir nada. Paul le estrechó la mano, y también Mary. Cuando le tocó el turno a Will, el apretón de manos fue más fuerte, y con una rápida presión y una breve e intensa mirada a través de sus oscuros y profundos ojos Merriman le dijo:

—*Au revoir*, Will.

Levantó una mano a modo de saludo y se fue dando grandes zancadas por la carretera. Will lo siguió unos pasos, y Mary, poniéndose junto a él de un salto le dijo:

—¿Oíste anoche los gansos salvajes?

—¿Qué gansos? —respondió con brusquedad, aunque en el fondo no estaba escuchándola—. ¿Gansos con esa tormenta?

—¿Qué tormenta? —dijo ella sin dejarle continuar—. Me refiero a unos gansos salvajes... a miles de gansos que supongo debían emigrar. Nosotros no los vimos; sólo se oía ese ruido impresionante. Primero fueron muchos graznidos, como los que hacen esos grajos chiflados del bosque, y luego una especie de gañido larguísimo atravesó el cielo entero, en lo más alto. Ponía la carne de gallina.

—Sí, me imagino que sí.

—Me parece que todavía andas medio dormido —dijo Mary disgustada, y se marchó saltando hasta el final del sendero. Entonces se detuvo en seco, y se quedó muy quieta—. ¡Madre mía! ¡Will! ¡Mira!

Observaba con detenimiento algo que había tras un árbol, oculto entre los restos de un ventisquero. Will se acercó para mirar, y tirada sobre la maleza mojada, vio la magnífica cabeza de carnaval con ojos de búho, rostro humano y cornamenta de ciervo. La miraba boquiabierto, sin poder articular palabra. Estaba limpia, seca, y sus colores seguían siendo intensos como en el pasado, como seguirían siéndolo en el futuro. Se parecía al perfil de Herne el Cazador que había visto recortándose contra el cielo y, sin embargo, no era exactamente igual. Se quedó inmóvil, contemplándola en silencio.

—¡Vaya! ¡Esto es increíble! —exclamó Mary con viveza—. ¡Qué suerte tienes de que se quedara enganchada ahí! ¡A mamá le encantará saberlo! Cuando las riadas aparecieron de repente, todavía no había perdido el conocimiento. Tú no estabas ahí, claro; el agua entró y cubrió toda la planta baja, y antes de que nos diéramos cuenta había arrastrado hacia fuera una gran cantidad de cosas de la sala de estar. La cabeza fue una de ellas; y mamá se disgustó mucho, porque sabía que eso te pondría triste; ¡y mira por dónde! Es curioso que... —iba diciendo la muchacha sin dejar de charlar animadamente y acercándose a la máscara para verla mejor.

Will ya no la escuchaba. La cabeza yacía contra el muro del jardín, oculto todavía bajo la nieve, aunque sus extremos empezaban a asomar bajo los ventisqueros. Sobre uno de esos montículos de nieve, el más cercano a la carretera y bajo el cual fluía el torrente que se había formado en la alcantarilla, había un gran número de marcas. Eran huellas de cascos, de un caballo que se había detenido, había girado sobre sí mismo para lanzarse luego de un salto hacia la nieve. Sin embargo, esos cascos tenían otra forma. Eran círculos cuarteados por una cruz: las huellas de las herraduras que John Wayland Smith, al principio de la historia, había colocado en la yegua blanca de la Luz.

Will observó las huellas y la cabeza de Carnaval, y se sintió inquieto. Caminó unos pasos hasta el final del sendero y miró hacia el Camino de Huntercombe. Podía ver la espalda de Merriman erguida, mientras la estilizada figura vestida de oscuro caminaba con determinación. Entonces un escalofrío le recorrió la espalda y el pulso se le detuvo. Tras él el sonido más dulce que pudiera imaginarse inundaba el aire cortante de la mañana fría y gris. Era la suave y hermosa melodía nostálgica de la vieja flauta de la mansión; Paul no había podido resistirse a su encanto y debía de haber montado el instrumento para probarlo. Estaba tocando *Greensle-*

eves otra vez. La mágica tonadilla flotaba, hechizando el quieto aire de la mañana; Will vio que Merriman levantaba su blanca e indomable cabeza al oírla, pero no disminuyó el paso.

A medida que seguía contemplando inmóvil la carretera, con la música en los oídos, Will vio que tras Merriman, los árboles, la niebla y el trazado del camino temblaban y se estremecían, de un modo que conocía bien. Entonces, de forma gradual vio que los portones iban dibujándose en el paisaje hasta anclarse sólidamente en él, tal y como los había visto en la ladera de la colina y en la mansión: las altas y labradas puertas que lo transportaban a uno por el tiempo aparecían enhiestas y solas en el Camino Ancestral que ahora se llamaba Camino de Huntercombe. Con gran lentitud empezaron a abrirse. No muy lejos de donde se encontraba Will los sones de *Greensleeves* cesaron, y en su lugar se oyó la risa de Paul y las palabras que decía, sofocadas. La música que habitaba en la mente de Will, sin embargo, siguió sonando, y ahora se había convertido en esa frase arrebatadora, como el son de unas campanas, que siempre se iniciaba al abrirse las puertas o cuando sucedía algo que podía alterar las vidas de los Ancestrales. Will apretó con fuerza los puños, disfrutando de aquel sonido dulce y atrayente situado entre la vigilia y el despertar, el ayer y el mañana, la memoria y la imaginación. Vibraba amoroso en su pensamiento, y poco a poco fue volviéndose distante, desvaneciéndose, mientras en el Camino Ancestral el estilizado porte de Merriman, con su capa azul de nuevo ondeando, atravesaba las puertas abiertas. A su espalda las imponentes hojas de sólido roble tallado se fueron cerrando despacio, hasta que se unieron en total silencio. Entonces, mientras se apagaba el último eco de la música encantada, desaparecieron; y el sol salió, bañando en un magno incendio de una luz amarilla y blanca la Cañada del Cazador y el valle del Támesis.

Planeta

España
Av. Diagonal, 662-664
08034 Barcelona (España)
Tel. (34) 93 492 80 36
Fax (34) 93 496 70 58
Mail: info@planetaint.com
www.planeta.es

P.º Recoletos, 4, 3.ª planta
28001 Madrid (España)
Tel. (34) 91 423 03 00
Fax (34) 91 423 03 25
Mail: info@planetaint.com
www.planeta.es

Argentina
Av. Independencia, 1668
C1100 ABQ Buenos Aires
(Argentina)
Tel. (5411) 4382 40 43/45
Fax (5411) 4383 37 93
Mail: info@eplaneta.com.ar
www.editorialplaneta.com.ar

Brasil
Av. Francisco Matarazzo,
1500, 3.º andar, Conj. 32
Edificio New York
05001-100 São Paulo (Brasil)
Tel. (5511) 3087 88 88
Fax (5511) 3898 20 39
Mail: psoto@editoraplaneta.com.br

Chile
Av. 11 de Septiembre, 2353, piso 16
Torre San Ramón, Providencia
Santiago (Chile)
Tel. Gerencia (562) 431 05 20
Fax (562) 431 05 14
Mail: info@planeta.cl
www.editorialplaneta.cl

Colombia
Calle 73, 7-60, pisos 7 al 11
Bogotá, D.C. (Colombia)
Tel. (571) 607 99 97
Fax (571) 607 99 76
Mail: info@planeta.com.co
www.editorialplaneta.com.co

Ecuador
Whymper, N27-166, y A. Orellana,
Quito (Ecuador)
Tel. (5932) 290 89 99
Fax (5932) 250 72 34
Mail: planeta@access.net.ec
www.editorialplaneta.com.ec

Estados Unidos y Centroamérica
2057 NW 87th Avenue
33172 Miami, Florida (USA)
Tel. (1305) 470 0016
Fax (1305) 470 62 67
Mail: infosales@planetapublishing.com
www.planeta.es

México
Av. Insurgentes Sur, 1898, piso 11
Torre Siglum, Colonia Florida, CP-01030
Delegación Álvaro Obregón
México, D.F. (México)
Tel. (52) 55 53 22 36 10
Fax (52) 55 53 22 36 36
Mail: info@planeta.com.mx
www.editorialplaneta.com.mx
www.planeta.com.mx

Perú
Av. Santa Cruz, 244
San Isidro, Lima (Perú)
Tel. (511) 440 98 98
Fax (511) 422 46 50
Mail: rrosales@eplaneta.com.pe

Portugal
Publicações Dom Quixote
Rua Ivone Silva, 6, 2.º
1050-124 Lisboa (Portugal)
Tel. (351) 21 120 90 00
Fax (351) 21 120 90 39
Mail: editorial@dquixote.pt
www.dquixote.pt

Uruguay
Cuareim, 1647
11100 Montevideo (Uruguay)
Tel. (5982) 901 40 26
Fax (5982) 902 25 50
Mail: info@planeta.com.uy
www.editorialplaneta.com.uy

Venezuela
Calle Madrid, entre New York y Trinidad
Quinta Toscanella
Las Mercedes, Caracas (Venezuela)
Tel. (58212) 991 33 38
Fax (58212) 991 37 92
Mail: info@planeta.com.ve
www.editorialplaneta.com.ve

Grupo **Planeta**   Planeta es un sello editorial del Grupo Planeta   www.planeta.es